中國古典文學理論批評專著選輯

冷齋夜話箋注
天廚禁臠箋注

下

釋惠洪 著
周　萌 箋注

人民文學出版社

卷之六

舒王嗜佛，曾子固諷之①

舒王嗜佛書，曾子固欲諷之，未有以發之也。居一日，會於南昌〔一〕，少頃，潘延之亦至。延之喜②談禪，舒③王問其所得，子固熟視之。已而又論人物，曰：『某人可抨④。』子固曰：『介甫⑤老而逃佛，亦可一抨。』舒王曰：『子固失言也，善學者讀其書，惟⑥理之求⑦，有合吾心者，則樵牧之言猶不廢；言而無理，周、孔所不敢從。』子固笑曰：『前言第戲之耳。』

【校】

① 《津逮秘書》本、《四庫全書》本、《學津討原》本標題作『曾子固諷舒王嗜佛』。

② 喜：明刻本、靜嘉堂文庫本、故宮明本、《稗海》本、《津逮秘書》本、《四庫全書》本、《學津討原》本、《筆記小說大觀》本無。

③舒：原本脱，據《稗海》本、《津逮秘書》本、《四庫全書》本、《學津討原》本、《筆記小說大觀》本、《殷禮在斯堂叢書》本補。

④抨：明刻本、故宫明本、《稗海》本、《津逮秘書》本、《四庫全書》本、《學津討原》本、《筆記小說大觀》本作『秤』。下同。

⑤介甫：明刻本、静嘉堂文庫本、故宫明本、《稗海》本、《津逮秘書》本、《四庫全書》本、《學津討原》本、《筆記小說大觀》本作『弇用』。

⑥惟：明刻本、静嘉堂文庫本、故宫明本作『難』，《稗海》本、《筆記小說大觀》本作『義』。

⑦求：《稗海》本、《筆記小說大觀》本作『來』。

【注】

〔一〕《王安石年譜》：『慶曆三年（一〇四八），至南豐謁曾子固，冬而後返。』《曾鞏年譜》：『慶曆三年三月，王安石自揚州還臨川，五月至家省親，因謁曾鞏。』

【箋】

縱觀中國思想史發展歷程，隋唐被稱作『佛化時代』，是故宋代理學完成三教合流之前，禪宗影響力堪稱巨大。王安石『惟理是從』而非先驗式崇儒排佛，可謂宋代士人典型態度與通行觀念。近藤元粹評曰：『安石護前可憎。』又曰：『子固風緻，灑落可愛。』此乃基於純粹儒家立場之論，而曾鞏前倨後恭，最終服膺王安石所言，則王安石實未自護其短也。又注曰：『抨，普耕反。《說文》：「撣也。」「抨彈」字見《前漢·杜周傳》。』其實，《說文解字注》已有補充糾正：『抨，彈也。彈，大徐誤作撣，今依小徐及玄應正……玄應曰：抨彈，繩墨也。補耕切。又普耕切，江南音也。』『抨彈』出於《漢書》卷六十《杜周傳》『業因勢而抵陒』顏師古注引服虔曰：『謂罪敗而復抨彈之。』

陳瑩中罪洪不當①稱甘露滅

陳了翁罪予不當稱甘露滅〔一〕，近不遜，曰：『得甘露②滅覺道成者，如來識也。子③凡夫，與僕輩俯仰，其去佛地如天淵也，奈何冒其美名而有之耶？』予應之曰：『使我不得稱甘露滅者，如言蜜不得稱甜，金不得稱色黄。世尊以大方便曉諸衆生，令知根本，而妙意不可以言盡，故言甘露滅。滅者，寂滅；甘露，不死之藥，所謂④寂滅之體而不死者也。人人具足⑤，而獨僕不得稱，何也？公今閑放，且不肯以甘露滅名我；脫爲宰相，寧能⑥飾予⑦美官乎？』瑩中愕然，思所以⑧爲折難予，不可得，乃笑而已。

【校】

①陳瑩中罪洪不當：《津逮秘書》本、《四庫全書》本、《學津討原》本無。

②露：靜嘉堂文庫本、故宫明本、《稗海》本無。

③子：元刻本、明刻本、靜嘉堂文庫本、故宫明本作『予』。

④謂：明刻本、靜嘉堂文庫本、故宫明本無。所謂：《稗海》本、《津逮秘書》本、《四庫全書》本、《學津討原》本、《筆記小説大觀》本、《殷禮在斯堂叢書》本作『如』。

⑤足：明刻本、靜嘉堂文庫本、故宫明本作『爲』，《稗海》本、《津逮秘書》本、《四庫全書》本、《學津討原》本、《筆記小説大觀》本、《殷禮在斯堂叢書》本作『焉』。

⑥寧能：明刻本、靜嘉堂文庫本、故宫明本作『能寧』。

⑦予：《稗海》本、《津逮秘書》本、《四庫全書》本、《學津討原》本、《筆記小説大觀》本、《殷禮在斯堂叢書》本後增『以』。

⑧以：明刻本、靜嘉堂文庫本、故宫明本、《稗海》本、《津逮秘書》本、《四庫全書》本、《學津討原》本、《筆記小説大觀》本無。

【注】

〔一〕參見《石門文字禪》卷十一《余號甘露滅，所至問者甚多，作此》、卷十七《余自渡海即號甘露滅，所至問者尤多，時作偈答，益不解，乃告之曰：『〈涅槃經〉云：「甘露之性，食之令人不死，若合異物，亦能不死。」〈維摩經〉亦曰：「得甘露滅覺道成。」』又爲之偈》、卷二十《甘露滅齋銘并序》等。《宋僧惠洪行履著述編年總案》將『名其居曰甘露滅』繫於政和四年（一一一四），將『陳瓘怪罪不當自稱甘露滅，答其所疑』繫於政和六年（一一一六）。

【箋】

明色空之理是僧人第一義，惠洪未能息心於功名，屢形諸文字議論，陳瓘所責不無道理，惠洪固可引教義自我辯解，實則無補於體道也。於教門而言，當以正法弘道，惠洪之輩徒有袈裟，執著名相，違戾真宗，縱比諸詩人，亦不足高也。

大覺禪師乞還山①

大②覺璉禪師〔一〕，學外工③詩。舒王少與游，嘗以其詩示歐公④，歐公曰：『此道人作肝臟饅頭也。』舒⑤王不悟其戲⑥，問其意⑦，歐公⑧曰：『是中無一點⑨菜氣。』璉蒙仁廟⑩賞識，留住東京⑪淨因禪院甚久，嘗⑫作偈進呈，乞還山林，曰：『千簇雲山萬壑流，閑身歸老此峰頭。殷勤願祝如天壽，一炷清香滿石樓。』〔二〕又⑬曰：『堯仁況是如天闊，乞與孤

雲⑭自在飛⑮。』〔三〕

【校】

①《類說》標題作『道人肝臟饅頭』。

②大：《類說》無。

③工：正保本、寬文本、文化本作『王』。學外工：《類說》作『能』。

④『舒王』二句：《類說》無。

⑤舒：原本脫，據《稗海》本、《津逮秘書》本、《四庫全書》本、《學津討原》本、《筆記小說大觀》本、《殷禮在斯堂叢書》本補。

⑥舒王不悟其戲：《類說》作『或』。

⑦意：《類說》作『故』。

⑧歐公：《類說》作『答』。

⑨點：故宮明本作『默』。

⑩仁廟：《類說》作『仁宗』，前無『璉蒙』，後無『賞識』。

⑪東京：《類說》無。

⑫甚久，嘗：《類說》無。

⑬『進呈』至『又』：《類說》無。

⑭ 雲：《類説》作『寒』。

⑮ 飛：《類説》後增『乃其詩也』。

《詩話總龜》前集卷三十二《道僧門》全引此條，『璉禪師』前無『大覺』，後無『學外』，『舒王』後無『少與游，嘗』，第二個『歐公』作『公』，『肝臟饅頭』前無『作』，後無『也』『舒王不悟其戲，問其意，歐公曰』，『仁廟』前無『璉蒙』，後無『賞識』，『淨因禪院』前無『東京』，後無『甚久』，『作偈進』前無『嘗』，後無『呈』。

《苕溪漁隱叢話》前集卷五十七《僧詩無蔬笋氣》全引此條，『璉禪師』作『懷璉』，後增『禪』，『舒王少與』作『荊公與之』，無第二個『歐公』，第二個『舒王』作『荊公』，『偈』作『詩』。《詩話總龜》後集卷四十四《釋氏門二》所引與此相同。

【注】

〔一〕大覺璉禪師：即懷璉（一〇〇九—一〇九〇），青原行思下第十世，泐潭懷澄法嗣，屬雲門宗。生平行迹見於《蘇軾文集》卷十七《宸奎閣碑》、《建中靖國續燈録》卷六《東京十方淨因禪院大覺禪師》、《禪林僧寶傳》卷十八《大覺璉禪師》、《聯燈會要》卷二十八《明州阿育王大覺懷璉禪師》、《五燈會元》卷十五《育王懷璉禪師》等。

〔二〕〔三〕此爲懷璉《上仁宗皇帝乞還山偈》和《上仁宗皇帝乞還山》殘句，見於《全宋詩》

卷三百零四。《禪林僧寶傳》引第一首，『閑身歸老』作『歸心終老』，『殷勤』作『餘生』。《五燈會元》全引，『殷勤』作『餘生』，『如天』作『無疆』，『乞與』作『應任』。

【箋】

所謂『菜氣』即『蔬筍氣』，指僧詩内容常囿於山林，風格亦僅有清幽一途，等而下者，更是爲文造情，或以陳詞濫調充數，酸腐不堪。《石林詩話》卷中：『近世僧學詩者極多，皆無超然自得之氣，往往反拾掇摹效士大夫所殘棄。又自作一種僧體，格律尤凡俗，世謂之酸餡氣。子瞻有《贈惠通》詩云：「語帶煙霞從古少，氣含蔬筍到公無。」嘗語人曰：「頗解蔬筍語否？爲無酸餡氣也。」聞者無不皆笑。』蘇軾持詩人立場，視情性爲決定詩歌格調與境界之内在動因，而僧詩表達情性通道單一，極易流於矯揉造作，以致扭曲詩歌天然面目。究其原因，在於僧人與詩人雙重身份互有衝突之處，而僧人往往以維護第一身份爲底線，使得情性自由抒發受到諸多限制。《六一詩話》：『當時有進士許洞者，善爲辭章，俊逸之士也。因會諸詩僧分題，出一紙，約曰：「不得犯此一字。」其字乃山、水、風、雲、竹、石、花、草、雪、霜、星、月、禽、鳥之類，於是諸僧皆擱筆。』這個故事形象具體，足以見出僧詩之局限。

近藤元粹評曰：『永叔亦善戲謔矣。』其實，歐陽修與蘇軾所論，説明僧詩相當繁榮，且已引發廣泛注意，但其流弊亦已顯矣。就詩歌品評而言，祇論意境而無關身份，是故僧詩亦當循通則，而非另有别格也。

靚禪師爲流所溺①詩

靚禪師〔一〕，有道老宿也，初②主筠之三峰。嘗赴供民家，渡溪溪③漲，靚④重遲〔二〕，爲溪流所陷。童子掖之⑤至岸，坐沙石間，垂頭如雨中鶴。童子意必怒⑥，且遭詬，遂⑦不敢仰視。靚忽指溪作詩曰：『春天一夜⑧雨滂沱，添得溪流意氣多。剛把山僧推倒却，不知到海後如何。』〔三〕靚後往⑨汝州香山，無疾而化。

【校】

①爲流所溺：《津逮秘書》本、《四庫全書》本、《學津討原》本作『溺流』。

②初：明刻本、靜嘉堂文庫本、故宮明本、《稗海》本、《津逮秘書》本、《四庫全書》本、《學津討原》本、《筆記小說大觀》本無。

③溪：明刻本、靜嘉堂文庫本、故宮明本、《稗海》本、《津逮秘書》本、《四庫全書》本、《學津討原》本、《筆記小說大觀》本無。

④靚：原本作『艶』，據靜嘉堂文庫本、《稗海》本、《津逮秘書》本、《四庫全書》本、《學津

討原》本、《筆記小説大觀》本、《殷禮在斯堂叢書》本、正保本、寛文本、文化本、《螢雪軒叢書》本改。下同。

⑤ 之：明刻本、故宫明本、《稗海》本、《津逮秘書》本、《四庫全書》本、《學津討原》本、《筆記小説大觀》本無。

⑥ 怒：明刻本、故宫明本作「恕」。

⑦ 詬：明刻本、静嘉堂文庫本、故宫明本作「訴」，《稗海》本作「斥」。「詬，遂」：《津逮秘書》本、《四庫全書》本、《學津討原》本、《筆記小説大觀》本作「斥逐」。

⑧ 自一夜：至卷八《黄魯直夢與道士游蓬萊》條「戰慄，道士」，元刻本脱。

⑨ 住：故宫明本、《稗海》本、《津逮秘書》本、《四庫全書》本、《學津討原》本、《筆記小説大觀》本、《殷禮在斯堂叢書》本作「往」。

《續墨客揮犀》卷三《靚指溪作詩》亦有此條，「主」作「住」，「漲」前增「流」，「溪流所陷」作「漲溪所漂」，「後住」前無「靚」，「香山」後增「寺」。

《詩話總龜》前集卷三十二《道僧門》全引此條，無「有道老宿也，初主筠之三峰，嘗赴供民家」「溪漲，靚重遅」，「爲溪流」作「爲漲流」，「掖」後無「之」，「鶴」前無「中」，無「童子意必怒，且遭詬，遂不敢仰視，靚」，「後如何」作「復如何」，「靚後住汝州香山」作「後」。

【注】

〔一〕靚禪師，亦作艷禪師（？—約一一一三），南岳懷讓下第十三世，真淨克文法嗣，屬臨濟宗黃龍派。《石門文字禪》卷二十五《題香山艷禪師語》：『禪師父事雲庵，於予爲法兄，然予少寔師事之。』《宋僧惠洪行履著述編年總案》：『元豐七年（一〇八四），乃依新昌三峰山寶雲寺艷禪師爲童僧。』『案：艷禪師，《冷齋夜話》作「靚」。』

〔二〕《〈冷齋夜話〉考》：『重遲：《淮南子·修務訓》（八丁）：「越人有重遲者，而人謂之訬，以多者名之。」』

〔三〕此爲靚禪師《溺溪流》，見於《全宋詩》卷三千七百三十六，《〈全宋詩〉遺珠》收爲絕句。

【箋】

詩禪交融是佛教與文學雙向關係核心所係，在此之中，詩人偏重以禪入詩，僧人偏重以詩說禪，僧詩可謂兩者之交集，因爲僧人常有意無意將禪理帶入詩歌，而以詩說禪多用於答問道者時即興表達，更近於口語，僧詩則向文人詩靠攏，韻味更足。近藤元粹評靚禪師溺流後之形象曰：『形容奇。』作爲詩僧，惠洪以文學化筆法描述見長。評靚禪師詩曰：『流到海則惟成佛焉耳。』僧詩尤爲倚仗禪意，以此鑄就自身獨特性，這與宋詩崇尚禪趣理趣之美學取向完全一致。

靚禪師勸化人[1]

三峰靚禪師，初住寶雲，邑有巨商，尚氣不受僧化，曰：『施由我耳，豈容人勸。』靚宣言：『惟吾獨能化之。』其人聞靚至，果不出。靚題其壁而去，曰：『去年巢穴畫[2]梁邊，春暖雙雙繞檻前。莫訝主人簾不捲，恐銜泥土污花磚。』〔一〕其人喜不怒[3]，特自傷[4]追還，厚施之。靚笑謂人曰：『吾果能化之。』

【校】

①化：古活字印本、正保本、寬文本、文化本、《螢雪軒叢書》本無。『化人』《津逮秘書》本、《四庫全書》本、《學津討原》本前無『勸』，後增『題壁』。

②畫：明刻本、故宮明本作『益』。

③怒：明刻本作『恕』。

④傷：《稗海》本、《津逮秘書》本、《四庫全書》本、《學津討原》本、《筆記小説大觀》本無。

【注】

〔一〕此爲靚禪師《題巨賈壁》，見於《全宋詩》卷三千七百三十六，《〈全宋詩〉遺珠》亦收。

【箋】

縱使去除背景故事，此詩刻畫燕子之形象與心理也極爲生動，生活氣息濃郁。然則僧詩常不以咏物爲旨歸，而是暗寓另一層深刻『重意』，直指人性，闡發佛理。近藤元粹評曰：『不獨勸化得其法，詩亦絶佳。』换言之，僧詩若妙，則情理兼善也。

誦智覺禪師詩

智覺禪師〔一〕，住①雪竇之中巖，嘗作詩曰：『孤猿叫落中巖月，野客吟殘半夜燈。此境此時誰得意，白雲深處坐禪僧。』〔二〕詩語未工，而其氣韻無一點塵埃。予嘗客新吴車輪峰〔三〕之下，曉起臨高閣，窺殘月，聞猿聲，誦此句大笑，栖鳥驚飛。又嘗自朱崖還②瓊山〔四〕，渡藤橋，千萬峰之間，聞其聲類車輪峰下時，而一笑不可得也，但覺此詩字字是愁耳。老杜詩曰：『感時花濺淚，恨別鳥驚心。』〔五〕良③然，真佳句也。親證其事，然後知其工也④。

【校】

① 住：正保本、寛文本、文化本、《螢雪軒叢書》本作『作』。

② 還：明刻本、静嘉堂文庫本、故宫明本作『不』，《稗海》本、《津逮秘書》本、《四庫全書》本、《學津討原》本、《筆記小説大觀》本、《殷禮在斯堂叢書》本作『下』。

③ 良：《稗海》本、《筆記小説大觀》本作『果』。

④ 工：明刻本、故宫明本作『二』。工也：《稗海》本、《津逮秘書》本、《四庫全書》本、《學津討原》本、《筆記小説大觀》本、《殷禮在斯堂叢書》本作『義』。

【注】

〔一〕智覺禪師：即延壽（九〇四—九七五），青原行思下第十世，淨土宗六祖，法眼宗三祖。生平行迹見於《景德傳燈録》卷二十六《杭州永明寺延壽禪師》、《宋高僧傳》卷二十八《大宋錢塘永明寺延壽傳》、《五燈會元》卷十《永明延壽禪師》、《佛祖統紀》卷二十七《淨土七祖》等。

〔二〕此爲延壽詩，《五燈會元》本傳亦引。然則《全唐詩》卷七百九十五引南宋類書《錦繡萬花谷》，收録南唐夏寶松殘句『孤猿叫落中巖月，野客吟殘半夜燈』，未知所據，此處存疑。

〔三〕《宋僧惠洪行履著述編年總案》將之繫於崇寧四年（一一〇五）。

〔四〕《宋僧惠洪行履著述編年總案》將之繫於政和三年（一一一三）。

〔五〕此爲杜甫《春望》，見於《杜詩詳注》卷四。注引司馬光曰：『古人爲詩，貴於意在言外，使人思而得之，故言之者無罪，聞之者足以戒。近世惟杜子美最得詩人之體，如《春望》詩「國破山河在」，明無餘物矣；「城春草木深」，明無人迹矣。花鳥平時可娱之物，見之而泣，聞之而悲，則時可知矣。他皆類此。』

【箋】

諸家均未稱引此條，然則《苕溪漁隱叢話》前集卷六《杜少陵一》、《詩人玉屑》卷六《命意·思而得之》、《詩林廣記》前集卷二杜甫《春望》等引司馬光《溫公續詩話》，近於《杜詩詳注》。

《捫虱新話》上集卷四《心無定見故無定論》：『天下無定境，亦無定見。喜怒哀樂、愛惡取捨、山河大地，皆從此心生。此心在焉，則菅蒯不可以代匱，糟糠不可以下堂，是未嘗有正色也。心不在焉，則鼓吹不及池蛙，絲竹不如山鳥，是未嘗有正聲也。舌欲綦味也，而世有飡痂之士；鼻欲綦香也，而海上有逐臭之夫，天下事如是多矣。杜子美曰：「感時花濺淚，恨别鳥驚心。」至於《悶》詩則曰：「出門惟白水，隱几亦青山。」山水花鳥，此平時可喜之物，而子美於恨悶中，惟恐見之，蓋此心未淨，則平時可喜者，適足與詩人才子作愁具爾。是則果有定見乎？』

《文心雕龍·知音》：『故心之照理，譬目之照形，目瞭則形無不分，心敏則理無不達……夫惟深識鑒奥，必歡然内懌，譬春臺之熙衆人，樂餌之止過客。』簡而言之，鑒賞者水平直接影響解讀深度，若相去甚遠，則難以與前人對話。杜詩魅力在於開萬千法門，人人可得一隅，惟讀杜之人何其多，得杜之人何其少也！此在己不在彼。惠洪以親身經歷爲證，比照不同情境之讀詩感悟，説明身處貶謫則體味尤深，因爲心態因磨礪而升華，由是開啟深入作品之通道，故能與之合二爲一也。《竹坡詩話》：『余頃年游蔣山，夜上寶公塔，時天已昏黑，而月猶未出，前臨大江，下視佛屋崢嶸，時聞風鈴，鏗然有聲。忽記杜少陵詩：「夜深殿突兀，風動金琅璫。」恍然如己語也。又嘗獨行山谷間，古木夾道交陰，惟聞子規相應木間，乃知「兩邊山木合，終日子規啼」之爲佳句也。又暑中瀕溪，與客納涼，時夕陽在山，蟬聲滿樹，觀二人洗馬於溪中。曰：此少陵所謂「晚涼看洗馬，森木亂鳴蟬」者也。此詩平日誦之，不見其工，惟當所見處，乃始知其爲妙。作詩正要寫所見耳，不必過爲奇險也。』與此條有異曲同工之妙。

近藤元粹評延壽詩曰：『閑雅幽逸之狀可掬，《冷齋》以爲未工，何也？』此詩固然境界高遠，禪意盎然，但以詩人之眼觀之，仍非『工而自然』也。評惠洪論杜詩曰：『名論，名論。』此爲杜詩名篇，婦孺皆知，然非歷經磨難，不可深得也。

永庵嗣法南禪

鄧峰永庵主①〔一〕，南禪師〔二〕子也，未嘗開②法。南③公所至，輒隨之。魯直聞其風而悅之，恨④不及識。有自慶〔三〕者，事永甚久，即以慶主黄龍。宜州〔四〕爲作疏，語特⑤奇峻，叢林於慶改觀。又見之，與語多解體⑥，又嗣法南公。宜州過永舊庵，題其壁曰：『奪得胡⑦兒馬便休，休嗟李廣不封侯。當時射殺南山虎，子細看來是石頭。』〔五〕

【校】

① 主：明刻本、故宫明本作『王』。

② 開：《稗海》本、《津逮秘書》本、《四庫全書》本、《學津討原》本、《筆記小説大觀》本、《殷禮在斯堂叢書》本作『問』。

③ 南：《稗海》本、《津逮秘書》本、《四庫全書》本、《學津討原》本、《筆記小説大觀》本後增『禪』。

④ 恨：明刻本、靜嘉堂文庫本、故宫明本、《稗海》本、《津逮秘書》本、《四庫全書》本、《筆記小説大觀》本作『眼』。

⑤ 特：明刻本、靜嘉堂文庫本、故宫明本作『時』。

⑥ 體：明刻本、靜嘉堂文庫本、故宫明本、《稗海》本、《津逮秘書》本、《四庫全書》本、《學津討原》本、《筆記小説大觀》本作『休』。

⑦ 胡：《四庫全書》本作『蕃』。

《詩話總龜》前集卷十六《留題門下》全引此條，『子也』作『法子』，後無『未嘗』至『隨之』，『魯直』後無『聞其風而悅之』，『識』前無『及』，『黄龍』後無『宜州』至『奇峻』，『又見之』作『及』，第二個『宜州』作『山谷』，前無『又嗣法南公』，『庵』前無『舊』，『題』後無『其壁』。

《苕溪漁隱叢話》前集卷五十七《緇黄雜記》全引此條，『子也』前增『法』，後增『初』，『開』作『問』，『所至』後增『處』，『自慶』作『嗣慶』，『宜州』均作『魯直』，『又見』作『及見』，『當時射殺』作『當年射得』，『仔細』作『今日』。相較而言，《冷齋夜話》優於《詩話總龜》與《苕溪漁隱叢話》。

【注】

〔一〕永庵主：南岳懷讓下第十二世，黄龍慧南法嗣，屬臨濟宗黄龍派。生平行迹見於《建中靖國續燈録》卷十三《黄檗積翠永庵主》、《五燈會元》卷十七《積翠永庵主》等。

〔二〕南禪師：即黄龍慧南（一〇〇二—一〇六九），謚號普覺，南岳懷讓下第十一世，石霜楚圓法嗣，臨濟宗黄龍派初祖。生平行迹見於《建中靖國續燈録》卷七《洪州黄龍山崇恩慧南禪師》、《禪林僧寶傳》卷二十二《黄龍南禪師》、《聯燈會要》卷十三《洪州黄龍慧南禪師》、《嘉泰普燈録》卷三《隆興府黄龍普覺慧南禪師》、《五燈會元》卷十七《黄龍慧南禪師》等，有《黄龍慧南禪師語録》。

〔三〕自慶：《建中靖國續燈錄》卷十三《洪州黄龍山自慶禪師》將其列爲黄龍慧南法嗣。

〔四〕《黄庭堅年譜新編》：『崇寧二年（一一〇三）十一月，有宜州謫命。』

〔五〕此爲黄庭堅《題永首座庵頌》，見於《黄庭堅全集》正集卷二十三，『當時』作『分明』，『殺』作『得』。

【箋】

較之唐代，宋代詩禪關係更爲水乳交融，文人與僧人以禪入詩及以禪喻詩已成常態，僧人以詩説禪亦蔚然成風。例如《五燈會元》卷十七將蘇軾列爲臨濟宗黄龍派東林常總法嗣，將黄庭堅列爲臨濟宗黄龍派黄龍祖心法嗣，兩人是宋詩中堅人物。至於宋代傳燈錄所記僧人用詩更是隨處可見，似亦是時代主潮。正是這三重維度相互分立與交融，文字禪思想得以確立并深化，蘇軾、黄庭堅慣與僧人交游則是此種時代風尚之典型呈現。

東坡和僧①惠詮詩

東吴僧惠詮〔一〕，佯狂垢污，而詩句絶②清婉。嘗書湖上一山寺壁曰：『落日寒蟬鳴，獨歸林下寺。柴扉夜未掩，片月隨行屨。惟聞犬吠聲，又入青蘿③去。』〔二〕東坡④一見，爲和於後曰：『惟聞煙外鐘，不見煙中寺。幽人夜未寢，草露濕芒屨⑤。惟應山頭月，夜夜照來去。』〔三〕詮⑥竟以詩知名。

【校】

①僧：《津逮秘書》本、《四庫全書》本、《學津討原》本、《殷禮在斯堂叢書》本無。

②絕：明刻本、故宮明本、《稗海》本、《津逮秘書》本、《四庫全書》本、《學津討原》本、《筆記小說大觀》本無。

③青蘿：《稗海》本、《筆記小說大觀》本作『清夢』。

④坡：正保本、寬文本、文化本作『玻』。

⑤屨：明刻本、故宮明本無此字及後文，靜嘉堂文庫本、《稗海》本、《津逮秘書》本、《四庫全書》本、《學津討原》本、《筆記小說大觀》本無後文。

⑥詮：《殷禮在斯堂叢書》本作『銓』。

《苕溪漁隱叢話》前集卷五十七《惠詮》全引此條，『詩句絕』作『詩語』，『又』作『更』，『於』作『其』，『惟』作『但』，『夜未寢』作『行未已』，『以』後增『此』。《詩話總龜》後集卷四十四《釋氏門二》所引與此相近，僅『爲』作『而』。《詩人玉屑》卷二十《禪林·惠詮》所引與此相近，僅『又』作『步』，但引《竹坡詩話》而納入《冷齋夜話》，非是。

【注】

〔一〕惠詮：《同治蘇州府志》卷一百三十四《釋道一·宋》：『按前志云：《蘇集》作守詮，《西湖游覽志》作志詮，《冷齋夜話》作東吴僧惠詮，《長洲志》作惠詮，北禪寺僧，今按《康熙志》又作惠銓。』

〔二〕此爲惠詮《題梵天寺》，見於《全宋詩》卷八百四十一，『柴』作『松』，『夜』作『竟』，『惟』作『時』，『又』作『更』。

〔三〕此爲蘇軾《梵天寺見僧守詮小詩清婉可愛，次韻》，見於《蘇軾詩集》卷八，『惟』作『但』，『夜未寢』作『行未已』。標題下注云：『查注：周紫芝《竹坡詩話》云：「余讀東坡《和梵天僧守詮小詩》，未嘗不喜其清絕過人遠甚。晚游錢塘，始得詮詩云云，乃知其幽深清遠，自有林下一種風流。東坡老人雖欲回三峽倒流之瀾，與溪壑爭流，終不近也。」誥案：紀昀曰：「東坡之喜此詩，蓋亦偶思螺蛤之意，談彼法者，勿以藉口。」』『幽人行未已，草露濕芒屨』句下注云：『誥案：此種句調，猶之盤筵中，間以小食，雖亦適口，然終非一飽物也。公以其僧而嘉之，亦猶廬山之取可遵也，讀者識此意則善矣。』由是可知蘇軾贊許守詮詩，并非其主流詩學觀念，和詩雖用原詩手法，終究勝過一籌，大致可視爲偶然事件也。

【箋】

詩詞傳世，在質不在量。張若虚『以孤篇壓倒全唐』，乾隆號稱四萬首而皆無聞焉。縱使陸游，九千餘首亦顯繁冗；或如李杜，存詩千餘，足矣。近藤元粹評曰：『原作絕佳，和詩亦不凡，可謂雙美。』和詩能與原作媲美，殊屬不易，此尤見蘇軾之才也。王國維《人間詞話》：『東坡《水龍吟》詠楊花，和均而似元唱；章質夫詞，原唱而似和均。才之不可强也如是。』例異而意同也。又曰：『伯樂一顧，馬價頓昂。』《韓昌黎文集校注》卷一《雜説四首》其四：『千里馬常有，而伯樂不常有。』宋代伯樂首推歐陽修與蘇軾，此誠千里馬之幸，實亦國家之幸也。

比[①]物以意而不指言某物謂之[②]象外句

唐僧多佳句，其琢句法[③]，比物以意而不指言某[④]物，謂之象外句。如無可上人[⑤]〔一〕詩曰[⑥]：『聽雨寒更盡，開[⑦]門落葉深。』〔二〕是以[⑧]落葉比雨聲也[⑨]。又曰：『微陽[⑩]下喬木[⑪]，遠燒入秋山。』〔三〕是以微陽比遠燒也[⑫]。

【校】

①比：《殷禮在斯堂叢書》本作『此』。

②比物以意而不指言某物謂之：《津逮秘書》本、《四庫全書》本、《學津討原》本、《類說》無。

③其琢句法：《類說》無。

④某：《類說》作『一』。

⑤上人：《類說》無。

⑥曰：《類說》作『云』。

⑦開：《類說》作『閉』。

⑧以：《類說》無。

⑨也：《類說》無。

⑩徵暘：明刻本、故宮明本作『徵賜』。『暘』《稗海》本、《津逮秘書》本、《四庫全書》本、《學津討原》本、《筆記小說大觀》本、《殷禮在斯堂叢書》本、《類說》作『陽』。下同。

⑪木：明刻本、故宮明本作『水』。

⑫也：《類說》後增『妙在言其用不言其名耳』。《詩史》全引此條，『法』後增『有』，『指言某物』作『言物』，『深』作『聲』，『是』後均

無『以』，『暘』均作『陽』。《詩話總龜》前集卷五十《琢句門》全引此條，『某』作『一』，『是』後均無『以』，『暘』均作『陽』。《詩人玉屑》卷三《句法·象外句》所引近於《詩話總龜》，但誤羼入《冷齋夜話》卷四《詩言其用不言其名》首句『用事琢句，妙在言其用而不言其名耳』。

【注】

〔一〕無可上人：賈島從弟，詩僧，范陽（北京）人。生平行迹見於《唐詩紀事》卷七十四、《唐才子傳》卷六等，《宋史》卷二百八《藝文志七》著録《僧無可詩》一卷。

〔二〕此爲無可《秋寄從兄賈島（一作秋夜宿西林寄賈島）》，見於《全唐詩》卷八百十三，『盡』亦作『徹』。

〔三〕此實爲馬戴《落日悵望》，并非無可詩，見於《全唐詩》卷五百五十五，『暘』作『陽』，『燒』作『色』，『入』作『隱』。

【箋】

此條所述或本於《詩評·象外句格》：『詩曰：「微陽下喬木，遠燒入秋山。」又詩：「聽雨寒更盡，開門落葉深。」又詩：「萬里殘秋籟，孤船半夜猿。」』亦見於《天廚禁臠》卷上《四種琢句法》：「《宿西林寺》：「聽雨寒更盡，開門落葉深。」《登樓晚望》：「微陽下喬木，遠燒入秋山。」此唐僧無可詩也。退之所稱『島、可』，島謂賈島也。此句法最有奇趣，然譬之嚼蟹螯，不能多得。一夜蕭蕭，謂必雨也，及曉乃落葉也，其境清絕可知。方遠望謂斜陽自喬木而下，乃是遠燒入山，其遠可知矣。』此論或與卷四『詩言其用不言其名』有異曲同工之妙，即以比喻、象征、類比諸手法烘托所述客體，不受原有物象束縛，使之更添文學意味也。近藤元粹評曰：『咏物秘訣。』又曰：『解得好。』此條可謂一語道破詩詞創作不二法門。又曰：『「象外句」語甚奇。』『象外』原爲哲學概念，意謂物象之外或塵世之外，舊題司空圖《二十四詩品·雄渾》將其用於詩歌品評：『荒荒油雲，寥寥長風。超以象外，得其環中。』此處側重風格類别，而惠洪移之於表現手法。

僧清順賦詩多佳句①

西湖僧清順頤②然〔一〕，清苦多佳句③。嘗賦④《十竹》詩云⑤：『城中寸土如寸金，高人⑥種竹衹十個。春風慎勿長兒孫，穿我階前綠苔破。』〔二〕又有《林下》詩曰⑦：『久服⑧林下游，頗識⑨林下⑩趣。縱渠綠陰繁，不礙清風渡。閑來石上眠，落葉⑪不知數。一鳥忽飛來，啼破幽寂處⑫。』〔三〕荊公游湖上，愛之，爲⑬稱揚其名。坡晚年亦與之游，亦多唱酬⑭。

【校】

①賦詩多佳句：《津逮秘書》本、《四庫全書》本、《學津討原》本作『《十竹》、《林下》詩』。『僧清順賦詩多佳句』《類説》作『竹詩』。

②頤：《稗海》本、《津逮秘書》本、《四庫全書》本、《學津討原》本、《筆記小説大觀》本、《類説》作『怡』。

③清苦多佳句：《類説》無。

④賦：《類説》作『作』。

⑤云：《類説》作『曰』。

⑥高人：《稗海》本、《津逮秘書》本、《四庫全書》本、《學津討原》本、《筆記小説大觀》本、《類説》作『幽軒』。

⑦曰：《類説》作『云』。

⑧服：《稗海》本、《津逮秘書》本、《四庫全書》本、《學津討原》本、《筆記小説大觀》本、《殷禮在斯堂叢書》本、《類説》作『從』。

⑨頗識：《類説》作『識破』。

⑩下：《筆記小説大觀》本作『中』。

⑪落葉：《殷禮在斯堂叢書》本作『葉落』。

⑫處：《類説》無後文。

⑬ 爲：《稗海》本、《津逮秘書》本、《四庫全書》本、《學津討原》本、《筆記小説大觀》本、《殷禮在斯堂叢書》本無。

⑭ 酬：古活字印本、寬文本作「訓」。

《詩話總龜》前集卷三十二《道僧門》全引此條，「頤」作「怡」，「清苦」後無「多佳句」，「嘗賦《十竹》詩云」作「賦《十竹》詩」，「高人」作「幽軒」，「又有《林下》詩曰」作「《林下》詩云」，「一」作「山」，「愛之」前無「游湖上」，無後文。《苕溪漁隱叢話》前集卷五十七《清順》全引此條，「云」作「曰」，「高人」作「幽軒」，「又有」後無「《林下》詩曰」，「閑來」作「閑行」，「寂」作「絕」，「爲」作「乃」，「亦多唱酬」作「甚多酬唱」。《詩話總龜》後集卷四十四《釋氏門二》所引與此相近，僅「頤」作「怡」。《苕溪漁隱叢話》後集卷三十七《清順》引《林下》，「服」作「從」。《詩人玉屑》卷二十《禪林·清順》所引近於《苕溪漁隱叢話》前集，僅「服」作「從」，「閑來」未變。又引《苕溪漁隱叢話》後集而誤注爲《復齋漫録》，且因將胡仔評論誤歸入《復齋漫録》而將「《復齋》之記」誤改爲「《冷齋》之記」。

【注】

〔一〕清順頤然：《宋僧惠洪行履著述編年總案》附録六《略談唐宋僧人的法名與表字》：「『頤

然」是清順之字。』見於《蘇軾詩集》卷八《是日宿水陸寺，寄北山清順僧二首》、卷九《僧清順新作垂雲亭》《五月十日，與吕仲甫、周邠、僧惠勤、惠思、清順、可久、惟肅、義詮同泛湖游北山》、卷三十一《怡然以垂雲新茶見餉，報以大龍團，仍戲作小詩》、卷三十二《連日與王忠玉、張全翁游西湖，訪北山清順、道潛二詩僧，登垂雲亭，飲參寥泉，最後過唐州陳使君夜飲。忠玉有詩，次韻答之》等。《咸淳臨安志》卷七十《人物十一·方外》：『石林葉夢得云：錢塘西湖舊有好事僧，往往喜作詩，其最知名者，熙寧間有清順、可久二人。順字怡然，久字逸老，其徒稱順怡然、久逸老。所居皆湖山勝處，而清約介静，不妄與人交，無大故不至城。士大夫多往就見，時有餽之米者，所取不過數斗，以瓶貯几上，日取其三二合食之，雖蔬茹亦不常有，故人尤重之。同時有思聰者亦似之，而詩差優。』

〔二〕〔三〕此爲清順《十竹》和《林下》，見於《全宋詩》卷九百一十，『高人』作『幽軒』，『服』作『從』。

【箋】

《苕溪漁隱叢話》後集卷三十七《清順》又引《復齋漫録》：『予見子蒼言後四句不同，云：「困即磻石眠，莫省落花數。惟聞犬吠聲，更入青蘿去。」後兩句雖不同無害，第「落葉不知數」一句不可，蓋初夏間未應落葉之多耳。』胡仔按語云：『「惟聞犬吠聲，更入青蘿去。」乃惠詮詩。東坡嘗和之云：「惟應山頭月，夜夜照來去」者是也。子蒼之言，《復齋》之記，皆誤也。』

《能改齋漫録》卷三《辨誤·僧清順詩》：『《冷齋夜話》記西湖僧清順詩：「久從林下游，頗識林下趣。從渠綠陰繁，不礙清風度。閑來石上眠，落葉不知數。一烏忽飛來，啼破幽寂處。」韓子蒼爲予言，後四句不同，云：「困即磻石眠，莫省落花數。惟聞犬吠聲，又入青松去。」』

蘇軾不滿僧詩有『蔬笋氣』，而清順與王安石、蘇軾交游唱和，必無此病，其作可證也。近藤元粹評曰：『絕無酸餡氣而有山林氣，使李賓之見之，亦應首肯。』山林氣意指山水之趣，文人詩多以此寄懷，不可勝言，清順詩亦有之。李東陽《麓堂詩話》：『僧最宜詩，然僧詩故鮮佳句。宋九僧詩，有曰：「縣古槐根出，官清馬骨高。」差强人意。齊己、湛然輩，略有唐調。其真有所得者，惟無本爲多，豈不以讀書故耶？』換言之，僧詩惟有向文人詩靠攏，方有可觀處。此論甚嚴，縱如是，清順詩亦足以與文人詩并駕齊驅而無愧也。

東坡稱①道潛之②詩

東吴僧道潛，有標致。嘗自姑蘇歸湖上，經臨平，作詩云：『風蒲獵獵弄輕柔，欲立蜻蜓不自由。五月臨平山下路，藕花無數滿汀洲。』〔一〕东坡赴官錢塘，過而見之，大稱賞。已而相尋於西湖③，一見如舊。及坡移守東徐〔二〕，潛往訪之，館於逍遥堂，士大夫爭欲識面。東坡饌客罷，與④俱來，而紅妝擁隨之。東坡遣一妓前乞詩，潛援筆而成曰：『寄語巫山窈窕娘，好將魂夢惱襄王。禪⑤心已作沾泥絮，不逐春風上下狂。』〔三〕一座大驚，自是名聞海内。然性褊尚氣，憎凡⑥子如仇。嘗作詩云⑦：『去⑧歲春⑨風上苑行，爛窺紅紫厭平生。如今眼底無姚魏，浪蕊浮花懶問名。』〔四〕士論以此少之。

【校】

① 稱：明刻本、靜嘉堂文庫本、故宫明本、《津逮秘書》本、《四庫全書》本、《學津討原》本、《殷禮在斯堂叢書》本後增『賞』。

② 之：《津逮秘書》本、《四庫全書》本、《學津討原》本、《殷禮在斯堂叢書》本無。

③ 『东坡』至『西湖』：明刻本、靜嘉堂文庫本、故宫明本無，《稗海》本、《津逮秘書》本、《四庫全書》本、《學津討原》本、《筆記小說大觀》本作『坡』。

④ 與：原本脱，據《稗海》本、《津逮秘書》本、《四庫全書》本、《學津討原》本、《筆記小說大觀》本、《殷禮在斯堂叢書》本補。

⑤ 禪：正保本作『揮』。

⑥ 凡：《稗海》本、《津逮秘書》本、《四庫全書》本、《學津討原》本、《筆記小說大觀》本作『兄』。

⑦ 云：明刻本無。

⑧ 去：靜嘉堂文庫本、故宫明本無。

⑨ 春：明刻本、故宫明本、《稗海》本、《津逮秘書》本、《四庫全書》本、《學津討原》本、《筆記小說大觀》本作『東』。

《詩話總龜》前集卷三十二《道僧門》全引此條，無『有標致，嘗自姑蘇歸湖上』『赴官錢塘，過而』『已而相尋於西湖，一見如舊』，『移守東徐』作『守徐』，『訪』前無『往』，『爭欲識面』作『欲識之』，後無『東』，『與俱』作『俱而』，無『而紅妝擁隨之』『東』『前』，『潛援筆而成』作『詩』，無『自是名聞海內』『尚氣』『如仇，嘗』，『士論』後無『以此』。

《苕溪漁隱叢話》前集卷五十六《參寥》全引此條，『吴』前無『東』，『致』作『置』，『湖上』作『西湖』，『經臨平』後增『道中』，『如舊』後增『相識』，『欲識面』作『識之』，『與』後增『之』，『紅妝』前無『而』，『褊』後無『尚氣』，『嘗作詩云』作『嘗作詩曰』，『苑』作『國』，『如今』作『而今』。《詩話總龜》後集卷四十四《釋氏門二》所引與此相同。《詩人玉屑》卷二十《禪林·道潛》所引與此相近，僅『標致』『汀洲』未變，『與俱來』作『約而俱來』。

【注】

〔一〕此爲道潛《臨平道中》，見於《參寥子詩集校注》卷一。

〔二〕《蘇軾年譜》：『熙寧十年（一〇七七）調任徐州知州，四月到任。』

〔三〕此爲道潛《子瞻席上令歌舞者求詩，戲以此贈》，見於《參寥子詩集校注》卷三，「寄語巫山」作「底事東山」，「好」作「不」，「魂」作「幽」，「惱」作「囑」，「不」作「肯」。

〔四〕此爲道潛《春日雜興十首》其五，見於《參寥子詩集校注》卷五，「如」作「而」。

【箋】

道潛詩脱去僧人氣息，全然是文人模樣，此其所以特異也。近藤元粹評第一首詩曰：「氣韻絕特，置之於唐人集中，誰知烏雌雄。」雖未免揚之太過，但足見道潛詩水準。評第二首詩曰：「《侯鯖録》以是詩爲參寥之作，可參看。」此乃原書不誤而評論有誤也。評第三首詩曰：「傲然之狀可想。」所謂「文如其人」，道潛詩詞傑出，源於其爲人傲骨錚錚，此非體道應有之態，而乃先行養氣再以習文所需也。

僧景淳詩多深意

桂林僧景淳〔一〕，工爲五言詩，詩①規模清寒，其淵源出於島、可②，時有佳句。元豐之初，南國山林人多傳誦。居豫章乾明寺，終③日閉門，不置侍者，一室淡然。聞鄰寺齋鐘即造焉，坐海④衆食堂前，飯罷徑去。諸刹皆敬愛之，見其至，則爲設鉢。其或陰雨，則諸刹爲送食，住二十年如一日。有⑤四時不出，謂⑥大風雨、極寒熱時。景福老順⑦〔二〕爲予言，淳詩意苦而深，世不可遽解，如曰：『夜色中旬後，虚堂坐幾更。隔⑧溪猿不叫，當檻月初生。』〔三〕又曰：『後夜客來稀，幽齋獨掩扉。月中無旁立，草際一螢飛。』〔四〕有深意。予時方十六七，心不然之，然聞清修自守，是道人活計，喜之耳。

【校】

①詩：《稗海》本、《津逮秘書》本、《四庫全書》本、《學津討原》本、《筆記小説大觀》本、《殷禮在斯堂叢書》本無。

②可：《稗海》本、《學津討原》本、《筆記小説大觀》本作『而』。

③終：明刻本作『絡』。

④海：《稗海》本、《筆記小説大觀》本無，《稗海》本、《津逮秘書》本、《四庫全書》本、《學津討原》本、《筆記小説大觀》本前增『同』。

⑤有：明刻本、静嘉堂文庫本、故宫明本、《稗海》本、《津逮秘書》本、《四庫全書》本、《學津討原》本、《筆記小説大觀》本無。

⑥謂：《稗海》本作『畏』。

⑦順：《稗海》本、《津逮秘書》本、《四庫全書》本、《學津討原》本、《筆記小説大觀》本作『衲』。

⑧隔：《稗海》本、《津逮秘書》本、《四庫全書》本、《學津討原》本、《筆記小説大觀》本、《殷禮在斯堂叢書》本作『臨』。

《詩話總龜》前集卷三十二《道僧門》截取此條首句及後半部分而成，『工爲五言詩』作『工詩』，『景福老順』作『福老衲』，『意苦』前無『詩』，『不叫』作『乍叫』，『旁』作『事』，無『有深意』，『方』前增『年』，無『不然之』後文。《詩人玉屑》卷二十《禪林·景淳》所引與此相近，僅『福老順』前無『景』，『不叫』『時方』未變。

【注】

〔一〕景淳：《全唐五代詩格彙考》：『活動於北宋仁宗至神宗朝。』

〔二〕景福老順：即上藍順禪師（約一〇一三—一〇九三），南岳懷讓下第十二世，黄龍慧南法嗣，屬臨濟宗黄龍派。生平行迹見於《欒城集》後集卷五《香城順長老真贊并引》、《林間録》卷下、《建中靖國續燈録》卷十三目録、《嘉泰普燈録》卷四《隆興府上藍順禪師》、《五燈會元》卷十七目録等。

〔三〕〔四〕《全宋詩》卷一千零五十二收爲景淳絶句兩首，『隔』作『臨』。

【箋】

宋代詩僧與僧詩蔚爲大觀，源於當時『三教合流』社會思潮之涵養。景淳因所處地理位置與詩歌淵源而成爲典型，但仍不脱僧詩氣質，特色與局限同樣鮮明。近藤元粹評曰：『當時何多奇僧。』此乃宋代思想界一隅之真實寫照。評景淳詩曰：『未足以爲妙。』此非全然否定，而是與文人詩相比尚有差距之意。又曰：『謂大風一句欠明瞭。』其實，此句并無歧義，實指大風、大雨、極寒、極熱四種天氣狀況。

鍾山賦詩

余居鍾山最久，超然山水間，夢亦成趣。嘗乘①佳月登上方，深入定林，疲②臥松下石上。四更，自寶公塔路還合妙齋，月炅虚幌③，淨几桯④然，童僕憨⑤寢再⑥鼾。憑前檻無所見，時有流螢穿戶牖，風露浩然，松聲滿院。作詩曰：『雨過東南月清亮⑦，意行深⑧入碧蘿層。露眠不管牛羊踐，我是鍾山無事僧。』〔一〕又曰：『未饒拄杖挑山衲，差勝袈裟裹草鞋。吹面谷風衝過虎，歸來松⑨雨撼空齋。』〔二〕

【校】

①乘：明刻本、故宫明本作「葉」。

②疲：明刻本、靜嘉堂文庫本、故宫明本作「變」。

③幌：原本作「恍」，據靜嘉堂文庫本、《稗海》本、《津逮秘書》本、《四庫全書》本、《學津討原》本、《筆記小説大觀》本、《殷禮在斯堂叢書》本改。

④桯：《稗海》本、《津逮秘書》本、《四庫全書》本、《學津討原》本、《筆記小説大觀》本作「兀」。

⑤憨：《稗海》本、《學津討原》本、《筆記小説大觀》本作「戇」。

⑥再：《稗海》本、《津逮秘書》本、《四庫全書》本、《學津討原》本、《筆記小説大觀》本作「甫」。

⑦清亮：《稗海》本、《津逮秘書》本、《四庫全書》本、《學津討原》本、《筆記小説大觀》本、《殷禮在斯堂叢書》本作「亮清」。

⑧深：古活字印本、正保本、寬文本、文化本、《螢雪軒叢書》本作「源」。

⑨松：《稗海》本、《津逮秘書》本、《四庫全書》本、《學津討原》本、《筆記小説大觀》本作「風」。

【注】

〔一〕〔二〕此爲惠洪《合妙齋二首》其一、其二，見於《石門文字禪》卷十五，『過虎』作『虎過』。注云：『《東坡詩》十五卷：「莫遣牛羊入意行。」』又云：『《傳燈錄（實爲〈五燈會元〉）·投子法宗傳》：「如何是道者家風？」師曰：「袈裟裹草鞋。」曰：「意旨如何？」師曰：「赤脚下桐城。」』《宋僧惠洪行履著述編年總案》將之繫於大觀三年（一一〇九），『案：蓋此合妙齋乃在鍾山，非筠州新昌資國寺之合妙齋。《合妙齋二首》與《合妙齋記》非同時同地所作。』

【箋】

《永樂大典》卷一萬三百零九『所欠一死』：『宋吴坰《五總志》：「洪覺範雖以詩名，而荒唐不學，世無其比，未易一二舉也……又四更自寶公塔還合妙齋，疲臥松下石上，其詩云：『露眠不管牛羊踐，我是鍾山無事僧。』初不知牛羊下來爲底時節，而用於四更事中。以吾法議之，當斷不應而從重。」』

惠洪文筆甚佳，此條堪稱上等閑適小品文，詩則泯然衆人矣。近藤元粹評曰：『敘來文亦成趣。』又曰：『居然仙境。』惠洪確有生花妙筆。又曰：『的是僧詩。』縱以《石門文字禪》諸作論之，亦非居於第一流者也。或以其事風雅而錄之，本不在詩也。

僧可遵好題詩

福州僧可遵〔一〕，好作詩，暴所長以蓋人，叢林貌禮也①，而心不然。嘗題詩湯泉壁間，東坡游廬山，偶見，爲和之。遵曰：『禪庭誰立石龍頭，龍口湯泉沸不休②。直待衆生塵垢盡，我方清冷混常流。』〔二〕東坡曰：『石龍有口口無根，龍口湯泉自吐吞。若信衆生本③無垢，此泉何處覓寒溫。』〔三〕遵自是愈自④矜伐。客金陵，佛印元公〔四〕自京師還，過焉。遵作詩贈之曰：『上國歸來路幾千，渾身⑤猶帶御爐煙。鳳凰山下敲蓬戶⑥，驚起山翁白晝眠。』〔五〕元戲答曰：『打睡禪和萬萬千，夢中趨利走如煙。勸君抖擻⑦修禪定，老境如蠶已再眠。』〔六〕元詩雖少緼藉〔七〕，然一時快之。

【校】

① 也：《稗海》本、《津逮秘書》本、《四庫全書》本、《學津討原》本、《筆記小説大觀》本作『之』。

② 休：故宫明本作『林』。

③ 本：明刻本、静嘉堂文庫本、故宫明本前增『無』。

④ 自：《稗海》本、《筆記小説大觀》本無。

⑤ 身：《稗海》本、《筆記小説大觀》本作『然』。

⑥ 戹：明刻本、静嘉堂文庫本、故宫明本作『戹』，《稗海》本、《津逮秘書》本、《四庫全書》本、《學津討原》本、《筆記小説大觀》本作『咏』。

⑦ 抖擻：明刻本、静嘉堂文庫本、故宫明本作『抙快』，《稗海》本、《津逮秘書》本、《四庫全書》本、《學津討原》本、《筆記小説大觀》本作『打快』。

《苕溪漁隱叢話》前集卷五十七《湯泉詩》全引此條，『貌禮』後無『也』，『不然』後增『之』，『立』作『作』，『覓』作『有』，『境』作『覺』，第二個『然』作『亦』。

【注】

〔一〕可遵：青原行思下第十一世，報本有蘭法嗣，屬雲門宗。生平行迹見於《建中靖國續燈錄》卷十一《福州中際可遵禪師》、《五燈會元》卷十六《中際可遵禪師》等。

〔二〕此爲可遵《題湯泉壁》，見於《全宋詩》卷五百十八。

〔三〕此爲蘇軾《余過溫泉，壁上有詩云：『直待衆生總無垢，我方清冷混常流。』問人，云：『長老可遵作。』遵已退居圓通，亦作一絶》，見於《蘇軾詩集》卷二十三，『龍口湯泉自』作『自在流泉井尚有存誰』。標題下注云：『查注：《廬山紀事》：「隘口東南，爲黄龍山。北麓有二池，水曰溫泉。井尚有存者，皆沒於水中。其無井處有沸泉，東一池尤熱，西池水稍深，又有他水來雜之，故其冷者三分之一。」合注：《老學庵筆記》：「可遵詩本凡惡，偶以『無垢』句爲坡所賞，大自矜詡，追坡至前途，自言有一絕，欲題三峽之後，遂朗吟曰：『君能識我湯泉句，我却愛君三峽詩。道得可咽不可漱，幾多詩將豎降旗。』坡悔賞拔之誤，且惡其無禮，促駕去。遵徑至栖賢，欲題所舉絕句，寺僧方礱石刻坡詩，大詬而逐之，山中傳以爲笑。」』『若信衆生本無垢，此泉何處覓寒溫』句下注云：『王注：先生《詩話》：「游湯泉，覽留題百餘首，獨愛遵師一偈云：『禪庭誰作石龍頭，龍口湯泉沸不休。』其下二句，即題中所載。」』

〔四〕佛印元公：即了元（一〇三二—一〇九八），青原行思下第十世，開先善暹法嗣，屬雲門宗。生平行迹見於《建中靖國續燈録》卷六《雲居山佛印禪師》、《禪林僧寶傳》卷二十九《雲居佛印元禪師》、《聯燈會要》卷二十八《洪州雲居佛印元禪師》、《五燈會元》卷十六《雲居了元禪師》等。

〔五〕此爲可遵《佛印元公自京師還，作詩贈之》，見於《全宋詩》卷五百十八，『蓬戶』作『篷咏』。

〔六〕此爲了元《答可遵》，見於《全宋詩》卷七百二十一，『煙』作『楊』，『抖擻』作『打快』。

〔七〕《〈冷齋夜話〉考》：『少緼藉：《史記·酷吏傳》：「義縱敢行，少緼藉。」』

【箋】

《詩話總龜》前集卷二十《咏物門上》引《王直方詩話》:『高致虚云:「東坡言過溫泉壁上見詩云:『直待衆生總無垢,我方清冷混常流。』問人,云:可遵作。因作一絶云:『石龍有口口無根,自在流泉誰吐吞。若信衆生本無垢,此泉何處覓寒溫。』可遵緣此知名。後來京師,每有賓客,必出數十篇,讀者無不絶倒。」』《宋詩話輯佚》所録《王直方詩話》『可遵』誤作『何遵』。《冷齋夜話》與《蘇軾詩集》均貶抑可遵,《王直方詩話》態度不盡相同。

唐代以詩歌著稱,詩人以此自許,社會亦有共識,但詩僧理念與言行俱未能與之相齊。就此條觀之,宋代詩僧頗有唐代文人之風,此乃佛教浸潤文化之觸角更長更細,詩禪交融之深度亦大勝從前故也。近藤元粹評曰:『原作大佳,故坡翁亦和之,而坡詩更佳。』可遵類似汲汲功名之學子,焉能與蘇軾相提并論?又曰:『佛印禪師法名了然,與東坡厚善。』蘇軾與名僧輩往來,深契佛理,非徒流於文字者也。又曰:『佛印滑稽辯捷,坡翁勁敵,妄僧爲其所愚弄,宜矣。』佛印此舉不合佛門之理,而爲文壇習見也。

卷之七

哲宗問[1]蘇軾襯章[2]道衣

哲[3]宗問右璫陳衍：『蘇軾襯朝章者何衣？』衍對曰：『是道衣。』哲宗笑之。及謫英州，雲居佛印遣書追至南昌，東坡不復答書，引紙大書曰：『戒和尚又錯脫也。』後七年復官，歸自海南，監玉局觀〔一〕，作偈[4]戲答僧曰：『惡業相纏四十[5]年，常[6]行八棒十三禪。却著衲衣歸玉局，自疑身是五通仙。』〔二〕

【校】

① 哲宗問：《津逮秘書》本、《四庫全書》本、《學津討原》本無。

② 章：明刻本、故宮明本作『草』，《津逮秘書》本、《四庫全書》本、《學津討原》本作『朝』。

③ 哲：靜嘉堂文庫本無。

④ 偈：明刻本、故宮明本作『倡』。
⑤ 四十：《稗海》本、《津逮秘書》本、《四庫全書》本、《學津討原》本、《筆記小説大觀》本作『卌八』，明刻本、静嘉堂文庫本、故宮明本後增『八』。
⑥ 常：古活字印本、正保本、寛文本、文化本、《螢雪軒叢書》本作『當』。

《詩話總龜》前集卷十九《紀實門下》將卷七《夢迎五祖戒禪師》『蘇子由謫高安』至『夢一僧來托宿』與此條『及謫英州』至結尾兩相揉合，『雲』後無『居佛印』，『至』前無『追』，『東坡不復答書』作『坡』，無『七年，復官，歸自海南』，『戲答僧』作『答南華長老』。

《苕溪漁隱叢話》前集卷四十一《東坡四》全引此條，『陳衍』後增『曰』，『朝章』後無『者』，『對曰』前無『衍』，『雲居佛印遺書追至南昌』作『佛印、雲庵遺書至』，『東坡不復答書』作『坡不復答，但』，『錯』作『鑿』，無『復官』，『監玉局觀』作『有玉局之除』，『戲答僧曰』作『答南華長老云』，『四十』作『五十』，『却』作『今』，『自疑身是』作『可憐化作』。

【注】

〔一〕《蘇軾年譜》：『元符三年（一一〇〇）十一月初一日，授蘇軾朝奉郎、提舉成都府玉局觀、外州軍任便居住。』

〔二〕此爲蘇軾《南華老師示四韻，事忙，姑以一偈答之》，見於《蘇軾詩集》卷四十七，『四十』

作『五十』。《〈冷齋夜話〉考》：『嘗行八棒十三禪：《碧巖》二（十八丈左）：「八棒對十三。」』

【箋】

關於給蘇軾寫信之人，《冷齋夜話》記爲佛印，《詩話總龜》明顯脱誤，《苕溪漁隱叢話》記爲佛印與雲庵（真淨克文），未知孰是。關於『惡業相纏』時間，大致有四十年、四十八年與五十年三種説法，或爲概數，難以細究。

蘇軾有治世之才，而宋哲宗僅以方外之人待之，蘇軾不得已而逃禪，此不遇之時命故也。《史記》卷四十七《孔子世家》記『孔子厄於陳蔡』時顔回曰：『夫道之不修也，是吾醜也。夫道既已大修而不用，是有國者之醜也。不容何病，不容然後見君子！』以此衡之，蘇軾又何憾之有哉？近藤元粹評曰：『緇門嗅味，門外漢不易解。』其實，此條與後文《夢迎五祖戒禪師》相表裏，即坊間盛傳蘇軾爲五祖師戒禪師轉世，故而蘇軾有上述之言，并無禪門機鋒也。

東坡廬山偈

東坡游廬山，至東林，作偈曰：『溪聲便①是廣長舌，山色豈非清淨身。夜來八萬四千

偈，它日如何舉似人。』〔一〕

【校】

① 使：明刻本、故宮明本作『使』。

【注】

〔一〕此爲蘇軾《贈東林總長老》，見於《蘇軾詩集》卷二十三。

廬山老人於①般若②中③了無剩語④

『横看成嶺側成峰，遠近看山了不同。不識廬山真⑤面目，衹緣身在此山中。』〔一〕魯直曰：『此老人於般若横説豎⑥説，了⑦無剩語，非其筆端有口，安⑧能吐此不傳之妙哉！』

【校】

①廬山老人於：《津逮秘書》本、《四庫全書》本無。

②若：故宫明本無。

③中：《津逮秘書》本、《四庫全書》本、《殷禮在斯堂叢書》本無。

④《學津討原》本無此條標題，與上條合并。

⑤真：明刻本、故宫明本作「員」。

⑥豎：明刻本、静嘉堂文庫本、故宫明本作「堅」。

⑦了：故宫明本作「子」。

⑧口：《四庫全書》本作「舌」。「安」《殷禮在斯堂叢書》本無。「有口，安」明刻本、静嘉堂文庫本、故宫明本、《稗海》本、《津逮秘書》本、《學津討原》本、《筆記小説大觀》本無。

《詩話總龜》前集卷二《達理門》引此條與前條，「作偈」作「作二偈」，「魯直」作「山谷」，「老」後無「人」，「筆端」前無「其」，「妙」後無「哉」。

《苕溪漁隱叢話》前集卷三十九《東坡二》引此條與前條，「東林」前無「至」，「偈曰」作「二偈云」，「看山了」作「高低各」，「魯直曰」作「山谷云」，「剩」作「剌」，「口」作「舌」，後增「亦」，「妙」後無「哉」。

【注】

〔一〕此爲蘇軾《題西林壁》，見於《蘇軾詩集》卷二十三，『看山』作『高低』，『了』作『總』。『横看成嶺側成峰，遠近高低總不同』句下注云：『誥案：凡此種詩，皆一時性靈所發，若必胸中有釋典，而後爐錘出之，則意味索然矣。合注、施注以《感通録》《華嚴經》坐實之，詩皆化爲糟粕。是謂顧注不顧詩，今皆删。』此實研讀禪詩之要訣也。

【箋】

諸家稱引大抵將此條與前條合二爲一，因爲兩詩雖有東林寺與西林寺之别，但終歸都在廬山，且有異曲同工之妙。

《捫虱新話》上集卷一《因登山而感所見》：『孔子登東山而小魯，登泰山而小天下。所登愈高，所見愈大。天下之理，固自如此。雖然，孔子豈但登泰山而後知天下之小哉？此孟子所以有感於是也。東坡嘗用其意作廬山詩曰：「横看成嶺側成峰，遠近看山總不同。不識廬山真面目，祇緣身在此山中。」知此則知孔子登山之意也。無爲楊次公奉使登泰山絶頂，鷄一鳴，見日出。由是而言，則世之不見日者尚多也。』此乃以蘇詩爲例，總結登山詩之緣起與境界。

這兩首蘇軾詩既有文人詩旨趣，又有僧詩禪意，此乃蘇軾精通佛學，妙筆生花，作品堪稱藝術與禪理完美結合故也。由是可知蘇軾批評僧詩有『蔬筍氣』，并非祇是出於理論本能，而係知行合一之結果。近藤元粹評曰：『筆端有舌，無乃廣長舌乎？』蘇軾稱於此喻也。

華亭①船子和尚偈

華亭船子和尚〔一〕偈②曰：『千尺絲綸直下垂，一波纔動萬波隨。夜靜水寒魚不食，滿船空載月明歸。』〔二〕叢林盛傳，想見其爲人③。宜州倚曲音④成長短句曰：『一波纔動萬波隨。簑笠一鈎⑤絲，金鱗正在深處，千尺也須垂。吞又吐，信還疑，上鈎⑥遲。水寒江靜，滿目青山，載月明歸。』〔三〕

【校】

① 華亭：《津逮秘書》本、《四庫全書》本、《學津討原》本無，明刻本、靜嘉堂文庫本、故宫明本中增『船』。

② 偈：故宫明本作『倡』，《類說》前增『有』。

③ 『叢林』二句：《類說》無。

④ 宜州倚曲音：《類說》作『黄魯直歌』。

⑤ 鈎：靜嘉堂文庫本、故宫明本、正保本、《螢雪軒叢書》本、《類說》作『釣』。

⑥ 鈎：明刻本、靜嘉堂文庫本、故宫明本、《稗海》本、《學津討原》本作『釣』。

《墨客揮犀》卷七《船子和尚偈》亦有此條，『偈』前增『有』，『宜州』作『山谷』，『成』前增『歌』，『深處』作『深深處』，『江』作『夜』。

《詩話總龜》前集卷四十二《樂府門》全引此條，無『叢林盛傳，想見其爲人』，『宜州倚曲音成』作『山谷改成』。

《苕溪漁隱叢話》前集卷五十六《船子和尚》全引此條，『偈』前增『有』，『宜州』作『山谷』，『成』前增『歌』。《詩話總龜》後集卷四十四《釋氏門二》、《詩人玉屑》卷二十《禪林·船子和尚》所引與此相同。

【注】

〔一〕華亭船子和尚：即德誠，青原行思下第三世，藥山惟儼法嗣。生平行迹見於《祖堂集》卷五《華亭和尚》、《景德傳燈録》卷十四《華亭船子和尚》、《聯燈會要》卷十九《秀州華亭船子德誠禪師》、《五燈會元》卷五《船子德誠禪師》等。

〔二〕此爲德誠《船子和尚撥棹歌》其二，《五燈會元》所引亦同。

〔三〕此爲黄庭堅《訴衷情》，見於《山谷詞》。箋注云：『此首約作於元符二年己卯（一〇九九），時山谷在戎州貶所。』又云：『釋普濟《五燈會元》卷五載秀州華亭船子德誠禪師《撥棹歌》

六首，其二爲山谷此詞所本。』

【箋】

世之高僧大德多矣，以藝術見稱者亦不乏其人，但兩者兼善而臻於第一流者，德誠可謂獨出衆人之表也。《船子和尚撥棹歌》以禪門之心，操文人之筆，妙手偶得，自然天成，篇篇皆善，非止此首也。近藤元粹評曰：『妙絶，奇絶。』誠哉斯言！德誠詩既有僧人跂望之文筆，亦有文人難得之禪心，謂之盡善盡美，不爲過譽也。又曰：『山谷之作，未知妙處，恐是贅言。』王若虛《滹南詩話》亦云：『山谷又取船子和尚詩爲《訴衷情》，而《冷齋》亦載之。予謂此皆爲蛇畫足耳，不作可也。』當然，這祇是個别觀點，贊成者仍居多數。黄庭堅雖是詩壇巨擘，但改作仍有爭議，兩相對照，益知德誠之高不可攀也。

東坡和陶淵明①詩

東坡在惠州，盡和淵明詩。魯直②在黔南〔一〕聞之，作偈曰：『子瞻謫南海③，時宰欲殺之。飽吃惠州飯，細和淵明詩。淵明千載人，子瞻百世士。出處固不同，風味亦相似。』〔二〕尋又遷儋耳，久之，天下盛傳子瞻已仙去矣。後七年北歸，時章丞相方貶雷州〔三〕。東坡至南昌〔四〕，太守葉公祖洽〔五〕問曰④：『世傳端明〔六〕已歸道山，今尚耳游戲人間耶？』東坡曰：『途中見章子厚⑤，乃迴反耳。』

【校】

①淵明：《津逮秘書》本、《四庫全書》本、《學津討原》本無。

②魯直：《稗海》本、《津逮秘書》本、《四庫全書》本、《學津討原》本、《筆記小說大觀》本、《殷禮在斯堂叢書》本前增『時』。

③南海：《稗海》本、《津逮秘書》本、《四庫全書》本、《學津討原》本、《筆記小說大觀》本、《殷禮在斯堂叢書》本作『海南』。

④葉公祖洽問曰：明刻本、靜嘉堂文庫本、故宮明本無，《稗海》本、《津逮秘書》本、《四庫全書》本、《學津討原》本、《筆記小說大觀》本作『云』。

⑤章子厚：明刻本、故宮明本作『童子原』。

《墨客揮犀》卷七《東坡和淵明詩》亦有此條，『魯直』前增『時』，『偈曰』作『偈云』，『盛傳』作『傳聞』，『南昌』後增『府』，『坡曰』前無『東』。《詩話總龜》前集卷二十五《感事門下》引此條前半部分，『南海』作『海南』。

《苕溪漁隱叢話》前集卷四《五柳先生下》全引此條，『偈』作『詩』，『南海』作『嶺南』，第三個『淵明』作『彭澤』，『固』作『雖』，『亦』作『乃』，『尋又』作『後』，『盛』作『哄』，『後』作『又』，『丞相』前增『惇』，『至』前增『歸』，『葉公祖洽問曰』作『葉祖洽曰』，『歸道山』作『游道山』，『坡曰』前無『東』，『子厚』前無『章』，『乃回返』作『故返回』。

【注】

〔一〕《黄庭堅年譜新編》：『紹聖二年（一〇九五）正月，始赴貶所，四月二十三日到黔州。』『建中靖國元年（一一〇一）四月，在荊州，作《跋子瞻和陶詩》。』

〔二〕此爲黄庭堅《跋子瞻和陶詩》，見於任淵《山谷詩集注》卷十七，標題下注云：『東坡和陶淵明詩，凡一百有九篇。追和古人，自東坡始。』於前四句下注云：『東坡知揚州，初和淵明《飲酒》詩二十首。《歸園田居》以下，皆謫惠州後所作。東坡以紹聖元年（一〇九四）安置惠州，時章惇爲宰相。老杜歌曰：「但使殘年飽吃飯，祇願無事長相見。」』又於後四句下注云：『唐人張旭有帖云：「賀八清鑒風流，千載人也。」《孟子》曰：「伯夷、柳下惠，奮乎百世之上。百世之下，聞者莫不興起。」山谷作《王持字說》曰：「世無千歲之人，安得千歲之士，蓋其德可以經盛衰云耳。」《易》曰：「君子之道，或出或處，或默或語。二人同心，其利斷金。同心之言，其臭如蘭。」子由作《和陶集序》亦曰：「區區之迹，蓋未足以論士也。」』任淵於前四句注詳盡敘述蘇軾和陶詩來龍去脈，於後四句注推尊陶淵明與蘇軾不遺餘力。惠洪所引黄庭堅詩字句有異，精神旨歸則與任淵注無二也。

〔三〕《章惇歷官年譜》：『建中靖國元年（一〇一一）二月，被貶雷州。次年改任舒州團練副使，睦州居住。』

〔四〕《蘇軾年譜》：『建中靖國元年（一一〇一）三月，至南昌，晤葉祖洽。』

〔五〕《續資治通鑒》卷八十六：『哲宗元符三年（一一〇〇）十月，龍圖閣待制、知洪州葉祖洽落職，依舊知洪州。』卷八十七：『徽宗建中靖國元年（一〇一一）十二月，以知洪州葉祖洽爲寶文閣待制，代呂希純知瀛洲，呂希純改知潁州。』

〔六〕《蘇軾年譜》：『元祐七年（一〇九二）十一月，乞越州，不允，除端明殿學士、禮部尚書兼翰林侍讀學士。』

【箋】

《苕溪漁隱叢話》前集卷四《五柳先生下》引東坡云：『古之詩人有擬古之作矣，未有追和古人者也，追和古人，則始於東坡。吾於詩人無所甚好，獨好淵明之詩。淵明作詩不多，然其詩質而實綺，癯而實腴，自曹、劉、鮑、謝、李、杜諸人，皆莫及也。吾前後和其詩凡百有九篇，至其得意，自謂不甚愧淵明。然吾之於淵明，豈獨好其詩也哉？如其爲人，實有感焉。淵明臨終疏古儼等：「吾少而窮苦，每以家弊，東西游走。性剛才拙，與物多忤。自量爲己，必貽俗患，僶俯辭世，使汝等幼而饑寒。」淵明此語，蓋實錄也。吾真有此病而不蚤自知，半世出仕，以犯大患，此所以深愧淵明，欲以晚節師範其萬一也。』詳述蘇軾創作和陶詩之緣起。

《詩林廣記》有兩處涉及此條，一是前集卷一陶淵明《飲酒》後附《東坡和陶淵明飲酒》，所引範圍同於《詩話總龜》，除「魯直」前增「黄」，「作偈」作「作詩」外，引詩同任淵注，僅「乃」作「略」。考諸家之説，似以任淵注爲是。二是後集卷五黄庭堅《跋子瞻和陶詩》，同於《黄庭堅詩集注》，下引任淵注云：「東坡知揚州，初和淵明《飲酒》詩二十首。《歸園田居》以下，皆謫惠州後所作，凡一百有九篇。追和古人，自東坡始。」

至於如何評價蘇軾和陶詩，向來見解不一。《王直方詩話》：「紹聖間，山谷見東坡《和淵明〈飲酒〉》詩，讀至『前山正可數，後騎且勿驅』，云：『此老未死在。』又云：『東坡在揚州《和飲酒》詩，祇是如己所作，至惠州《和歸田園》六首，乃與淵明無異。』」意謂和陶詩作於不同時期，且藝術差别顯著。《滹南詩話》卷中：「東坡和陶詩，或謂其終不近，或以爲實過之，是皆非所當論也。渠亦因彼之意以見吾意云爾，曷嘗心競而較其勝劣邪？故但觀其眼目旨趣之何如，則可矣。」意謂和陶詩核心價值在於與陶淵明藝術旨趣相通，而非詩意或詞句相似與否。

秀傑之作是作者人格魅力之文學呈現，陶詩與杜詩面貌雖截然不同，但同爲宋人眼中典範，兩者生命氣息與藝術境界相融無礙。後世模擬陶詩者衆多，蘇軾最爲傑出，黄庭堅將兩人品性與詩風相提并論，意在贊美蘇軾，而蘇軾盡和陶詩，則是用亦步亦趨之方式致敬陶淵明。近藤元粹評黄庭堅詩曰：「月旦確當。」陶淵明受道教影響而蘇軾受佛教影響，但這絲毫不妨礙後人與前人心意相通。評蘇軾之語曰：「使人絶倒，廣長舌乃是禍根。」章惇憑權勢流放蘇軾，但縱被貶至天涯海角，蘇軾始終立於心性至高點俯視他人，紋絲不動。換言之，蘇軾并非徒逞口舌之快，而是此等人全然無法贏得其半分尊重而已。章惇聞之必含恨在心，是爲禍根，然則無論言與不言，君子注定爲小人所忌，故隨心即可，何必在意，此方爲得陶淵明之真意也。

東坡作偈戲慈雲長老，又與劉器之同參玉版禪①

東坡自海南至虔上，以水涸不可舟，逗留月餘，時過慈雲寺浴。長老明鑒〔一〕，魁梧如所畫慈恩〔二〕，然叢林不②以道學與之。東坡作偈戲之曰：『居士無塵堪洗沐，老師有句借宣揚。窗間③但見蠅鑽紙，門外時聞④佛放光。遍界難藏真薄相，一絲不挂且逢場。却須⑤重說圓通偈，千眼熏籠⑥是法王。』〔三〕又嘗要劉器之同參玉版和尚，器之每倦山行，聞見玉版，忻然從之。至廉泉寺，燒筍而食，器之覺筍味勝，問：『此筍何名？』東坡曰：『即玉版也。此老師善說法，要能⑦令人得禪悦之味。』於是器之乃悟其戲，爲大笑。東坡亦⑧作偈曰：『叢林真百丈⑨，嗣法有横枝。不怕石頭⑩路，來參玉版師。聊憑柏樹子，與問籜龍兒。瓦礫猶能說，此君那⑪不知。』〔四〕

【校】

①版禪：明刻本、靜嘉堂文庫本、故宫明本無。《津逮秘書》本、《四庫全書》本、《學津討原》本標題作『戲作偈語』。

②不：明刻本、靜嘉堂文庫本、故宫明本、《稗海》本、《津逮秘書》本、《四庫全書》本、《學津討原》本、《筆記小説大觀》本、《筆記小説大觀》本、《殷禮在斯堂叢書》本無。

③間：《稗海》本、《筆記小説大觀》本作『前』。

④聞：明刻本、故宫明本作『間』。下同。

⑤須：《稗海》本無。

⑥熏：明刻本、故宫明本、《稗海》本、《津逮秘書》本、《學津討原》本、《筆記小説大觀》本、《殷禮在斯堂叢書》本作『重』。『籠』明刻本、故宫明本作『龍』。

⑦能：《筆記小説大觀》本無。

⑧亦：明刻本、靜嘉堂文庫本、故宫明本、《稗海》本、《津逮秘書》本、《四庫全書》本、《學津討原》本、《筆記小説大觀》本後增『悦』。

⑨丈：明刻本、故宫明本作『友』。

⑩頭：明刻本、故宫明本作『豆』。

⑪那：明刻本、靜嘉堂文庫本、故宫明本作『船』。

《詩話總龜》前集卷二十《咏物門上》引此條後半部分：『器之喜談禪而倦游山，山中筍出，戲語器之同去參玉版和尚去來，乃作此句云：……（「嗣法」作「法嗣」）。』《苕溪漁隱叢話》前集卷三十九《東坡二》全引此條，『至虔上』作『還至贛上』，『不可舟』作『舟不可行』，『慈雲寺』作『一僧舍』，『長老明鑒』作『其長老』，『如』後增『世』，『與之』作『稱之』，『淋』作『滌』，第一個『老師』作『道人』，『窗間』作『舉頭』，『門外』作『撫背』，『且』作『但』，『重』作『更』，『嘗要』作『嘗與』，『廉泉』後無『寺』，『何』前無『筍』，『東坡曰：即玉版也』作『曰名玉版』，第二個『老師』作『老僧』，『令人』前無『能』，『乃』作『方』，無『爲大笑』，『作偈曰』前無『亦』，『嗣法』作『法嗣』。《詩林廣記》後集卷三蘇軾《玉板長老倡》，『嗣法』作『法嗣』，『來參』作『來尋』。下引此條後半部分，自『東坡嘗邀劉器之』至『方悟其戲』，近於《苕溪漁隱叢話》，僅『即玉版也』作『名玉版』。又引《蘇軾詩集》諸家之注。

【注】

〔一〕明鑒：南岳懷讓下第十四世，兜率從悦法嗣，屬臨濟宗黄龍派。

〔二〕慈恩：即玄奘（六〇〇—六六四），河南洛州偃師人，法相宗創始人，中國佛教三大翻譯家之一，翻譯佛典七十五部，一千三百三十五卷，撰《西域記》十二卷。生平行迹見於《舊唐書》卷一百九十一《方伎傳·僧玄奘傳》、《大唐大慈恩寺三藏法師傳》、《續高僧傳》等。

〔三〕此爲蘇軾《戲贈虔州慈雲寺鑒老》，見於《蘇軾詩集》卷四十五，『老師』作『道人』。

〔四〕此爲蘇軾《器之好談禪，不喜游山，山中笋出，戲語器之可同參玉版長老，作此詩》，見於《蘇軾詩集》卷四十五，『嗣法』作『法嗣』。

【箋】

蘇軾禪學水平不亞於佛門高僧，是故法眼所見，『青青翠竹，盡是真如；郁郁黃花，無非般若。』（《祖庭事苑》卷五）日常生活瑣事，皆可揭出所藴之禪意，此非禪學深入骨髓之明證乎？近藤元粹評曰：『善謔，亦使人絕倒。』其實，蘇軾所有戲謔，或抒情性，或見理趣，非市井俗語之儔，不可等而視之也。

東坡留戒公長老住石塔①

東坡鎮維揚，幕下皆奇豪。一日，石塔長老〔一〕遣侍者投牒，求解院②，東坡問：『長老欲何往？』對曰：『歸西湖舊廬。』即令出，別候指揮。東坡於是將僚佐③，同至石塔④，令擊⑤鼓，大衆聚觀。袖中⑥出疏，使晁無咎讀之，其詞⑦曰：『大士⑧何曾出世，誰作金毛之聲;衆生各自開堂,何關石⑨塔之事。去無作相,住亦隨緣。戒公長老開不二門,施無盡藏。念西湖之久别,亦是偶然;爲東坡而少留,無不可者。一時稽首,重聽白槌。渡口船迴,依舊雲山之色;秋來雨過,一新鐘鼓之聲。謹疏。』〔二〕予謂戒公甚類杜子美黄四娘〔三〕耳,東坡妙觀逸想,托之以爲此文,遂與百世俱傳也。

【校】

①長老住石塔:《津逮秘書》本、《四庫全書》本、《學津討原》本作『疏』。
②院:《稗海》本、《筆記小説大觀》本作『宅』。
③佐:明刻本、故宫明本作『恬』。
④塔:明刻本、静嘉堂文庫本、故宫明本作『荅』。
⑤擊:明刻本、故宫明本作『繫』。
⑥袖中:明刻本、故宫明本作『神申』。
⑦詞:明刻本、静嘉堂文庫本、故宫明本作『嗣』。
⑧士:《稗海》本、《筆記小説大觀》本作『師』。
⑨石:明刻本、故宫明本作『不』。

【注】

〔一〕石塔長老：即戒公，青原行思下第十二世，慧林若沖法嗣，屬雲門宗。

〔二〕此爲蘇軾《重請戒長老住石塔疏》，見於《蘇軾文集》卷六十二，『何曾出世』作『未曾說法』，『戒公長老』作『長老戒公』，『亦』作『本』，『稽首』作『作禮』，『鐘鼓之聲』作『鐘鼓之音』。

〔三〕此出於杜甫《江畔（一作上）獨步尋花七絕句》其六『黄四娘家花滿蹊』，見於《杜詩詳注》卷十，注云：『吴論：此至黄四娘家而作，師塔黄家，歿存雖異，但看春光易度，同歸零落耳，故復有花盡老催之感。此三章聯絡意也。』

【箋】

此文之奇，在於體式爲駢文而非公文，語言偏詩性而非説理，兩相交錯，有出其不意之效也。惠洪以『妙觀逸想』譽之，稱許之意溢於言表。至於留名之事，世間惟精神不朽，若徒有虚名，甚或惡名昭彰，又何益焉！此惟在己，不在他人妙筆也。近藤元粹評曰：『措詞流麗。』此非公文翰墨，但不按常規，需以深厚底藴爲依托，否則恐易適得其反也。

負《華嚴經①》入嶺及大雪二②偈

陳瑩中謫合浦〔一〕時，予在長沙，以書抵予，爲負《華嚴③》入嶺。有偈曰：『大士④游方興盡回，家山風月絕纖⑤埃。杖頭多少閑田地，挑取《華嚴》入嶺來。』〔二〕予和之曰：『因法相逢一笑開，俯看人世過飛埃。湖湘嶺⑥外休分別，圓⑦寂光中共往⑧來。』〔三〕又⑨聞嶺外大雪，作⑩二偈寄之曰：『傳聞嶺外⑪雪⑫，壓倒千年樹。老兒⑬拊手笑，有眼未曾⑭睹。故應潤物材⑮，一洗瘴江霧。寄語牧牛人，莫教頭角露。』〔四〕又曰：『遍界不曾藏，處處光皎皎。開眼失却蹤，都緣大分曉。園林忽生春，萬瓦粲一笑。遥知忍凍人，未悟安心了。』〔五〕

【校】

① 經：《津逮秘書》本、《四庫全書》本、《學津討原》本、《殷禮在斯堂叢書》本無。

② 二：《津逮秘書》本、《四庫全書》本、《學津討原》本無。

③ 嚴：明刻本、故宫明本作『發』。

④ 士：《稗海》本、《筆記小説大觀》本作『師』。

⑤ 纖：故宫明本、《稗海》本、《津逮秘書》本、《四庫全書》本、《學津討原》本、《筆記小説大觀》本作『塵』。

⑥ 湖湘嶺：明刻本、静嘉堂文庫本、故宫明本作『湘廂』，《稗海》本、《津逮秘書》本、《四庫全書》本、《學津討原》本、《筆記小説大觀》本作『湘江廟』。

⑦ 圓：《稗海》本、《津逮秘書》本、《四庫全書》本、《學津討原》本、《筆記小説大觀》本作『常』。

⑧ 共往：《稗海》本、《津逮秘書》本、《四庫全書》本、《學津討原》本、《筆記小説大觀》本作『歸去』。

⑨ 又：明刻本、故宫明本作『文』。

⑩ 雪，作：明刻本、故宫明本作『作雪』。

⑪ 外：《稗海》本、《津逮秘書》本、《四庫全書》本、《學津討原》本、《筆記小説大觀》本、《殷禮在斯堂叢書》本作『下』。

⑫ 雪：正保本、寛文本、文化本、《螢雪軒叢書》本作『雲』。

⑬ 兒：明刻本、静嘉堂文庫本、故宫明本無，《稗海》本、《津逮秘書》本、《四庫全書》本、《學津討原》本、《筆記小説大觀》本作『人』。

⑭ 曾：《稗海》本、《津逮秘書》本、《四庫全書》本、《學津討原》本、《筆記小説大觀》本

作『嘗』。

⑮ 材：明刻本、靜嘉堂文庫本、故宮明本、《稗海》本、《津逮秘書》本、《四庫全書》本、《學津討原》本、《筆記小説大觀》本作『林』。

《詩話總龜》前集卷三十二《道僧門》全引此條，『合浦』後無『時，予在長沙』，第一個『華嚴』後增『經』，『湖湘嶺外』作『湘南嶺内』，『往來』後無『又』，『失却蹤』作『失蹤由』，『林』作『外』。

《苕溪漁隱叢話》前集卷五十六《洪覺範》全引此條，第一個『華嚴』後增『經』，『湖湘』作『湘南』，『失却蹤』作『失蹤由』。《詩話總龜》後集卷四十六《釋氏門四》所引與此相同。

【注】

〔一〕《陳忠肅公年譜》：『崇寧二年（一一〇三）正月，論詆誣罪貶竄任伯雨等十四人，移送廉州編管。』『崇寧三年三月五日，合浦作《了齋記》。』《宋僧惠洪行履著述編年總案》：『崇寧二年四月，坐夏於長沙雲蓋山，依守智禪師。時陳瓘在廉州，欲置《華嚴經》，以六偈見寄，次韻寄之。』『崇寧三年正月元日，作三偈贈陳瓘。』『案：《石門文字禪》爲三偈，比《冷齋夜話》所載多一首，其詞曰：「昨夜一歲除，今朝一歲長。如人暗書恐，點畫自想像。春風依舊寒，底處有來往。居士亦赤窮，眉毛在眼上。」』

〔二〕此爲陳瓘《寄覺範長沙》，見於《全宋詩》卷一千一百九十一，『纖』作『塵』。

〔三〕此爲惠洪《了翁謫廉，欲置〈華嚴〉，托余將來，以六偈見寄，其略曰：『杖頭多少閑田地，挑取〈華嚴〉入嶺來。』次韻寄之》其五，見於《石門文字禪》卷十五，『人世』作『浮出』，注云：『「出」當作「世」歟？「湖湘」作「湘南」。』

〔四〕〔五〕此爲惠洪《嶺外大雪，故人多在南中，元日作三偈奉寄瑩中》其三、其一，見於《石門文字禪》卷十七，『拊』作『拍』，『却蹤』作『蹤由』，『大』作『太』。『未悟安心了』句下注云：『謂慧可機緣也。』

【箋】

詩與禪於心、境、法諸方面天然相通，這源於兩者均將發端於自我主體性之真情性視爲內在生命，或亦可謂『吟詠情性』與『明心見性』所指無二，衹是基於各自語境表述有異而已。是故詩人以禪入詩與僧人以詩說禪分屬雖有不同，但兩者交集仍清晰可見，例如此條所引諸詩，義理上偏於說理，辭章上合乎詩格，可謂亦偈亦詩，渾融莫辨。近藤元粹評曰：『首首皆有寓意，緇門文字，可謂別自開一境界矣。』以禪入詩，本詩僧之所長，若化而爲禪理禪趣，則易開新境界；若捨此而爲『蔬筍體』，則是揚短避長，非深通於詩者也。

夢迎五祖戒禪師

蘇子由①初謫高安〔一〕時，雲庵〔二〕居洞山，時時相過②。有③聰禪師〔三〕者，蜀人，居聖壽寺。一夕，雲庵夢同子由、聰出城迓④五祖戒禪師〔四〕，既覺，私怪之，以語子由。語⑤未卒，聰至，子由迎呼曰：『方與洞山老師説夢，子來亦欲同説夢乎？』聰曰：『夜來輒夢見吾三人者同迎五祖⑥戒和尚。』子由拊手大笑曰：『世間果有同夢者，異哉！』良久，東坡書至，曰：『已⑦次奉新，旦夕可相見。』〔五〕三⑧人大喜，追笋輿而出城，至二十里建山寺而東坡至。坐定無可言，則各追繹向所夢以語坡。坡曰：『軾年八九歲時，嘗夢其身是僧，往來陝右。又先妣方孕時，夢一僧來托宿，記其頎然而眇一目。』雲庵驚曰：『戒，陝右人，而失一目，暮年棄五祖來⑨游高安，終於大愚⑩〔六〕。』逆數蓋五十年，而東坡時年四十九歲⑪矣。後東坡以⑫書抵雲庵，其略曰：『戒和尚不識人嫌，强顔復⑬出，真可笑矣。既是⑭法契，可痛加磨礪，使還舊觀，不勝幸甚。』自是常衣衲衣。

【校】

①由：《學津討原》本作「山」。

②過：原本作「遇」，據《稗海》本、《津逮秘書》本、《四庫全書》本、《學津討原》本、《筆記小說大觀》本改。

③有：明刻本、故宮明本、《稗海》本、《津逮秘書》本、《四庫全書》本、《學津討原》本、《筆記小說大觀》本無。

④迓：古活字印本、正保本、寛文本、文化本、《螢雪軒叢書》本作「迎」。

⑤語：靜嘉堂文庫本、故宮明本、《稗海》本、《津逮秘書》本、《四庫全書》本、《學津討原》本、《筆記小說大觀》本無。

⑥祖：明刻本、靜嘉堂文庫本、故宮明本、《稗海》本、《津逮秘書》本、《四庫全書》本、《學津討原》本、《筆記小說大觀》本無。

⑦已：明刻本、靜嘉堂文庫本、故宮明本作「七」。

⑧三：《稗海》本、《津逮秘書》本、《四庫全書》本、《學津討原》本、《筆記小說大觀》本、《殷禮在斯堂叢書》本作「二」。

⑨來：《稗海》本、《筆記小說大觀》本無。

⑩愚：明刻本、靜嘉堂文庫本、故宮明本作「遇」。

⑪歲：《稗海》本、《津逮秘書》本、《四庫全書》本、《學津討原》本、《筆記小說大觀》

本、《殷禮在斯堂叢書》本無。

⑫ 以：《稗海》本、《津逮秘書》本、《四庫全書》本、《學津討原》本、《筆記小說大觀》本、《殷禮在斯堂叢書》本前增『復』。

⑬ 復：明刻本、故宫明本作『後』。

⑭ 是：明刻本、靜嘉堂文庫本、故宫明本、《稗海》本、《津逮秘書》本、《四庫全書》本、《學津討原》本、《筆記小說大觀》本無。

《詩話總龜》前集卷十九《紀實門下》截引此條，『謫高安』前無『初』，後無『時』『居洞山』，第一個『者』作『亦』，無『居聖壽寺』『出城』『私怪之，以』『語未卒』，第一個『至』前增『亦』，『子由迎呼曰』作『子由曰』，第二個『洞山』後無『老師』，『來亦欲』作『今來』，『輒夢見吾三人者，同迎五祖』作『夢吾三人迎』，無『拊手大笑』『異哉』，『良久』作『久之』，『次至』，『相見』前無『可』，『喜』前無『大』，『追筭輿而出城』作『出城』，『至二十里建山寺而東坡』作『而坡』，無『坐定無可言』『各追繹向所夢』，『年八九歲時』作『七八歲』，『嘗夢』後無『其身』『往來陝右』及『托宿』後文。

《苕溪漁隱叢話》前集卷四十一《東坡四》全引此條，『謫』前無『初』，『蜀』前增『亦』，『聰出城迓』作『出迓』，『語子由』作『語聰』，無『語未卒，聰至，子由迎呼曰：方與洞山老師說夢，子來亦欲同說夢乎』，『夜來輒夢見吾三人者，同迎五祖戒和尚』作『吾亦夢同迎戒禪師』，『手』

作『掌』，『果有同夢』作『夢乃有同』，『良久』作『俄』，『已次』作『吾已至』，『三人大喜，追笋輿而出城，至二十里建山寺』作『子由攜兩衲候於城南建山寺』，後無『而』，『則各追繹向所夢』作『理夢事』，前無『無可言』，『軾』後無『年』，『嘗夢其』作『時時夢』，『孕時』作『娠』，『記其頎然而眇一目』作『瘠而眇』，『陝右人』後增『也』，後無『而』，『東坡以書抵雲庵』作『與雲庵書』，『真』作『亦』，『契』作『器』，第四個『可』作『願』，無『不勝幸甚』，『常衣』作『常著』。

【注】

〔一〕《蘇轍年譜》：『元豐二年（一〇七九）十二月二十六日，責授蘇軾水部員外郎、黃州團練副使，本州安置。著作佐郎、簽書應天府判官蘇轍監筠州監酒稅務。』

〔二〕雲庵：即真淨克文（一〇二五—一一〇二），南岳懷讓下第十二世，黃龍慧南法嗣，屬臨濟宗黃龍派。生平行迹見於《石門文字禪》卷三十《雲庵真淨和尚行狀》、《建中靖國續燈錄》卷十三《洪州泐潭山寶峰禪院真淨禪師》、《禪林僧寶傳》卷二十三《泐潭真淨文禪師》、《聯燈會要》卷十四《洪州寶峰真淨克文禪師》、《嘉泰普燈錄》卷四《隆興府泐潭真淨雲庵克文禪師》、《五燈會元》卷十七《寶峰克文禪師》、《古尊宿語錄》卷四十二至卷四十五等。

〔三〕聰禪師：即省聰（一〇四二—一〇九六），四川綿州鹽泉人，青原行思下第十二世，惠林宗本法嗣，屬雲門宗。生平行迹見於《欒城集》後集卷二十四《逍遥聰禪師塔碑》等。

〔四〕五祖戒禪師：即五祖師戒，青原行思下第八世，雙泉師寬法嗣，屬雲門宗。生平行迹見於《五燈會元》卷十五《五祖師戒禪師》等。

〔五〕《蘇軾年譜》：『元豐七年（一〇八四），將至筠州，弟轍與洞山克文禪師、聖壽聰禪師來迎於建山寺。』

〔六〕大愚：大愚禪師駐錫之地，臨濟宗初祖義玄禪師悟道之地。《輿地紀勝》卷二十七：『大愚山：《新志》云在州東行春門外有真如寺，慶元中太府寺丞呂祖儉上書忤權臣，安置本州，寓寺中，因號大愚叟。又《冷齋夜話》云：「余還自朱崖，館於高安大愚寺。」』

【箋】

《詩林廣記》後集卷三蘇東坡《次元長老韻》其一引《冷齋夜話》：『先生悟其前生爲戒禪，常衣衲衣，故云。』

此條所記見於數書，大同小異。例如《禪林僧寶傳》卷二十九《雲居佛印元禪師》：『東坡嘗訪弟子由於高安，將至之夕，子由與洞山真淨文禪師、聖壽聰禪師連床夜語，三鼓矣，真淨忽驚覺曰：「偶夢吾等謁五祖戒禪師，不思而夢，何祥耶？」子由撼聰公，聰曰：「吾方夢見戒禪師。」於是起，品坐笑曰：「夢乃有同者乎？」俄報東坡已至奉新，子由攜兩衲候於城南建山寺，有頃東坡至，理夢事，問戒公生何所，曰陝右。東坡曰：「軾十餘歲時，時夢身是僧，往來陝西。」又問戒狀奚若，曰戒失一目。東坡曰：「先妣方娠，夢僧至門，瘠而眇。」又問戒終何所，曰高安大愚。今五十年，而東坡時年四十九。後與真淨書，其略曰：「戒和尚不識人嫌，强顔復出，亦可笑矣。既是法契（或云法器），願痛加磨勵，使還舊觀。」自是常著衲衣。』

又如《佛祖統紀》卷四十七：『（元祐七年，一〇九二）軾弟轍謫高安（瑞州），時洞山雲庵與聰禪師一夕同夢：與子由出城迓五祖戒禪師。已而子瞻至，三人出城候之，語所夢，軾曰：「八九歲時，時夢身是僧，往來陝右。又先妣孕時，夢眇目僧求托宿。」雲庵驚曰：「戒公，陝右人，一目眇。」逆數其終已五十年，而子瞻時四十九，自是常稱戒和上（尚）。』

佛門雖有輪回轉世之説，但意在闡釋生命形態及勸人修持佛法，此爲宏觀理論建構，若將其具體落實於個體存在，則易成小説家之言，荒誕不羈，恐亦有違佛教原旨也。此條大抵意在爲蘇軾精於佛學尋求先驗證據，但『子不語怪、力、亂、神』（《論語正義·述而》），蘇軾以此自嘲而無傷大雅，但若以爲實證，則差之毫釐謬以千里也。近藤元粹評曰：『不經之談，非詩話。』又曰：『然則東坡蓋戒和尚之後身也。』前非而後是，自相矛盾，或爲盡信原文所述生卒年巧合所致之紕漏，非無定見也。詩讖固非，夢讖亦然。

張文定公前生爲僧

張文定公方平爲滁州日，游琅邪，周行廊廡，神觀清淨。至藏院，俯仰久之。忽呼左右梯其①梁間，得經一函。開②視之，則《楞伽經》四卷，餘其半未寫。公因點筆續之，筆迹不異。味經首四句曰：『世間離③生滅，猶如④虚空花。智不得有無，而興大悲心。』遂大悟流涕，見前世事。蓋公生前⑤嘗主藏於此，病革，自以寫經未終，願再來成之故也。公立朝正色，自慶曆已來，名臣爲人主所敬者，莫如公。暮年出此經示東坡居士，居士⑥爲重寫，題公之事⑦於其後⑧，刻於浮玉山龍游寺。

【校】

① 其：明刻本、故宫明本、《稗海》本、《津逮秘書》本、《四庫全書》本、《學津討原》本、《筆記小説大觀》本無。

② 開：明刻本、静嘉堂文庫本、故宫明本作『間』。

③ 離：明刻本、故宫明本作『雖』，《稗海》本、《津逮秘書》本、《四庫全書》本、《學津討原》本、《筆記小説大觀》本作『相』。

④ 如：明刻本、静嘉堂文庫本、故宫明本作『加』。

⑤ 生前：《四庫全書》本作『前生』。

⑥ 居士：《稗海》本、《津逮秘書》本、《四庫全書》本、《學津討原》本、《筆記小説大觀》本、《殷禮在斯堂叢書》本作『坡』。

⑦ 事：明刻本、静嘉堂文庫本無，《稗海》本、《津逮秘書》本、《四庫全書》本、《學津討原》本、《筆記小説大觀》本作『名』。

⑧ 後：《稗海》本、《津逮秘書》本、《四庫全書》本、《學津討原》本、《筆記小説大觀》本作『右』。

【箋】

《苕溪漁隱叢話》前集卷二十七《張文定》全引此條，但文字有異：『張文定方平慶曆中嘗爲滁州，游琅琊山藏院，俯仰久之，呼左右取梯升梁，得經函，發之，即《楞伽經》，餘半卷未寫，忽悟前身蓋知藏僧也，寫《楞經》未畢而化，因續書殘軸，筆迹宛然如昔，因號《二生經》。常以經首四句偈發明心要，其偈云：「世間離生滅，猶如虚空華。知不得有無，而興大悲心。」公後以此經授東坡，東坡爲序其事，代寫此經，刻於浮玉山龍游寺。』胡仔按語涉《楞伽經》神迹，已游離此條。

《捫虱新話》上集卷一《自悟前身》：『舊説房琯前身爲永禪師，婁師德前身爲遠公法師，豈世間所謂聰明英偉之士者，必自般若中來耶？近世張文定公爲滁州日，游瑯琊山寺，周行廊廡，至藏院，俯仰久之。忽命左右梯梁間，得經一函，開視，即《楞伽經》也。味經首四句偈，遂大悟流涕，知前生事。東坡前身亦具戒和尚，坡嘗言在杭州時，嘗游壽星寺，入門便悟曾到，能言其院後堂殿石處，故詩中有「前生已到」之語。此皆異事。蓋由二公平生學道，性地純一，神觀清淨，於一念頃，遂見前世。予因論此，偶有所感，誦白公「手把楊枝臨水坐，閑思往事似前身」之句以太息云。』

較之前文蘇軾爲戒和尚轉世，此條更是神乎其神，其用意雖不外乎是論證儒家名臣皆以佛教爲根柢，但不免墜入旁門左道，祇恐儒釋兩家均難可之也。近藤元粹評曰：『妄誕可笑。』詩話雖常伴有小說成分，但惠洪作爲詩禪兼修之人，有媚於流俗之嫌而失中道之旨也。

詵公送官墮馬損臂，雲峰悦師作偈戲之①

雲峰悦禪師〔一〕，叢林敬畏爲明眼尊宿，與②興化詵公〔二〕友善。詵城居三十餘年，老矣，猶迎送不已。悦嘗誡曰：『公乃不袖手山林中去，尚此忍垢乎？』郡③僚愛詵多，久不果去④。一日，送大官出郊，墮馬損臂，呻吟月餘，以書哀訴於悦。悦恨其不聽言，作偈戲之曰：『大悲菩薩有千手，大丈夫兒誰不有。興化和尚折一枝，猶有九百九十九。』〔三〕南華恭長老〔四〕同嗣大愚〔五〕，然少叢林，有書來敘法乳⑤。悦作偈戲之曰：『與師萍迹寄江湖，共憶當年在大愚。堪笑堪悲無限事，甜瓜生得苦葫蘆。』〔六〕

【校】

① 師：故宮明本前增『禪』。《津逮秘書》本、《四庫全書》本、《學津討原》本標題作『悦禪

師作偈戲詵公」。

②與：明刻本、故宮明本作「興」。

③郡：古活字印本、正保本、寛文本、文化本、《螢雪軒叢書》本作「群」。

④去：明刻本、故宮明本、《稗海》本、《津逮秘書》本、《四庫全書》本、《學津討原》本、《筆記小説大觀》本無。

⑤乳：《稗海》本、《津逮秘書》本、《四庫全書》本、《學津討原》本、《筆記小説大觀》本、《殷禮在斯堂叢書》本作「禮」。

《禪林僧寶傳》文悦本傳有此條前半部分，「雲峰悦禪師」作「悦」，無「叢林敬畏爲明眼尊宿」，第一個「與」後增「潭州」，「詵公」作「銑禪師」，「詵城居三十餘年，老矣，猶迎送不已」作「銑住持久，老於迎送」，「嘗誡曰：公乃不袖手山林中去，尚此忍垢乎？郡僚愛詵多，久不果去」作「屢勸其棄之歸林下，銑不果」，「大官出郊」作「客」，「訴」前無「哀」，「恨其不聽言，作偈戲之」作「以偈答之」，「猶有」作「祇得」，「九百九十九」後增「銑笑曰：負負無可言。俄遷住雲峰」。《詩話總龜》前集卷四十《詼諧門上》全引此條，「雲峰」作「雪峰」，無「叢林敬畏爲明眼尊宿」，「詵」均作「銑」，無「詵城居三十餘年」，「老矣」作「既老」，後無「猶」，「誡」前無「嘗」，第二個「公」後無「乃」，「山林」後無「中去」，「忍」前無「此」，無「郡僚愛詵多，久不果去」，「一日」前增「銑」，「大官出郊」作「官」，無「呻吟月餘，以書哀訴於悦，悦恨其不聽言」，

『作偈戲之曰』作『悅作偈戲云』，『少』前無『然』，『有書』後無『來』，『悅作偈』後無『戲之』，『萍迹』作『瓶錫』。

《苕溪漁隱叢話》前集卷五十七《緇黃雜記》引此條前半部分，『雲峰』作『雪峰』，『叢林敬畏爲明眼尊宿』作『明眼尊宿，叢林敬畏』，『詵』均作『銑』，『詵公』作『銑和尚』，『三十』後無『餘』，『誡』後增『之』，『乃』作『何』，『山林中』作『林下』，『此』前增『如』，『多』前增『者』，『久不果去』作『不果脫』，第一個『有』作『一』，『枝』作『臂』，『猶有』作『尚餘』。

【注】

〔一〕悅禪師：即文悅（九九八—一〇六二），南岳懷讓下第十一世，大愚守芝法嗣，屬臨濟宗。生平行迹見於《建中靖國續燈録》卷八《南岳雲峰文悅禪師》、《禪林僧寶傳》卷二十二《雲峰悅禪師》、《聯燈會要》卷十四《潭州雲峰文悅禪師》、《五燈會元》卷十二《雲峰文悅禪師》、《古尊宿語録》卷四十至卷四十一等。

〔二〕詵公：即紹銑（一〇一〇—一〇八一），青原行思下第十世，北禪智賢法嗣，屬雲門宗。生平行迹見於《建中靖國續燈録》卷六《潭州興化崇辯禪師》、《禪林僧寶傳》卷十八《興化銑禪師》、《五燈會元》卷十六《興化紹銑禪師》等。

〔三〕此未見於《全宋詩》。

〔四〕恭長老：南岳懷讓下第十一世，大愚守芝法嗣，屬臨濟宗。

〔五〕大愚：即守芝，南岳懷讓下第十世，汾陽善昭法嗣，屬臨濟宗。生平行迹見於《建中靖國續燈録》卷四《筠州大愚山興教守芝禪師》、《禪林僧寶傳》卷十六《翠岩芝禪師》、《聯燈會要》卷十二《筠州大愚守芝禪師》、《古尊宿語録》卷二《筠州大愚守芝禪師》、《五燈會元》卷十二《大愚守芝禪師》、《嘉泰普燈録》卷二十五等。

〔六〕此未見於《全宋詩》。

【箋】

此條所引爲僧人以詩説禪之作，乍看起來，詩歌是最高級語言藝術，而禪宗有『不立文字』之初心，兩者似乎扞格不入。然而『不立文字』在於破除偏執，若將其視爲雷打不動之律令，則是陷入另一種執著了。何況詩歌語言形式深契佛教非此非彼而中道顯現之思維模式，即用意象之多義性、模糊性，以至對立性，形成張力乃至爆發力，通過否定之否定邏輯，消解字裏行間原初意義，如同鳳凰涅槃般重生，禪理亦奇迹般得以呈現。

若是雙向觀之，以禪入詩可謂雪中送炭，因爲禪學使詩歌於傳統家國情懷與個人志趣之外照見虚空，於實相表述之外納入另一種存在，使其表現範圍得以拓展，人性深度得以豐富。於禪學而言，則是可以增加表現力，擴大受衆面，幾乎全是正面影響。當然，以禪入詩畢竟是詩主禪客，禪意雖貫穿其中，但始終受到文字統合，仍要用以情統象之藝術手法，追求情景交融之藝術境界，故而終究是以美而非以悟爲歸宿。相形之下，以詩説禪衹能算錦上添花，因爲禪理固然另得可以類比且被更廣泛接受之表達方式，而詩歌雖有藝術性升華，但終究是以悟而非以美爲歸宿，若純粹以詩學標準衡之，則未能居於上流也。

近藤元粹評第一首詩曰：『戲謔甚妙，才藻可愛。』評第二首詩曰：『雪峰口中亦有毒矣。』『才藻』關聯詩意，是詩禪交集之明證；『有毒』則惟餘義理，可以見出兩者之分野也。

喚作拳是觸，不喚拳是背①

寶覺禪師老，庵於龍峰之北。魯直丁家難，相從甚久，館於庵之傍兩年〔一〕。寶覺見學者，必舉手示之曰：『喚作拳是觸，不喚拳是背。』莫有契之者，叢林謂之觸背關。張丞相〔二〕奉使江西日②，將造其廬，至兜率見悦禪師〔三〕，遂甘③稱其門人。及見寶覺，乃作偈曰：『久嚮黄龍山裏龍，到來衹見住④山翁。須知背觸拳頭外，别有靈犀一點通。』〔四〕靈源叟〔五〕時爲侍者，乃作贊，其略曰：『聞時富貴，見後貧窮。老年⑤浩歌歸去樂，從他人喚住山翁。』〔六〕魯直大笑曰：『天覺所言靈犀一點，此藞苴⑥爲虛空安耳穴。靈源作贊分雪之，是寫一字不著畫。』

【校】

①《津逮秘書》本、《四庫全書》本、《學津討原》本標題作『觸背關』。

②日：故宮明本作『口』。

③遂甘：《稗海》本、《津逮秘書》本、《四庫全書》本、《學津討原》本、《筆記小說大觀》本作『遽甚』。

④住：故宮明本作『往』。

⑤老年：《稗海》本、《津逮秘書》本、《四庫全書》本、《學津討原》本、《筆記小說大觀》本作『年老』。

⑥蕌苴：明刻本、故宮明本作『磊直』。

【注】

〔一〕《黄庭堅年譜新編》：『元祐七年（一〇九二）正月八日，護母親安康太君之喪抵家，曾從黄龍系僧人晦堂和尚游，蓋在本年及以後日期。』

〔二〕張丞相：即張商英（一〇四三—一一二一），字天覺，號無盡居士，宋高宗時謚文忠，四川蜀州新津人。生平行迹見於《東都事略》卷一百零二《張商英傳》、《宋史》卷三百五十一《張商英傳》等，《宋史》卷二百零八《藝文志七》著録《張商英文集》一百卷、《張商英集》十三卷。

《聯燈會要》卷十六《丞相無盡居士張公商英》、《嘉泰普燈錄》總目錄卷十、《五燈會元》卷十八《丞相張商英居士》等將其列爲從悅法嗣。

〔三〕悅禪師：即從悅（一〇四四—一〇九一），南岳懷讓下第十三世，真淨克文法嗣，屬臨濟宗黃龍派。生平行迹見於《建中靖國續燈錄》卷二十三《洪州分寧兜率從悅禪師》、《聯燈會要》卷十五《洪州兜率從悅禪師》、《五燈會元》卷十七《兜率從悅禪師》等。

〔四〕此爲張商英《偈二首》其二，見於《全宋詩》卷九百三十四，『知』作『是』。《〈冷齋夜話〉考》：『靈犀一點：《唐詩鼓吹》七（廿一丈）李商隱詩：「心有靈犀一點通。」』

〔五〕靈源叟：即惟清（？—一一一七），南岳懷讓下第十三世，黃龍祖心法嗣，屬臨濟宗黃龍派。生平行迹見於《建中靖國續燈錄》卷二十《舒州太平興國惟清禪師》、《禪林僧寶傳》卷三十《黃龍佛壽清禪師》、《聯燈會要》卷十五《洪州黃龍惟清禪師》、《嘉泰普燈錄》卷六《隆興府黃龍佛壽靈源惟清禪師》、《五燈會元》卷十七《黃龍惟清禪師》等。

〔六〕此亦見於黃庭堅《題黃龍清禪師晦堂贊》：『三問逆摧，超玄機於鷲嶺；一拳垂示，露赤體於龍峰。聞時富貴，見後貧窮。年老浩歌歸去樂，從他人喚住山翁。』正文云：『元祐八年（一〇九三）十二月，通城陳修己爲智嵩上座寫晦堂老師影，絶妙諸本。余欲彫琢數句，莊嚴太空，適見西堂清公所作，全提全示，無有少剩，順贊一句，屋下盖屋；逆贊一句，樓上安樓，不如借水獻花，與一切人供養。黃某題。』

【箋】

曉瑩《羅湖野録》卷下：『無盡居士見兜率悅禪師，既有契證，因詢晦堂家風於悅，欲往就見，悅曰：「此老祇一拳頭耳。」乃潛奉書於晦堂曰：「無盡居士世智辨聰，非老和尚一拳垂示，則安能使其知有宗門向上事耶。」未幾，無盡游黃龍，訪晦堂於西園，先以偈書默庵壁曰：「亂雲堆裏數峰高，絕學高人此遁逃。無奈俗官知住處，前驅一喝散猿猱。」徐扣宗門事，果示以拳頭話。無盡默計不出悅之所料，由是易之。遂有偈曰：「久嚮黃龍山裏龍，到來祇見住山翁。須知背觸拳頭外，別有靈犀一點通。」靈源時爲侍者，尋題晦堂肖像曰：「三問逆摧，超玄機於鷲嶺；一拳垂示，露赤體於龍峰。聞時富貴，見後貧窮。年老浩歌歸去樂，從教人喚住山翁。」黃太史魯直聞而笑曰：「無盡所言靈犀一點通，此藞苴爲虛空安耳穴。靈源作偈分雪之，是寫一字不著畫。」嗟乎！無盡於宗門可謂具眼矣，然因人之言，昧宗師於晦堂，鑒裁安在哉！悅雖得無盡，樂出其門，其奈狹中媢忌，爲叢林口實也。』所述更詳，可補《冷齋夜話》之不足。《〈冷齋夜話〉考》『「喚作拳是觸」云云』條引此。

禪門以『不立文字』爲宗，則必致依師重於依經，得到印可漸成參悟之終極標志，這難免帶有鮮明個人色彩，雖合乎經義，但偶然性與不確定性陡增，得失各居其半也。祖心是當時名僧，張商英亦有得於佛學，但契於從悅而不契於祖心，則可證相契之難也。此類事件見於傳燈錄者比比皆是，宜乎宗門興衰皆出於斯也。

毛僧之化①

吴有異比丘，號毛僧，日游聚落，飲食無所擇。輕薄子多狎②玩之，貴勢要之不詣。忽謂人曰：『吾其死矣。』乃危坐，說偈曰：『毛僧毛僧，事事不能。死了燒了，却似不曾③。』言卒遂④化。嗟乎，異哉！其端師子〔一〕、戒闍⑤梨〔二〕之徒乎？

【校】

① 之化：《津逮秘書》本、《四庫全書》本、《學津討原》本作『說偈』。

② 狎：《螢雪軒叢書》本作『押』。

③ 曾：明刻本、靜嘉堂文庫本、故宫明本作『僧』，《稗海》本、《津逮秘書》本、《四庫全書》本、《學津討原》本、《筆記小說大觀》本、《殷禮在斯堂叢書》本作『生』。

④ 卒遂：《稗海》本、《津逮秘書》本、《四庫全書》本、《學津討原》本、《筆記小說大觀》本作『畢遽』，《殷禮在斯堂叢書》本作『畢遂』。

⑤ 闍：明刻本、故宫明本作『聞』。

《續墨客揮犀》卷五《毛僧》亦有此條，『食』作『啖』，『撰』作『擇』，『燒了』作『燒却』，『却』作『恰』，『徒』作『流』。

【注】

〔一〕端師子：即淨端（一〇三〇—一一〇三），南岳懷讓下第十一世，龍華齊岳或洞庭慧月法嗣，屬臨濟宗。生平行迹見於《羅湖野錄》卷上《湖州西餘淨端禪師》、《禪林僧寶傳》卷十九《西餘端禪師》、《嘉泰普燈録》卷三《湖州西餘師子淨端禪師》、《五燈會元》卷十二《西餘淨端禪師》等。

〔二〕戒闍梨（黎）：被視爲文殊菩薩化身而被稱爲東土應化聖賢。

【箋】

《苕溪漁隱叢話》後集卷三十七《端師子》引《禪林僧寶傳》淨端本傳。

俗世慣以形貌取人，而禪門自晚唐興呵佛罵祖之風以來，遺形取神已成通識，非言形神兼備不可取，爲勸化俗眼故也。質諸禪門如是，質諸藝術亦大抵如是。近藤元粹評曰：『似達悟者。』所謂小乘渡己，大乘渡人，達悟而後，仍有天賦道義，故不避市井，有近乎入世之行而異於隱士者也。

謝無逸佳句

謝逸字無逸，臨川①縣②人，勝士也，工詩能文。黄魯直讀其詩曰：『晁、張流也，恨未識之耳。』無逸詩曰：『老鳳垂頭噤不語，枯木槎牙噪春鳥。』〔一〕又曰③：『貪夫蟻旋磨，冷官魚上竹。』〔二〕又曰：『山寒石髮瘦，水落④溪毛彫。』〔三〕爲魯直所稱賞。

【校】

① 川：明刻本、静嘉堂文庫本、故宫明本作『州』。

② 縣：《稗海》本、《津逮秘書》本、《四庫全書》本、《學津討原》本、《筆記小説大觀》本無。

③ 曰：原本脱，據《稗海》本、《津逮秘書》本、《四庫全書》本、《學津討原》本、《筆記小説大觀》本、《殷禮在斯堂叢書》本補。

④ 落：明刻本、故宫明本作『洛』。

《詩話總龜》前集卷四十六《隱逸門》全引此條，『臨川』後無『縣人』，『魯直讀』前無『黄』，『識』後無『之』，『竹』作『竿』，『爲魯直所』作『皆爲魯直』。《苕溪漁隱叢話》前集卷五十二《謝無逸》全引此條，『爲』前增『皆』。《詩人玉屑》卷十八《謝無逸·佳句》全引此條，『縣』作『韻』，『爲』前增『皆』。《詩林廣記》後集卷十謝逸全引此條，『縣』作『韻』，『無逸詩曰』作『其詩有云』，前增『無逸號溪堂居士，有《溪堂集》行於世』，『冷』作『今』，『竹』作『竿』，『爲』前增『皆』。

【注】

〔一〕此爲謝逸《豫章别李元章宣德》，見於《溪堂集》卷三，『枯』作『古』，『牙』作『枒』。

〔二〕此未見於《溪堂集》，僅《溪堂集》卷二《寄洪龜父戲效其體》有『曜靈旋磨蟻，四氣遽如許』句。

〔三〕此爲謝逸《懷汪信民村居》，見於《溪堂集》卷二，『山寒』作『苔乾』，『髮』作『骨』。

【箋】

宋代魅力不在於『雖遠必誅』（《漢書》卷七十《陳湯傳》）之大國迷夢，而在於由衷熱愛理性且藝術之生活。這種向内在精神世界探索之熱情，彰顯人性本質，進而激發無窮創造力。當然，這源於文化認知與制度設定諸種因素，而讀書人由是得到尊重，從而獲得根植於靈魂深處之文化自信。諸如謝逸輩，縱不在館閣，亦能以詩文名聞當世，堪稱時代最佳縮影。以是觀之，惟有真以詩書禮樂爲榮之時代方可謂盛世，以功名利禄爲尊則等而下之矣。所謂『崖山之後無中國』，無乃斯文已墜，惟餘嘆息者乎？

近藤元粹評曰：『「貪夫」一聯，奇則奇，然稍過巧。「山寒」一聯，則巧而妙。』傳統主流美學尚樸拙而退奇巧，黄庭堅實乃知行合一之典範。就理論而言，《與王觀復書》其二：『但熟觀杜子美到夔州後古律詩，便得句法。簡易而大巧出焉，平淡而山高水深，似欲不可企及，文章成就，更無斧鑿痕，乃爲佳作耳。』意謂大道至簡，平淡是至味，自然是大巧，此乃最高藝術法則。就創作而言，黄庭堅更是身體力行尊奉此法，乃至不逾半步。此處評論與黄庭堅稍異，可見賞析之差異性。

洪覺範、朱世英二偈①

朱世英以八②行薦於朝，當入學，意不欲行，不得已詣之，信宿而還③。所居溪④堂，生⑤涯如龐藴〔一〕。予嘗過之，小⑥君方炊，稚子宗野汲水，而無逸誦書掃除。顧見予⑦，放帚大笑曰：『聊復爾耳。』〔二〕予作偈曰：『老妻營炊，稚子汲水。龐公掃除，丹霞適至。棄帚迎門⑧，一笑相視。不必靈照，多説道理。』〔三〕世英聞之，亦作偈曰：『提籃靈⑨照，

掃地謝公。一般是麵，做作不同。不假語默⑩，通透玲瓏。更若不會，換手搥胸。』〔四〕

【校】

①《殷禮在斯堂叢書》本注云：『此條與前條當爲一條，舊本亦誤分。』

②八：明刻本、故宮明本作『入』，《稗海》本、《津逮秘書》本、《四庫全書》本、《學津討原》本、《筆記小說大觀》本作『德』。

③還：《稗海》本、《津逮秘書》本、《四庫全書》本、《學津討原》本、《筆記小說大觀》本、《殷禮在斯堂叢書》本作『返』。

④溪：《稗海》本、《津逮秘書》本、《四庫全書》本、《學津討原》本、《筆記小說大觀》本作『一』。

⑤生：《殷禮在斯堂叢書》本作『之』。

⑥小：《稗海》本、《津逮秘書》本、《四庫全書》本、《學津討原》本、《筆記小說大觀》本作『少』。

⑦予：明刻本、故宮明本作『於』。

⑧門：《稗海》本、《津逮秘書》本、《四庫全書》本、《學津討原》本、《筆記小說大觀》本、《殷禮在斯堂叢書》本作『朋』。

⑨靈：《稗海》本、《筆記小說大觀》本作『臨』。

⑩ 默：古活字印本作『點』，明刻本、靜嘉堂文庫本、故宮明本作『然』。《詩話總龜》前集卷四十六《隱逸門》將此條與上條合二爲一，『薦』後無『於朝，當』『意不欲行』，『溪堂』後增『號溪堂居士，有《溪堂集》行於世』，第一個『汲水』作『汲井』，後無『而』，『顧』後無『見』，『棄帚』作『棄掃』，『說』作『通』，『世英聞之』作『朱世英』，『不會』作『未會』。

【注】

〔一〕龐蘊：字道玄，湖南衡州衡陽人，中唐居士，被譽爲『東土維摩』，靈照爲其女。生平行迹見於《唐詩紀事》卷四十九、《五燈會元》卷三、《佛祖統紀》卷四十二與卷五十四等。《新唐書》卷五十九《藝文志三》著錄《龐蘊詩偈》三卷，三百餘篇；《郡齋讀書志》卷十六下著錄《龐蘊語錄》十卷；《宋史》卷二百零五《藝文志四》著錄《龐蘊語錄》一卷。

〔二〕《〈冷齋夜話〉考》：『聊復爾耳：《事文》前集十（十四丈）：「阮咸曝犢鼻云云。」』

〔三〕此未見於《石門文字禪》。

〔四〕此未見於《全宋詩》。

【箋】

若以個體言之，人生形態萬千，適得其意者即佳，不必從衆也。若以社會言之，當以制度與文化力存人人皆有之自由意志，此既關乎合法性，亦觸及生命本來面目，儒釋兩家於此無間，君子豈不勉乎哉？

卷之八

劉跛子說二范詩

劉跛子〔一〕，青州人，拄一拐①，每歲必一至洛中看②花，館范家園，春盡即還京師。爲人談噱有味，范家子弟〔二〕多狎戲之。有大③范者④見之，即與之二十四金，曰：『跛子吃半⑤角〔三〕。』小范者見，止予十金⑥，曰：『跛子吃碗羹。』於是以詩謝伯仲曰：『大范見時二⑦十四，小范見時吃碗羹。人生四海皆兄弟，酒肉林中過一⑧生。』〔四〕

【校】

①拐：《稗海》本、《筆記小說大觀》本作『杖』。

②看：明刻本、靜嘉堂文庫本、故宮明本作『著』，《稗海》本、《筆記小說大觀》本作『住』。

③大：明刻本、靜嘉堂文庫本、故宮明本、《稗海》本、《津逮秘書》本、《四庫全書》本、《學津討原》本、《筆記小說大觀》本無。

④者：《稗海》本、《津逮秘書》本、《四庫全書》本、《學津討原》本、《筆記小説大觀》本作「老」。

⑤半：正保本、寛文本、文化本、《螢雪軒叢書》本作「羊」。

⑥「曰：跛子吃半角，小范者見，止予十金」明刻本、靜嘉堂文庫本、故宫明本、《稗海》本、《津逮秘書》本、《四庫全書》本、《學津討原》本、《筆記小説大觀》本無。

⑦二：明刻本、靜嘉堂文庫本作「一」。

⑧一：明刻本無。

《墨客揮犀補遺·酒肉林中過一生》亦有此條，「歲」後無「必」，「館范家園」作「館於范氏園」，無「春盡」至「狎戲之」，「與」後無「之」，「止予」前無「者見」，「於是以詩謝伯仲」作「乃作詩」，前增「去」。

《詩話總龜》前集卷四十七《神仙門下》全引此條，「歲」後無「必」，「洛中」作「洛陽」，「館」後增「於」，無「春盡」至「狎戲之」，「有大范者」作「大范」，「與之二十四金」作「與二十四」，「小范者見」作「小范見時」，「於是以詩謝伯仲」作「以詩謝」。

《苕溪漁隱叢話》前集卷五十八《神仙雜記》全引此條，「劉跛子」後增「者」，「青州人」後增「也」，「與」後無「之」，「小范者見，止予十金，曰：跛子吃碗羹」作「小范者即與一金吃碗羹」。《詩話總龜》後集卷四十《神仙門二》所引與此相同。

【注】

〔一〕劉跛子：《宋僧惠洪行履著述編年總案》：『名棐，自號跛子，參見《石門文字禪》卷二十五《題靈驗金剛經》。』此據《題靈驗金剛經》：『觀者彭凡（或爲几）、鄒正臣、劉棐、僧希祖、德洪。』以及《冷齋夜話》卷九《劉野夫約龔德莊觀燈免火災》：『明日，野夫來吊。』或爲『八仙』鐵拐李之原型。

〔二〕范家子弟：《宋僧惠洪行履著述編年總案》：『范坦之子。《石門文字禪》卷一《贈范伯履承奉二子》：「大范風月湖，小范煙雨柳。」即與劉野夫交往者。』

〔三〕角（jué）：古代酒器，見於《禮記·禮器》：『宗廟之祭，貴者獻以爵，賤者獻以散，尊者舉觶，卑者舉角。』鄭玄注：『凡觴，一升曰爵，二升曰觚，三升曰觶，四升曰角，五升曰散。』孔穎達疏引許慎《五經異義》：『今《韓詩說》一升曰爵，爵，盡也，足也。二升曰觚，觚，寡也，飲當寡少。三升曰觶，觶，適也，飲當自適也。四升曰角，角，觸也，不能自適，觸罪過也。五升曰散，散，訕也，飲不能自節，爲人所謗訕也。總名曰爵，其實曰觴，觴者，餉也。觥亦五升，所以罰不敬。觥，廓也，所以著明之貌，君子有過，廓然明著，非所以餉，不能名觴。』

〔四〕此未見於《全宋詩》。

【箋】

俗人與世浮沉，源於自我缺失而從衆，高士看似作俗人狀，實則明心見性，無可無不可，意在勸化世人也。近藤元粹評曰：『拙陋不成詩，何足録之。』誠然，此詩近似打油詩，但作者以此展示自身人生狀態，引導世人勘破世相，不必執著，詩味不足而大義存焉，非徒取悅他人之戲謔者也。

陳瑩中贈跛①子長短句

初，張丞相召自荊湖〔一〕，跛子與客飲市橋，客聞車騎②過甚③都，起觀之，跛子挽其衣，使且飲，作詩曰：『遷客湖湘召赴京，車蹄迎迓一何榮。爭如與子市橋飲，且免人間寵辱驚。』〔二〕陳瑩中甚愛之，作長短句贈之，其略曰『槁木形骸，浮雲身世，一年兩到京華。又還乘興，閑看洛陽花④。說甚⑤姚黄魏紫，春歸後，終委泥沙。忘言處，花開花謝，都不似我生⑥涯』〔三〕云云。予政和改元見於興國寺〔四〕，以詩戲之曰：『相逢一拐大梁間，妙語時時見一班。我欲從公蓬島⑦去，爛銀⑧堆裹見青山。』〔五〕予姻家許中復大夫⑨宜人，趙⑩參政概之孫女，云：『我十許歲時，見劉跛子來覓酒吃，笑語終日而去。』計其壽，百四十五年許。嘗館於京師新門張婆店三十年，日坐相國寺東廊，邸中人無有識之者。

【校】

①贈跛：明刻本、静嘉堂文庫本、故宫明本作『曾皮』。

②騎：《稗海》本、《津逮秘書》本、《四庫全書》本、《學津討原》本、《筆記小説大觀》本作『馬』。

③甚：原本作『其』，據《稗海》本、《津逮秘書》本、《四庫全書》本、《學津討原》本、《筆記小説大觀》本、《殷禮在斯堂叢書》本改。

④陽花：明刻本作『范陽』，故宫明本作『花陽』。

⑤甚：明刻本、故宫明本作『其』。

⑥我生：明刻本、故宫明本作『俄作』，静嘉堂文庫本作『我作』。

⑦島：明刻本作『鳥』。

⑧銀：《稗海》本、《筆記小説大觀》本作『雲』。

⑨大夫：明刻本作『夫大』，故宫明本作『夫人』。

⑩趙：明刻本、故宫明本作『逍』，《稗海》本、《筆記小説大觀》本作『蕭』。

《詩話總龜》前集卷四十七《神仙門下》引此條首尾兩部分，無中間『陳瑩中』至『云云』，無『初』，『荊湖』作『荊南』，後增『時』，第二個『客』後無『聞車騎過甚都』，無第二個『跛子』，

『使且』後增『坐』，『車蹄』作『輪蹄』，『政和改元見於』作『寓於』，『以詩戲之』作『戲之詩』，第三個『見』作『看』，無『予姻家』至『而去』，『年許』作『矣』，無『嘗館』至『東廊』，『人無有識之者』作『無人識之』。

《苕溪漁隱叢話》前集卷五十八《神仙雜記》全引此條，無『初』，『荊湖』後增『時』，『甚都』作『甚盛』，『車蹄迎迓』作『輪蹄迎送』，『贈之』後無『其略』，『說甚姚黃魏紫』作『聞道鞓紅最好』，『不』前無『都』，『云云』作『年華留不住，饑飡困寢，觸處爲家，這一輪明月，本自無瑕，隨分冬裘夏葛，都不會赤水黃芽，誰知我，春風一枴，談笑有丹砂』，『改元』作『春』，『堆裹見』作『坑裹看』，『大夫宜人』作『之內』，後無『乃』，『趙參政概之孫女』作『趙概參政之孫』，『十許』後無『歲』，『吃』作『飲』，『笑語』後無『終日』，『百四十五年』作『百四五十』，『廊』作『書』，『無』後無『有』。《詩話總龜》後集卷四十《神仙門二》所引與此相同。

【注】

〔一〕《名臣碑傳琬琰集》下集卷十六《張少保商英傳》：『坐監鄂州漢川鎮酒稅，改荊南江陵縣赤舞市鹽茶稅，元豐八年（一〇八五）以太常丞召。』

〔二〕此爲劉跛子詩，然則《全宋詩》卷九百三十三收爲張商英詩（後亦注非是），題爲《與劉跛子飲市橋》，『車歸』作『輪蹄』。《〈全宋詩〉遺珠》收爲劉跛子《與客飲市橋》，『湖湘』作『南湘』，『車蹄迎迓』作『輪蹄迎送』。

〔三〕此爲陳瓘《滿庭芳》，見於《全宋詞》，『説甚姚黄魏紫』作『聞道鞓紅最好』，脱『都』。

〔四〕據《宋僧惠洪行履著述編年總案》，政和元年（一一一一）九月前，惠洪在京師。據《輿地紀勝》，興國寺有多處，分别位於京師（卷四）、潤州（卷七）、天台縣（卷十二）、歙縣（卷二十）、均州（卷八十五），此指京師興國寺。

〔五〕此未見於《石門文字禪》。

【箋】

此條承續前文，意在説明劉跛子雖混迹俗衆間，但得到名流敬重，乃真得道者也。近藤元粹評曰：『客蓋華歆（當爲歆）流亞，其不絶交，跛子緩待之也。』管寧與華歆是同學，關係平等，故有割席之事，而劉跛子交游不分貴賤，此客不足與之分庭抗禮，或未有『緩待』之義也。又曰：『「寵辱驚」字奇。』受寵若驚，受辱更驚，平常心看似易得，實則最難。評陳瓘詞曰：『不全載之，未足見其妙。』此爲委婉説辭，若遺漏精華，則惠洪鑒賞力有失；若非如此，則此詞不足觀也。評劉跛子年壽曰：『又一異人也。』其實，劉跛子之異不在此，而在道行之深與勸化之奇也。

劉①野夫長短句

劉野夫留南京，久未入都，淵才以書督之。野夫答書曰：『跛子一生，别無道②路，展手教化，三饑兩飽，目③視雲漢，聊以自誑。元神新來，被劉法師〔一〕、徐神翁〔二〕形迹得不成模樣④。深欲上京相覷，又⑤恐撞著丈⑥人泥陀⑦佛，驀地被乾拳濕踢⑧，著甚來由。』其不羈如此。嘗自作長短句曰：『跛子年來⑨，形容何似⑩，儼然一部髭鬚。世上許大⑪，拐上有工夫。選⑫南州北縣，逢著處，酒滿葫蘆。醺醺⑬醉，不知來日，何處度朝晡。洛陽花看了，歸來帝里，一事全無。又⑭還與瓠羹不托，依舊再作門徒。驀地思量，下水輕船上，蘆席橫鋪。呵呵笑，睢陽門外，有個⑮好西湖。』〔三〕

【校】

①劉：明刻本、故宫明本作『煙』，《津逮秘書》本、《四庫全書》本、《學津討原》本無。

②道：明刻本、靜嘉堂文庫本、故宫明本、《稗海》本、《津逮秘書》本、《四庫全書》本、《學津討原》本、《筆記小説大觀》本無。

③目：《稗海》本、《津逮秘書》本、《四庫全書》本、《學津討原》本、《筆記小説大觀》本作『回』。

④樣：明刻本、故宫明本作『模』。

⑤又：明刻本作『入』。

⑥丈：明刻本、靜嘉堂文庫本、故宫明本、《稗海》本、《津逮秘書》本、《四庫全書》本、《學

津討原》本、《筆記小說大觀》本作『文』。

⑦陀：明刻本、靜嘉堂文庫本、故宫明本、《稗海》本、《津逮秘書》本、《四庫全書》本、《學津討原》本、《筆記小說大觀》本作『沱』。

⑧踼：《稗海》本、《筆記小說大觀》本作『腸』。

⑨來：明刻本、靜嘉堂文庫本、故宫明本、《稗海》本、《津逮秘書》本、《四庫全書》本、《學津討原》本、《筆記小說大觀》本作『年』。

⑩似：明刻本、故宫明本作『以』。

⑪許大：明刻本、故宫明本、《稗海》本、《津逮秘書》本、《四庫全書》本、《學津討原》本、《殷禮在斯堂叢書》本作『詩大』，靜嘉堂文庫本、《筆記小說大觀》本作『詩人』。

⑫選：明刻本、靜嘉堂文庫本、故宫明本、《稗海》本、《津逮秘書》本、《四庫全書》本、《學津討原》本、《筆記小說大觀》本作『達』，古活字印本、正保本、寬文本、文化本、《螢雪軒叢書》本後增『甚』。

⑬醺：古活字印本、正保本、寬文本、文化本、《螢雪軒叢書》本無。

⑭又：明刻本、靜嘉堂文庫本、故宫明本作『工』，《稗海》本、《津逮秘書》本、《四庫全書》本、《學津討原》本、《筆記小說大觀》本、《殷禮在斯堂叢書》本作『若』。

⑮個：明刻本、靜嘉堂文庫本、故宫明本作『筒』。

《詩話總龜》前集卷四十七《神仙門下》全引此條，「淵才」前增「彭」，「答」後無「書」，「元神新來」作「元祐新年」，「泥陀佛」作「涅陀佛」，第一個「驀」後無「地」，「不羈」前無「其」，「嘗」後無「自」，「世上」作「世間」，「有功夫」作「做功夫」，「選」後增「甚」，「來日」作「明日」，「還」作「遠」，「瓠羹」後無「不托，依舊」，「輕船」作「糧綱」，「好西湖」作「大南湖」。

【注】

〔一〕劉法師：唐朝志怪小説人物，道士，見於《玄怪録》卷三《劉法師》。

〔二〕徐神翁：即徐守信（一〇三三—一一〇八），宋徽宗賜號「虛靜沖和先生」，江蘇泰州海陵人。道士，早期「八仙」之一，有《虛靜沖和先生徐神翁語録》。

〔三〕此爲劉野夫词，《全宋詞》收爲劉山老《滿庭芳》，注云：「山老字野夫，青州人。政和中，人傳其壽一百四十五歲，云有道術。」「上」作「間」，「有」作「做」，「選」後增「甚」字，「來」作「明」，「還」作「遠」，「瓠羹」後無「不托，依舊」四字，「輕船」作「浪綱」，「好西湖」作「大南湖」。劉山老之名，未知所據。

【箋】

此條承續前文，意在詳述劉野夫人生狀態，細畫其獨特形象。近藤元粹評劉野夫詞曰：「未足以爲妙。』其實，作者無意以詞章較勝負，惠洪亦非緣此而選録，祇在自我展示與載録異人而已。

彭[①]淵材南歸，布橐中墨竹、史稿

淵材游京師貴人之門十餘年，貴人皆前席。其家在筠之新昌，其貧至饘粥不給。父以書召其歸，曰：『汝到家，吾倒懸解矣。』淵[②]材於是南歸，跨一驢，以一默挾以布橐，默背[③]斜絆其腋。一邑聚觀，親舊相慶三日，議曰：『布橐中必金珠也。』予雅知其迂闊[④]，疑之，乃問曰[⑤]：『親舊聞淵材還，相慶曰：「君官爵雖未入手，必使父母妻兒脱凍餒之厄。」橐中所有，可早出以慰[⑥]之。』淵材喜見鬚眉[⑦]，曰：『吾富可埒[⑧]國也，汝可拭目以觀。』乃開橐，有李廷珪墨[⑨]一丸，文與可墨竹一枝，歐公《五代史》藁草[⑩]一巨編[⑪]，餘無所有。〔一〕

【校】

① 彭：原本作『劉』，據古活字印本、正保本、寬文本、文化本、《螢雪軒叢書》本改。

② 淵：明刻本、静嘉堂文庫本、故宫明本無。

③ 橐，橐，黥背：明刻本、故宫明本作『夢，夢，點皆』。『背』《稗海》本、《津逮秘書》本、《四庫全書》本、《學津討原》本、《筆記小説大觀》本作『皆』。

④ 闊：静嘉堂文庫本作『間』。

⑤ 曰：明刻本、故宫明本、《稗海》本、《津逮秘書》本、《四庫全書》本、《學津討原》本、《筆記小説大觀》本無。

⑥ 慰：明刻本、静嘉堂文庫本、故宫明本作『冠』，《稗海》本、《津逮秘書》本、《四庫全書》本、《學津討原》本、《筆記小説大觀》本作『觀』。

⑦ 鬚眉：《稗海》本、《津逮秘書》本、《四庫全書》本、《學津討原》本、《筆記小説大觀》本、《殷禮在斯堂叢書》本作『眉鬚』。

⑧ 埒：《稗海》本、《津逮秘書》本、《四庫全書》本、《學津討原》本、《筆記小説大觀》本作『敵』。

⑨ 墨：《稗海》本、《津逮秘書》本、《四庫全書》本、《學津討原》本、《筆記小説大觀》本、《殷禮在斯堂叢書》本無。

⑩ 藁草：《稗海》本、《津逮秘書》本、《四庫全書》本、《學津討原》本、《筆記小説大觀》本、《殷禮在斯堂叢書》本作『草藁』。

⑪ 編：明刻本、故宫明本作『縮』。

【注】

〔一〕《宋僧惠洪行履著述編年總案》：『題中「劉淵材」爲「彭淵材」之誤。據此記載，彭几回新昌時，惠洪亦在。考彭几於紹聖元年（一〇九四）進京，游貴人之門十餘年，南歸當在崇寧三年（一一〇四）前後。據惠洪行迹推斷，二人相見當在崇寧三年春惠洪自長沙歸龍安途經新昌時。』

【箋】

彭淵材是癡絕之人，而能爲世所容，則宋代尊崇讀書人之風可想見矣。近藤元粹評曰：『僧眼甚慧。』彭淵材爲人，世所共知，禪門洞見人性，惠洪又爲其侄，焉能不了如指掌？又曰：『如畫。』又曰：『風緻絕特，當時得意之狀如見。』惠洪眼力與筆力均不輸文人，宜乎詩文有成也。又曰：『若在今日，令有是三品，足得中人一家之產。』藝術價值需經時間檢驗，此非一味貴古賤今也。

雲庵活盲女

雲庵住洞山時，嘗過檀越〔一〕家，經大林間，少立，聞哀聲雜流水，臨澗下窺，有蹲水中者。使兩夫下扶，猿①臂〔二〕而上，乃盲女子，年十七八許。問其故，曰：『我母死，父傭於遠方，兄貧無食，牽我至此，猛推下我而去。』雲庵意惻，不自知涕下，顧其人力曰：『汝無婦，可畜以相活，我給與一世。』力拜諾，即以所乘笋兜舁歸山〔三〕，雲庵步隨之。盲女後生三子，皆勤院事。雲庵雖領衆它山，歲時遣人給衣食，如子侄然。雲庵高世之行，若此之類甚衆。

【校】

① 猿：《稗海》本、《筆記小説大觀》本作『緣』。

【注】

〔一〕檀越：梵語 dàna-pati，音譯陀那钵底、陀那婆，意爲施主，布施僧人之信衆。

〔二〕《〈冷齋夜話〉考》：『猿臂：《統記》三十《玄奘傳》有『猿臂』字，乃知可點使兩夫下扶，猿臂而上。』

〔三〕《〈冷齋夜話〉考》：『盲女以所乘笋兜舁歸山：《十誦律》四十三（三丈）：「著轝上云云。波羅夷云云。不犯者若欲墮坑云云。」』

【箋】

惠洪爲真淨克文法嗣，而祖述老師言行，儒釋兩家之著述可謂洋洋大觀，此條雖與詩話無涉，實情有可原也。近藤元粹評曰：『非詩話。』話雖如此，但真情性源於人本精神，此與儒家『傷人乎？不問馬』（《論語正義·鄉黨》）之義同，未可全以夾帶私貨論也。

錢如蜜，一滴也甜①

仲②殊〔一〕初游吴中，自負一蓋，見賣餳者，從乞一錢，餳者③與之，即就買餳，食之而去。嘗客館古寺中，道俗造之，輒就覓錢，皆相顧羞縮，曰：『初不多辦來，奈何？』殊曰：『錢如蜜，一滴也甜。』

【校】

① 一滴也甜：《津逮秘書》本、《四庫全書》本、《學津討原》本無。

② 仲：静嘉堂文庫本、故宫明本作『衆』。

③ 者：明刻本、故宫明本、《稗海》本、《津逮秘書》本、《四庫全書》本、《學津討原》本、

《筆記小説大觀》本、《殷禮在斯堂叢書》本無。

【注】

〔一〕仲殊：即僧揮，字師利，安州（湖北安陸）人，約活動於北宋後期。詩僧，《校輯宋金元人詞》輯《寶月集》一卷。

【箋】

較之唐代，宋代文人更理性，藝術表現更克制，僧人則恰好相反，大抵是呵佛罵祖之風助推之故，言行更張揚，異於常人者比比皆是，魚龍混雜亦在所難免。近藤元粹評曰：『乞兒鄙事，何足錄之。』仲殊詩詞有獨到處，至若乞錢之事，恐與高士之行不類，故而累及此條有過於求異之嫌也。

道士畜三物

萬安軍南并海石崖中有道士，年八九十歲，自言本交趾人，渡海，船壞①於此岸②，因③庵焉。養一鷄，大如倒挂〔一〕，日置枕中，啼即夢覺。又④畜王孫⑤〔二〕，小於蝦蟆，風度清癯，以綫係几案間。道士飯⑥，則跳躑登几唇危坐，分殘顆而食之。又有龜，狀如錢，置合中，時揭其蓋，使出戲衣褶⑦間。予謁之，示此三物，從予乞詩。予熟視曰：『公小人國中引道神⑧，吾詩⑨詎能摹寫高韻。』

【校】

① 壞：古活字印本、正保本、寬文本、文化本作『壤』。

② 岸：明刻本、靜嘉堂文庫本、故宫明本、《稗海》本、《津逮秘書》本、《四庫全書》本、《學津討原》本、《筆記小說大觀》本作『崖』。

③ 因：明刻本、靜嘉堂文庫本、故宫明本作『田』。

④ 又：明刻本、故宫明本作『文』。

⑤ 王孫：《稗海》本、《筆記小說大觀》本作『玉獅』。

⑥ 飯：《稗海》本、《津逮秘書》本、《四庫全書》本、《學津討原》本、《筆記小說大觀》本、《殷禮在斯堂叢書》本作『喚』。

⑦ 褶：靜嘉堂文庫本作『袂』，《稗海》本、《津逮秘書》本、《四庫全書》本、《學津討原》本、《筆記小說大觀》本作『袖』。

⑧ 神：明刻本、靜嘉堂文庫本、故宫明本無，《稗海》本、《津逮秘書》本、《四庫全書》本、《學津討原》本、《筆記小說大觀》本、《殷禮在斯堂叢書》本作『者』。

⑨ 詩：明刻本、故宫明本後增『神』，《稗海》本、《津逮秘書》本、《四庫全書》本、《學津討原》本、《筆記小説大觀》本後增『俚』。

【注】

〔一〕《〈冷齋夜話〉考》：『倒掛日（「日」恐「子」字）：劉績《霏雪録》云，即東坡所謂緑毛幺鳳，俗名倒掛者。《五車勻瑞》：「西蜀有桐花鳳，似鳳而小，人謂之『倒掛子』。」坡公《梅》詩「倒掛緑毛幺鳳」云云是也。又坡《梅》詩注。』

〔二〕王孫：其義有二：一爲猴之别稱，見於王延壽《王孫賦》：『有王孫之狡獸，形陋觀而丑儀。』《柳宗元集》卷十八《憎王孫文》：『猿、王孫居異山，德異性，不能相容。』蔣之翹輯注：『王孫，猴也，狀似愁胡。』二爲蟋蟀之别稱，見於《周禮·考工記·梓人》『以注鳴者』，孔穎達疏引《方言》：『精列，楚謂之蟋蟀，或謂之蛩；南楚之間或謂之虹孫。』此處當取後説。

【箋】

《宋僧惠洪行履著述編年總案》：『政和元年（一一一一）十月二十六日，師遭決脊杖二十，剝奪僧籍，刺配海南朱崖軍牢。』此條即爲發配途中親身經歷，惠洪才思敏捷，但詩思與心境相關，處身如此境況，或無心作詩。近藤元粹評曰：『「大如」句恐有訛誤。』此乃不明『倒掛』義所生誤解，這是鳥名，《蘇軾詩集》卷三十八《再用前韻》自注云：『嶺南珍禽有倒掛子，緑毛紅喙，如鸚鵡而小，自東海來，非塵埃中物也。』又曰：『其實不能作也，黠僧好遁辭。』未免過於臆斷，《苕溪漁隱叢話》前集卷五十六《洪覺範》：『韓子蒼云：「往年余宰分寧，覺範從高安來，館之雲巖寺，寺僧三百，各持一幅紙求詩於覺範，覺範斯須立就，余見之不懌，曰：『詩當少加思，豈若是容易乎？』覺範笑曰：『取快吾意而已。』」』以是觀之，惠洪才情難以匹敵，且早已廣爲人知，衹恐當時未有此種閑適心境也。

黃魯直夢與道士①游蓬萊

黃魯直元祐中晝臥蒲池寺〔一〕，時新秋雨過，涼甚，夢與一道士褰衣升空而去，望見雲濤際②天。夢中問道士：『無舟不可濟，且公安之？』道士曰：『與公游蓬萊。』即襪而履水，魯直意欲無行，道士强要之。俄覺大風吹鬢，毛骨③爲戰慄，道士曰：『且斂目。』惟聞足底聲如萬壑松風，有狗吠，開④目不見道士，惟見宫殿張開，千門萬戶。魯直徐入，有兩玉人導升殿，主者降接之。見仙官執玉麈尾，仙女擁侍之，中有一女，方整琵琶。魯直極愛其風韻，顧之，忘揖主者，主者色莊，故其詩曰：『試問琵琶可聞否，靈君色莊妓搖⑤手。』〔二〕頃與予同宿湘江舟中，親爲言之，與今《山谷集》語不同，蓋後更易之耳。

【校】

①夢：《津逮秘書》本、《四庫全書》本、《學津討原》本無『黄魯直』『與道士』。

②際：古活字印本、正保本、寬文本、文化本、《螢雪軒叢書》本作『降』。

③骨：《稗海》本、《筆記小説大觀》本作『髪』。

④開：明刻本、故宫明本作『聞』。

⑤搖：《稗海》本、《筆記小説大觀》本作『摺』。

《詩話總龜》前集卷三十六《紀夢門下》全引此條，『黄魯直』作『山谷』，無『元祐中』『蒲池寺』『時新秋雨過，涼甚』『褰衣』『而去』『望見雲濤際天，夢中問道士：無舟不可濟，且公安之』『即襪而履水，魯直意欲無行，道士强要之。俄覺』，『大』作『天』，無『毛骨爲戰慄』『且』『惟聞足底聲如萬壑松風』，『有狗』前增『俄』，『宫殿』後無『張開，千門萬戶』『徐』，『主者降接』作『主降揖』，無『見仙官執玉麈尾』『擁』，『方』作『云』，『愛』前無『極』，『頃與予同宿湘江舟中，親爲言之』作『與余親言之』，後無『與』，『後更易之耳』作『更易耳』。

《苕溪漁隱叢話》前集卷四十七《山谷上》於此兩説俱引，胡仔按語云：『二説不同，未知孰是。』所引此條，『魯直』前無『黄』，『元祐中』作『元祐初』，『蒲池寺』作『菩提寺』，『褰』作『牽』，『空』作『雲』，『可濟』前無『不』，『水』作『之』，『意欲無行』作『意不欲行』，『大』作『天』，第二個『道士曰』作『道士令』，『萬壑松風』作『松風獵獵』，『有狗』作『忽有犬』，『宮殿』後無『張開』，『降接之』作『衣絳褶』，『見仙官』作『仙冠』，『麈尾』前無『玉』，『愛』前無『極』，『其詩曰』作『其句云』，『湘江』作『九江』，『言之』前增『余』，無後文。相較而言，《冷齋夜話》所記優於《詩話總龜》與《苕溪漁隱叢話》。

【注】

〔一〕蒲池寺：歐陽修《歸田錄》卷二：『世俗傳訛，惟祠廟之名爲甚。今都城西崇化坊顯聖寺者，本名蒲池寺，周氏顯德中增廣之，更名顯聖，而俚俗多道其舊名，今轉爲菩提寺矣。』《黄庭堅年譜新編》：『元祐三年（一〇八八），時居酺（蒲）池寺退聽堂。』

〔二〕此爲黄庭堅《記夢》，見於任淵《山谷詩集注》卷十一。標題下注云：『《洪駒父詩話》曰：「予嘗聞山谷云：『此篇記一段事也。嘗從一貴宗室攜妓女游某寺，酒闌，諸妓皆散入僧房中，主人不怪也，故有「曉然夢之非紛紜」之語。』」僧慧（惠）洪《冷齋夜話》以爲，山谷元祐初晝卧酺池寺，夢與一道士游蓬萊，覺而作此詩。頃與余同宿湘江舟中，親爲言之。兩説未知孰是。』又於『試問琵琶可聞否，靈君色莊妓搖手』句下注云：『僧慧洪《冷齋夜話》曰：「山谷夢有兩道人導升殿，主者衣絳衣，仙女擁侍。中有一女，方整琵琶，山谷極愛其風韻，顧之，忘揖主者，主者色莊，故有詩曰『試問琵琶可聞否，靈君色莊妓搖手』。今《山谷集》語不同，蓋復更易之耳。」』任淵注所引與《冷齋夜話》略有不同。兩處雖皆爲『私説』，但《四庫全書總目》卷一百二十《冷齋夜話》提要辨之甚明：『蓋惠洪猶及識庭堅，故引以爲重。其《庭堅夢游蓬萊》一條，《山谷集》題曰《記夢》。《洪駒父詩話》曰：「余嘗問山谷，云：『此記一段事也。嘗從一貴宗室攜妓游僧寺，酒闌，諸妓皆散入僧房中，主人不怪也，故有「曉然夢之非紛紜」句。』」惠洪乃稱庭堅曾與共宿湘江舟中親話，有夢與道士游蓬萊事，且云今《山谷集》語不同，蓋後更易之。是殆竄亂其説，使故與本集不合，以自明其匿於庭堅，獨知其詳耳。』换言之，此非闡釋之差異性，而乃惠洪人品有瑕也。《宋僧惠洪行履著述編年總案》則持相反論調：『《石門文字禪》卷三《黄魯直南遷，艤舟碧湘門外半月，未游湘西，作此招之》詩有「羅浮舊游今再游」之句，《方輿勝覽》卷三十四《廣南路・廣州》：「羅浮山，在南海，本名蓬萊山。一峰在海中，與羅山合，因名。」故「羅浮舊游今再游」乃指庭堅所告知兩度夢游蓬萊仙境之事，即元祐中晝臥蒲池寺所夢與長沙舟中酣睡所夢，此與上條爲庭堅所夢擬李賀體作《春夢謡》，皆可爲《冷齋夜話》之旁證，四庫館臣所譏殆無據。』此論以己證己，并無他證，未免過於相信惠洪所作句句屬實，未嘗深究其心也。

【箋】

夢中作詩本屬尋常，但兩種解説并出，再加上惠洪固有習氣，難免讓人懷疑此條作僞。近藤元粹評曰：『夢中情狀，寫出如畫。』惠洪確有如椽巨筆，記他人之夢恍若親見親聞，但世間之事，美未必真，不真則必不美，若不可信，徒然辜負才華，著實可惜。

周貫吟詩作偈

周貫者，不知何許人，雅自號木雁子。治平、熙寧間往來西山〔一〕，時時至高安，與予大①父善。日酣飲，畜一大瓢行沽②，夜以爲溺器。工作詩③，詩成癖。嘗宿奉新龍泉觀，半夜搥門，道士驚，科髻④披衣，啓關⑤問其故。貫笑曰：『偶得句，當奉告⑥。』道士殊不意，業⑦已問之〔二〕，因使口誦。貫以手指畫，吟曰：『彈琴傷指甲，蓋席損髭鬚。』〔三〕是夜貫寒甚，以席自覆故爾。又至袁州，見市井李生者有秀韻，欲攜以同歸林下，而李嗜酒色，意欲無行。貫指煮⑧藥鐺作偈示之⑨：『頑鈍天教合作鐺，縱生三脚⑩豈能行。雖然有耳不聽法，祇愛人間戀火坑。』〔四〕尋死於西山，方將化，人問其幾何歲，貫曰：『八十西山作酒仙，麻鞋軋⑪斷布衣穿。相逢甲子君休問，太極光陰不計年。』〔五〕後有人見於京師⑫州⑬橋，附書與袁州李生云：『我明年中秋夕⑭當上謁也。』至時，果⑮造李生。生時以事出，乃以⑯白土大書其門而去，曰：『今年中秋夕，來赴去年約。不見破鐵鐺，彈指空剝剝。』〔六〕李生後竟墮馬，折一足。

【校】

①大：故宮明本作『矢』。

②沽：明刻本、故宮明本作『孤』，《稗海》本、《津逮秘書》本、《四庫全書》本、《學津討原》本、《筆記小說大觀》本作『旅』。

③詩：明刻本、故宮明本作『時』。

④科：古活字印本、正保本、寬文本、文化本、《螢雪軒叢書》本作『斜』。髻：《稗海》本、《津逮秘書》本、《四庫全書》本、《學津討原》本、《筆記小說大觀》本、《殷禮在斯堂叢書》本作『髮』。

⑤闢：明刻本、靜嘉堂文庫本、故宮明本、《稗海》本、《津逮秘書》本、《四庫全書》本、《學津討原》本、《筆記小說大觀》本無。

⑥告：明刻本、靜嘉堂文庫本、故宮明本、《稗海》本、《津逮秘書》本、《四庫全書》本、《學津討原》本、《筆記小說大觀》本無。

⑦業：元刻本、明刻本、靜嘉堂文庫本、故宮明本、《稗海》本、《津逮秘書》本、《四庫全書》本、《學津討原》本、《筆記小說大觀》本無。

⑧煮：明刻本、故宮明本、《稗海》本、《筆記小說大觀》本作『意』，《津逮秘書》本、《四庫全書》本、《學津討原》本作『晝』。

⑨示之：明刻本、故宮明本前增『曰』，《稗海》本、《津逮秘書》本、《四庫全書》本、《學津

討原》本、《筆記小說大觀》本後增『曰』。

⑩ 脚：《稗海》本、《筆記小說大觀》本作『足』。

⑪ 軋：原本作『乳』，據元刻本、明刻本、故宫明本、《稗海》本、《津逮秘書》本、《四庫全書》本、《學津討原》本、《筆記小說大觀》本、《殷禮在斯堂叢書》本、古活字印本、正保本、寬文本、文化本、《螢雪軒叢書》本改。

⑫ 師：《殷禮在斯堂叢書》本無。

⑬ 州：明刻本、靜嘉堂文庫本、故宫明本、《稗海》本、《津逮秘書》本、《四庫全書》本、《學津討原》本、《筆記小說大觀》本無。

⑭ 夕：明刻本、故宫明本後增『州』，《稗海》本、《津逮秘書》本、《四庫全書》本、《學津討原》本、《筆記小說大觀》本後增『時』。

⑮ 時，果：明刻本、故宫明本作『詩，里』。

⑯ 以：《稗海》本、《筆記小說大觀》本作『用』。

《詩話總龜》前集卷四十七《神仙門下》全引此條，『周貫』後無『者』『雅』，無『治平』至『詩成癖』，『嘗宿奉新』作『宿』，『搥』後增『道士』，第一個『道士』後無『驚，科髮披衣，啟關』，『其故』後無『貫笑』『道士殊不意，業已問之，因使口誦，貫以手指畫』，『吟』前增『因』，『是夜貫』後無『寒甚』『又』『者有』『以』『而』，『縱生』作『從初』，『將』前無『方』，無

『其』『何』，『軋』作『糾』，『京師』後無『州橋』，『與袁州』作『於』，『明年』前無『我』，『上謁』後無『也』『果造李生』，『以事出』前無『時』，後增『貫』，『大書其門』作『書門』，『破鐵鐺』作『折足鐺』，『竟』前無『後』，後無『墮馬』。

【注】

〔一〕西山：《太平寰宇記》卷一百零六《江南西道四·洪州》作『南昌山』。《輿地紀勝》卷二十六：『在新建西，大江之外，高二千丈，週三百里，壓豫章數縣之地。《寰宇記》云：「又名南昌山。」《九域志》云：「吴王濞鑄錢之所。」余襄公靖記云：「西山在縣西四十里，巖岫四出，千峰北来，嵐光染空，連屬三百里。其所經行，尽西山之景。」《水經》云：「有天宝洞天。」楊无爲亦有《西山記》，洪龜父詩云：「雲中聽鷄犬，不見有人家。野水侵官道，山雲惹客衣。」』

〔二〕《〈冷齋夜話〉考》：『業已問之：《類書纂要》十一云：「業已，事已爲而成曰業。《史記》曰：『業已爲之。』《史記·項羽本紀》（十五丈）：『業已講解。』注：蘇林曰：『業，事也。言雖有疑心，然事已和解也。』」』

〔三〕此爲周貫殘句，見於《全宋詩》卷三百四十七。

〔四〕〔五〕〔六〕此爲周貫《藥鐺偈》《答人》《中秋謁李生》，見於《全宋詩》卷三百四十七。

【箋】

《能改齋漫錄》卷十八《神仙鬼怪·周貫屍解》：『周貫，自言膠東人，常稱木雁子。善屬文，游於洪州西山，嗜酒不羈，布褐粗全。人或贈之，則詣酒家取一醉，餘皆散墜不顧。西山人見貫往來者五十餘年，而顏色如故。有以道術訪之，則必報以惡聲，使人親近不得也。熙寧元年（一〇六八），至豫章石頭市，遇故人張生，因托宿焉。生爲具酒食而臥，中夜，逆旅之主人，聞戶外有車馬合沓聲，起而視之，無有也。惟貫所臥室戶正開，猶奄奄然喘息，就而察之，貫已死矣。明日，告新建縣，尉吴杲卿往案之，柔潔如生，扶而轉之，腹中汩汩如浪鳴焉。縣主簿劉純臣使人棺殮，埋於其地云。張生還家，其弟迎門曰：「周公淩晨見過，今往雙嶺矣。」衆乃知貫非實死者也。貫所著《華陽三篇》，坐臥不離懷袖，人莫得見者。死之日，純臣得而有之，稱其文險絕而有條理。純臣以詩紀之曰：「八十西山作酒仙，麻鞋孔斷布衣穿。形骸一脫塵緣盡，太極光陰不計年。」洪覺範《冷齋夜話》嘗言其略，然亦有不同也。』《苕溪漁隱叢話》後集卷三十八《神仙雜記》引此。除明言周貫籍貫外，引詩歸屬亦不相同。相較而言，《冷齋夜話》去除道教不經之談，衹保留與詩歌相關之事，是故爲優。

《冷齋夜話》以記儒釋兩家人物爲主，此條旁涉道教，或是周貫與惠洪大父交游故也。近藤元粹兩次評曰：『奇人奇事。』此條不涉神迹，與前文所述高士奇言奇行無分別。評第一首殘句曰：『如是惡詩，晝日閑暇之時，亦不要來告。』所謂惡詩者，在於空有紀實而全無詩意與理趣也。評第二首詩曰：『此詩則大妙。』所謂妙詩者，在於用比擬而生出情趣與禪理也。又曰：『「破鐵鐺」照應甚奇妙。』用『破鐵鐺』喻愚頑不受點化之心，生動形象。

石學士[①]

石曼卿隱於酒，謫仙〔一〕之流也，然[②]善[③]戲謔[④]。嘗出報慈寺[⑤]，馭[⑥]者失控，馬[⑦]驚，曼卿墮馬[⑧]。從吏驚[⑨]，遽扶掖升[⑩]鞍，市人聚觀，意其必大[⑪]詬怒[⑫]。曼卿徐著鞍[⑬]，謂馭者[⑭]曰[⑮]：『賴我石學士也，若[⑯]瓦學士，則固[⑰]不破碎乎？』

【校】

①石學士：《類說》作『石曼卿墜馬』。

②隱於酒，謫仙之流也，然：《類說》無。

③善：《類說》作『喜』。

④謔：原本脱，據《稗海》本、《津逮秘書》本、《四庫全書》本、《學津討原》本、《筆記小說大觀》本、《殷禮在斯堂叢書》本、《類說》補。

⑤報慈寺：《類說》無。

⑥馭：明刻本、故宫明本作『取』。

⑦ 馬：明刻本、故宮明本作『雪』。

⑧ 馬：《稗海》本、《津逮秘書》本、《四庫全書》本、《學津討原》本、《筆記小說大觀》本、《殷禮在斯堂叢書》本、《類說》作『地』。

⑨ 驚：《類說》無。

⑩ 升：明刻本、故宮明本作『釙』，《稗海》本、《津逮秘書》本、《四庫全書》本、《學津討原》本、《筆記小說大觀》本作『據』。

⑪ 大：明刻本、故宮明本作『天』。

⑫ 『市人』二句：《類說》無。

⑬ 鞍：元刻本無，明刻本、故宮明本作『一』，《稗海》本、《津逮秘書》本、《四庫全書》本、《學津討原》本、《筆記小說大觀》本作『一鞭』，古活字印本、正保本、寬文本、文化本、《螢雪軒叢書》本作『幘帽』。

⑭ 著鞍，謂馭者：《類說》無。

⑮ 曰：明刻本、故宮明本作『白』。

⑯ 若：明刻本、故宮明本作『告』。

⑰ 則固：《稗海》本、《津逮秘書》本、《四庫全書》本、《學津討原》本、《筆記小說大觀》本作『顧』，《類說》作『則』。

【注】

〔一〕謫仙：謫居世間之仙人，《南齊書》卷五十四《高逸傳·杜京產傳》：「永明中，會稽鍾山有人姓蔡，不知名，山中養鼠數十頭，呼來即來，遣去便去，言語狂易，時謂之『謫仙』。」《李太白全集》卷七《玉壺吟》：「世人不識東方朔，大隱金門是謫仙。」後專指李白，孟棨《本事詩·高逸》：「李太白初自蜀至京師，舍於逆旅。賀監知章聞其名，首訪之，既奇其姿，復請所爲文。出《蜀道難》以示之，讀未竟，稱嘆者數四，號爲『謫仙』。解金龜換酒，與傾盡醉。」《杜詩詳注》卷八《寄李十二白二十韻》：「昔年有狂客，號爾謫仙人。」

【箋】

所謂真情性，非指俗人之日常呈現，而是理性之天然流露，有真情性方可謂真詩人。於陶淵明、李白與石延年這類人而言，政治等諸種寄托懷抱之途均不順暢，衹得以酒爲載體自我寄寓，此乃理性選擇之結果，由此心而生者是爲真情性。故近藤元粹評曰：「洪量，風流可想。」

白①土埭

《高僧傳》有神仙史宗〔一〕者，著麻衣，加衲②其上，號麻③衣道者④。喜怒不常，體癬疥⑤，日坐⑥廣陵白土埭，謳歌自適，夜不知歸宿處。江都令檀祇〔二〕召至與語，詞多無畔⑦岸，索⑧紙賦詩曰：『有欲苦⑨不足，無欲即無憂。未若⑩清⑪虚者，帶⑫索披⑬麻裘。浮游一世間，泛若不繫舟。要當⑭畢塵累，栖⑮息老山丘。』〔三〕檀祇異之。陶潛淵明所説⑯白土埭逢三異比丘，此其一也。有狂道士⑰借海鹽令所畜小兒，登小山，山有屋數椽，道人三四輩相勞苦，其言小兒一不解，但得食一塸如熟艾。有問道士者：『謫者何時竟？』答曰：『在徐州江北廣陵白土⑱埭上，計其謫，行當竟矣。』問者作書授道士，曰：『爲達之。』即繫小兒衣帶還。海鹽令喜，問曰：『衣中有何？』曰：『書疏耳。』又呼問小兒至何處，小兒曰：『前爲道士投⑲杖，飄然去，但聞足下波浪聲，至山中，山中人⑳寄書與白土埭上。』即引衣帶示令，令一㉑不能曉。小兒詣史宗，史宗大驚曰：『汝乃蓬萊山中來耶！』神仙之有無，吾不能知，然觀其詩句，脱去畛封，有超然自得之氣，非尋常介夫所能作也。

【校】

① 白：明刻本、靜嘉堂文庫本、故宫明本、《津逮秘書》本、《學津討原》本作『石』。

② 衲：明刻本、靜嘉堂文庫本、故宫明本、《稗海》本、《津逮秘書》本、《四庫全書》本、《學津討原》本、《筆記小説大觀》本作『袖』。

③ 麻：明刻本、靜嘉堂文庫本、故宫明本、《稗海》本、《津逮秘書》本、《四庫全書》本、《學津討原》本、《筆記小説大觀》本作「袖」。

④ 者：明刻本、靜嘉堂文庫本、故宫明本、《稗海》本、《津逮秘書》本、《四庫全書》本、《學津討原》本、《筆記小説大觀》本無。

⑤ 癬疥：明刻本、故宫明本、《稗海》本、《津逮秘書》本、《四庫全書》本、《學津討原》本、《筆記小説大觀》本作「瘰瘡」。

⑥ 坐：明刻本、故宫明本作「生」，《稗海》本、《津逮秘書》本、《四庫全書》本、《學津討原》本、《筆記小説大觀》本作「往」。

⑦ 畔：明刻本、故宫明本作「半」。

⑧ 索：明刻本作「素」。

⑨ 苦：明刻本、故宫明本、《稗海》本、《津逮秘書》本、《四庫全書》本、《學津討原》本、《筆記小説大觀》本作「若」。

⑩ 未若：明刻本、靜嘉堂文庫本、故宫明本作「未其」，《稗海》本、《津逮秘書》本、《四庫全書》本、《學津討原》本、《筆記小説大觀》本作「求其」。

⑪ 清：明刻本、靜嘉堂文庫本、故宫明本、《津逮秘書》本、《學津討原》本作「情」。

⑫ 帶：明刻本、靜嘉堂文庫本、故宫明本無，《稗海》本、《筆記小説大觀》本作「當」。

⑬ 披：明刻本、靜嘉堂文庫本、故宫明本作「按」。

⑭ 當：明刻本、故宮明本作「堂」。

⑮ 栖：明刻本、故宮明本作「妻」。

⑯ 說：元刻本、明刻本、靜嘉堂文庫本、故宮明本、《稗海》本、《津逮秘書》本、《四庫全書》本、《學津討原》本、《筆記小說大觀》本、《殷禮在斯堂叢書》本作「記曰」。

⑰ 士：明刻本、靜嘉堂文庫本、故宮明本、《稗海》本、《津逮秘書》本、《四庫全書》本、《學津討原》本、《筆記小說大觀》本無。

⑱ 土：《稗海》本作「上」。

⑲ 投：元刻本、明刻本、故宮明本、《稗海》本、《津逮秘書》本、《四庫全書》本、《學津討原》本、《筆記小說大觀》本、《殷禮在斯堂叢書》本作「捉」。

⑳ 山中人：明刻本、靜嘉堂文庫本、故宮明本作「人山中」。

㉑ 一：《稗海》本、《津逮秘書》本、《四庫全書》本、《學津討原》本、《筆記小說大觀》本、《殷禮在斯堂叢書》本作「亦」。

《詩話總龜》前集卷四十七《神仙門下》引此條前半部分及結語，無「有狂道士」至「吾不能知」，「《高僧傳》有神仙史宗者」作「有僧史宗」，「道者」作「道士」，無「喜怒不常，體癬疥，日」「夜不知歸宿處」，「與語」前無「召至」，後無「詞」，「麻裘」作「玄裘」，「世」作「州」，「累」作「慮」，「陶潛淵明所說」作「陶淵明記」，「觀」前無「然」。略去不經之語，故善。

【注】

〔一〕史宗：生平行迹見於《高僧傳》卷十《晉上虞龍山史宗》，與此條相關者，『史宗者，不知何許人，常著麻衣，或重之爲納，故世號麻衣道士。身多瘡疥，性調不恒。常在廣陵白土埭，賃埭謳唱，引筰以自欣暢。』『時高平檀祇爲江都令，聞而召來，應對機捷，無所拘滯，博達稽古，辯說玄儒。乃賦詩一首曰：「有欲苦不足，無欲亦無憂。未若清虚者，帶索被玄裘。浮游一世間，泛若不系舟。方當畢塵累，栖志且山丘。」檀祇知非常人，遣還所在。』『後有一道人，不知姓名』，『詣海鹽令云：「欲數日行，暫倩一人，可見給不。」令曰：「隨意取之。」乃選取守鵝鴨小兒形服最醜者將去。倏忽之間，至一山上，山上有屋，屋中有三道人，相見欣然共語，小兒不解。至中困，道人爲小兒就主人索食，得一小堰食，狀如熟艾，食之饑止。向冥，道人辭欲還去，聞屋中人問云：「君知史宗所在不，其謫何當竟。」道人云：「在徐州江北廣陵白土埭上，計其謫亦竟也。」屋中人便作書曰：「因君與之。」道人以書付小兒。比曉，便至縣，與令相見云：「欲少日停此。」令曰：「大善。」問箱中有何等，答云：「書疏耳。」』『令呼先小兒，問近所經。小兒云道人令其捉杖，飄然而去，或聞足下波浪耳。并說山中人寄書猶在小兒衣帶，令開看，都不解，乃寫取，封其本書，令人送此小兒至白土埭，送與史宗，宗開書大驚云：「汝那得蓬萊道人書耶？」』『後同止沙門，夜聞宗共語者，頗說蓬萊上事，曉便不知宗所之。陶淵明記白土埭遇三異法師，此其一也。』此條大致縮略《高僧傳》而成。

〔二〕據《宋書》卷四十七《檀祇傳》，晉安帝義熙八年（四一二），『即本號都江北淮南軍郡事、青州刺史、廣陵相』，十四年『卒廣陵』。

〔三〕此爲史宗《咏懷》，見於《先秦漢魏晉南北朝詩·晉詩》卷二十《釋氏》，『即』作『亦』，『麻』作『玄』，『要』作『方』，『息』作『志』。

【箋】

史宗爲道教人物而見諸《高僧傳》，甚可怪也，或是修爲所至，教門無別？近藤元粹評史宗詩曰：『真是有道者之詩，而詩亦絶佳。』評惠洪論史宗詩曰：『佳評。』以是觀之，詩文以情性爲主，言辭爲客，確然無疑。評蓬萊山見聞曰：『不經之言，不足信也。』此爲道教故事，惠洪摘録時即當删去，或是爲貫通全條而存之也。

范堯夫揖客對臥

范堯夫〔一〕謫居永州，閉門，人稀識面。客苦①欲見者，或出，則問寒暄而已。僮掃榻具②枕，於是揖客，解帶對臥，良久，鼻息如雷霆。客自度未可起，亦熟睡，睡覺，常及暮而去。

【校】

①苦：正保本、寬文本、文化本、《螢雪軒叢書》本作『若』。

②具：《稗海》本、《津逮秘書》本、《四庫全書》本、《學津討原》本、《筆記小說大觀》本、《殷禮在斯堂叢書》本作『奠』。

【注】

〔一〕《宋史》卷三百十四《范純仁傳》：『明年（一〇九七），又貶武安軍節度副使、永州安置。』

【箋】

惠洪身在空門而心繫俗塵，且因結交政治人物而罹禍，有與身份甚不相稱之入世執著。若以儒門標準論之，范仲淹父子俱爲名臣，堪稱典範。惠洪所錄，或有致敬政治偶像之意存焉。近藤元粹評曰：『以下皆非詩話。』話雖如此，但文學與政治向來糾纏不清，論文者可以不喜歡、不談論、不參與，却不能不懂得時政，否則何以穿透歷史走向，釐清文學問題？又曰：『拒客好手段。』古來君子好道而小人好術，此不足論也。

李伯時畫馬①

李伯時善畫馬，東坡第其筆，當不減韓幹②。都城黄金易得，而伯時馬不可得③。師讓之④曰：『伯時爲士⑤大夫，而以畫行，已可恥也⑥。又作馬，忍爲之耶⑦？』伯時恚曰：『作馬無乃⑧例能蕩人心、墮惡道乎！』師曰：『公業已習此⑨，則日夕以⑩思其情狀，求爲⑪神駿，繫念不忘，一日眼花⑫落地，必入馬胎無疑，非惡道而何⑬！』伯時大驚，不覺身去坐榻⑭，曰：『今當⑮何以洗其過？』師曰⑯：『但畫觀音⑰菩薩。』自是畫此像妙天下。故一時公卿服⑱師之善巧⑲也。

【校】

① 《類説》將此條與卷十《魯直悟法雲語罷作小詞》合二爲一，題爲《秀關西語》。
② 幹：故宫明本作『翰』。
③ 『東坡』四句：《類説》無。
④ 讓之：《類説》無。

⑤ 士：《類說》無。
⑥ 也：《類說》無。
⑦ 忍爲之耶：《類說》無。
⑧ 無乃：《類說》前無『作馬』，後無『例能』。
⑨ 此：《類說》前無『已習』，後無『則』。
⑩ 夕以：《類說》作『久』。
⑪ 爲：《類說》作『其』。
⑫ 花：《稗海》本、《津逮秘書》本、《四庫全書》本、《學津討原》本、《筆記小說大觀》本、《類說》作『光』。
⑬ 非惡道而何：《類說》無。
⑭ 大驚，不覺身去坐榻：《類說》作『愕然』。
⑮ 今當：《類說》無。
⑯ 曰：《類說》作『勸』，後無『但』。
⑰ 觀音：《類說》無後文。
⑱ 服：古活字印本作『眼』。
⑲ 巧：原本後有『者』，據《稗海》本、《津逮秘書》本、《四庫全書》本、《學津討原》本、《筆記小說大觀》本、《殷禮在斯堂叢書》本改。

【箋】

《苕溪漁隱叢話》前集卷五十七《秀老》所引將此條與卷十《魯直悟法雲語罷作小詞》兩相揉合：『法雲秀老，關西人，面目嚴冷，能以禮折人。李伯時畫馬，東坡第其筆，當不減韓幹。都城黃金易致，而伯時畫不可得。師讓之，曰：「伯時士大夫，而以畫馬之名行已可恥，矧又畫馬，人誇以爲得妙，入馬腹中亦足可懼。」伯時大驚，不自知身去坐榻曰：「今當何以洗其過？」師勸畫觀音像以贖其罪。黃魯直作豔語，人爭傳之，秀呵曰：「翰墨之妙，甘施於此乎？」魯直笑曰：「又當置我於馬腹中邪？」秀曰：「公豔語蕩天下淫心，不止於馬腹中，正恐生泥犁耳。」魯直頷應之。故一時公卿伏師之善巧也。』胡仔按語云：『余讀魯直所作晏叔原《小山集》序云：「余少時間作樂府，以使酒玩世，道人法秀獨罪余以筆墨勸淫，於我法中當下犁舌之獄，特未見叔原之作邪？」觀魯直此語，似有憾於法秀，不若伯時之能伏善也。』《冷齋夜話》因截分而未明言勸誡者爲法秀，此處落實。

法秀所論未必邏輯嚴謹，但意在指示向上一路，若『不以辭害志』（《孟子正義・萬章上》），則其心可嘉。此施之於書畫如是，詩文亦莫不如是。近藤元粹評曰：『師字泛，不可知其爲何人也。』以是觀之，當以《類說》爲正。又曰：『妄誕之論亦敘來似有理，是其巧處。』勸化世人可用方便法門，合乎經義，無可厚非。又評末句曰：『似有脱誤。』此原文誤衍『者』字故也。

房琯、婁師德、永禪師畫圖①

《東坡集》中有②《觀宋復古畫序》一首曰：『舊說房琯開元中嘗③宰盧氏，與道士邢和璞過夏口村〔一〕，入廢佛寺，坐古松下④。和璞使⑤人鑿池⑥，得甕中所藏婁師德與永禪師畫，笑謂琯曰：「頗憶此耶？」因悵然悟前生之爲永禪師也。故人柳子玉寶此畫。蓋唐本，宋復古所臨者。』〔二〕

【校】

① 婁師德、永禪師畫圖：《津逮秘書》本、《四庫全書》本、《學津討原》本作『前身爲永禪師』。

② 有：元刻本無。

③ 嘗：元刻本、明刻本、故宮明本、《稗海》本、《津逮秘書》本、《四庫全書》本、《學津討原》本、《筆記小說大觀》本、《殷禮在斯堂叢書》本無。

④ 下：明刻本、故宮明本作『不』。

⑤ 使：古活字印本作『優』。

⑥ 池：《稗海》本、《津逮秘書》本、《四庫全書》本、《學津討原》本、《筆記小說大觀》本、《殷禮在斯堂叢書》本作『地』。

【注】

〔一〕夏口村：《石門文字禪》卷五《同游雲蓋，分題得雲字》『要同夏口村，發甕驚前身』句注：『夏口，《一統志·武昌府》夏口城是也。又引此條云云。』然則此條所言當在盧氏縣，恐非武漢地也。

〔二〕此爲蘇軾《破琴詩并敘》序言前半部分，見於《蘇軾詩集》卷三十三，『邢和璞』後增『出游』，『池』作『地』，『永禪師畫』作『永禪師書』，『因』前增『瑄』，『爲永禪師』作『爲永師』，『蓋』作『云是』。標題下注云：『誥案：琴、夢房圖，渺不相涉，即以邢、董牽合，義不可通，此蓋有難言事，欲後人發明之耳。』此詩及《書破琴詩後并敘》作於元祐六年（一〇九一），托名琴、畫，實爲黨爭之事而發，與《冷齋夜話》出發點有異。

【箋】

此條原出蘇軾詩，蓋隱晦言黨爭之事也。惠洪截取其半而落入輪回轉世之俗套，全失蘇詩之旨。近藤元粹評曰：『妄誕可厭。』無論有心抑或無意，惠洪摘錄實爲敗筆。

退靜兩忘少忘①

尹師魯謫官過大梁，與一老衲語。師魯曰：『以退靜爲樂。』衲曰：『孰若退靜兩忘？』師魯頓若有所得。及移鄧州〔一〕，時范文正守南陽〔二〕，師魯手書與文正別。文正馳至，則師魯已沐浴，衣冠而坐，少頃而化。文正哭之甚哀，師魯忽舉首曰：『已與公別，安用復來。』文正驚問所以，師魯笑曰：『死生，常理也，希文豈②不達此？』又問後事，曰：『此在公耳。』乃揖希文③，復逝。俄頃，又舉首④謂希文⑤曰：『亦無鬼，亦無恐怖。』言訖長往⑥。沈存中曰：『師魯所養至此，可謂有力，然尚未脫有無之見，何也？得非退靜兩忘尚存胸中乎？』獨無爲子楊次公曰：『存中識藥⑦矣，然未識藥之忌⑧也。』

【校】

① 少忘：《津逮秘書》本、《四庫全書》本、《學津討原》本、《殷禮在斯堂叢書》本、正保本、寬文本、文化本、《螢雪軒叢書》本無。

②豈：明刻本、故宮明本作「正」，靜嘉堂文庫本無。「希文豈」《稗海》本、《津逮秘書》本、《四庫全書》本、《筆記小說大觀》本作「何文正」，《學津討原》本作「何希文」。

③希文：《學津討原》本作「文正」。

④首：《稗海》本、《津逮秘書》本、《四庫全書》本、《學津討原》本、《筆記小說大觀》本、《殷禮在斯堂叢書》本作「手」。

⑤希文：《稗海》本、《津逮秘書》本、《四庫全書》本、《學津討原》本、《筆記小說大觀》本作「文正」。

⑥往：《稗海》本、《津逮秘書》本、《四庫全書》本、《學津討原》本、《筆記小說大觀》本作「逝」。

⑦藥：故宮明本、《稗海》本、《筆記小說大觀》本作「樂」。下同。

⑧忌：《稗海》本、《筆記小說大觀》本作「忘」。

《夢溪筆談·神奇》亦有此條，「尹師魯」前增「知道者苟未至脫然，隨其所得淺深，皆有效驗」，「謫官過大梁」作「自直龍圖閣謫官，過梁下」，「老衲語」作「佛者談」，「師魯曰」作「師魯自言」，「以退靜」作「以靜退」，「衲曰」作「其人曰」，「孰若退靜」作「不若進退」，前增「此猶有所係」，「及」作「後」，前增「自爲文以記其說」，「時范文正」前增「是」，後增「公」，「南陽」後增「少日」，「手」前增「忽」，「文正馳至」作「仍囑以後事，文正極訝之。時方饌客，掌書記朱炎在坐，炎老人，好佛學，文正以師魯書示炎，曰：師魯遷謫失意，遂至乖理，殊可怪也。宜往見之，爲致意開譬之，無使成疾。炎即詣尹」，後無『則』，『少頃而化』作『見炎來，道文正意，乃笑曰：何希文猶以生人見待？洙死矣。與炎談論頃時，遂隱几而卒。炎急使人馳報文正』，『哭』前增『至』，『首』均作『頭』，『已與』前增『早』，『又問』後增『其』，『事』後增『尹』，『謂希文』作『顧希文』，『鬼』後增『神』，『訖』後增『遂』，無『沈存中曰』，『力』後增『矣』，『然尚未』作『尚未能』，『退靜兩忘』作『進退兩忘』，『尚存』作『猶存於』，『乎』作『歟』，無後文。《苕溪漁隱叢話》後集卷三十七《緇黄雜記》所引與此相近，僅『詣尹』作『詣之』，『乃』作『尹』，『猶以』作『惟以』，『又』作『仍』，『事』後增『尹師魯』。

【注】

〔一〕《宋史》卷二百九十五《尹洙傳》：『徙監均州酒税，感疾，沿牒至南陽訪醫，卒』。

〔二〕《范文正公年譜》：『慶曆五年（一〇四五）十一月，詔以邊事寧息，盜賊衰止，罷公陝西四路安撫使，公先引疾求解邊任，遂改知鄧州。是月乙未，轉給事中、資政殿學士、知鄧州。七年，公在鄧，二月，有《祭尹師魯舍人文》。』

【箋】

儒家以修身養性勸誡，禪門以明心見性開示，大抵皆不出三關：少年參情色關，中年參名利關，老年參生死關，愈進愈難，然後知守道如一，終身不移，可以爲君子矣。近藤元粹評曰：『從容之狀可想。』心有成見則乖謬百出，心有新見則踴躍如潮，心有定見則從容自如，爲人爲文相類而從，有慧心而後生文心也。

卷之九

張丞相①草書亦自不識其字②

張③丞相好草書而不工，當時流輩皆譏笑之，丞相自若也④。一日得句⑤，索筆疾書，滿紙龍蛇飛動⑥，使侄⑦錄之。當波⑧險處，侄罔然而止，執所書問曰：『此何字也⑨？』丞相熟視久之，亦自不識⑩，詬其侄⑪曰：『胡不早⑫問？致予⑬忘之⑭。』

【校】

① 張丞相：《津逮秘書》本、《四庫全書》本、《學津討原》本無，《類說》作『張天覺』。

② 其字：《津逮秘書》本、《四庫全書》本、《學津討原》本無，『亦自不識其字』《類說》無。

③ 張：《螢雪軒叢書》本作『帳』。

④ 『當時』二句：《類說》無。

⑤句：《類說》作『詩』。
⑥龍蛇飛動：《類說》無。
⑦侄：《類說》前增『其』。
⑧波：《類說》作『奇』。
⑨也：《類說》無。
⑩久之，亦自不識：《類說》無。
⑪其侄：《類說》無。
⑫早：《類說》後增『來』。
⑬予：《類說》作『吾』。
⑭之：《類說》作『也』。

《續墨客揮犀》卷一《好草聖不工》亦有此條，『草書』作『草聖』，『時』作『日』，『使』後增『其』，『字』後無『也』，『早』後增『來』，『予』作『吾』。

【箋】

此條固然有給政治盟友張商英臉上貼金之嫌，但若拋開這層關係，藝術之要義在於自我陶醉，確與旁人無涉也。近藤元粹評曰：『此卷所錄多非詩話者，雖然，亦足以資一笑之料。』未免低估惠洪用心，因爲詩文出自心性，而世事皆爲磨礪文人心性之石，所錄雖非詩話，但皆有助於燭照心性，非街談巷議之類也。又曰：『亦一奇也。』若是性情所至，則可謂不落俗套；若是矯情爲之，斯爲下矣。

當出汝詩示人

沈東陽〔一〕《野史》曰：『晉桓溫少與殷浩友善，殷嘗作詩示溫，溫玩侮之，曰：「汝慎勿犯我，犯我①當出汝詩示人。」』〔二〕

【校】

① 犯我：《稗海》本、《筆記小説大觀》本無。

《墨客揮犀補遺·汝犯我當出汝詩示人》亦有此條，『殷嘗』作『浩嘗』，『作』後增『小』，無『玩侮之』。

【注】

〔一〕沈東陽：沈約。《梁書》卷十三《沈約傳》：『隆昌元年（四九四），除吏部郎，出爲寧朔將軍、東陽太守』，故稱『沈東陽』。『高祖（梁武帝）受禪，爲尚書僕射，封建昌縣侯』，謚曰『隱』，故稱『沈隱侯』。

〔二〕《野史》：未見著録。所引亦未見於《晉書》與《世説新語》等。

【箋】

詩文是自我表達之載體，而非求譽他人之工具，桓溫所言雖爲戲謔，亦堪文人自警也。近藤元粹評曰：『方今則有以惡詩好示人者，可謂不知恥之甚。』文人之病在於好名，惟有錘煉心性，或能免於自取其辱也。

昌州海棠獨香爲佳郡①

李丹②大夫客都下，一年無差遣，乃受昌州〔一〕。議者以去家遠，乃改受鄂倅。淵才聞之吐飯，大步往謁李，曰：『今日聞大夫欲受鄂倅，有之乎？』李曰：『然。』淵才悵然曰：『誰爲大夫謀？昌，佳郡③也，奈何棄之？』李驚曰：『供給豐乎？』曰：『非也。』『民訟簡乎？』曰：『非也。』曰：『然則何以知其佳？』淵才曰：『天下海棠無香，昌州海棠獨香，非佳郡乎？』聞者傳以爲笑。

【校】

① 爲佳郡：《津逮秘書》本、《四庫全書》本、《學津討原》本、《殷禮在斯堂叢書》本無。

② 丹：明刻本、故宫明本、《稗海》本、《津逮秘書》本、《四庫全書》本、《學津討原》本、《筆記小説大觀》本作『舟』。

③ 郡：原本作『群』，據元刻本、明刻本、故宫明本、《稗海》本、《津逮秘書》本、《四庫全書》本、《學津討原》本、《筆記小説大觀》本、《殷禮在斯堂叢書》本、古活字印本、正保本、寬文本、文化本、《螢雪軒叢書》本改。

【注】

〔一〕昌州：《輿地纪勝》卷一百六十一：『昌居萬山間，地獨宜海棠，邦人以其有香，頗敬重之，號海棠香國。』今屬重慶。《〈冷齋夜話〉考》：『昌州海棠：陳眉公《書蕉》上：「海棠故無香，獨昌地產者香，故號海棠香國，有香霏亭。」』

【箋】

人因觀念差異而不同，內心差異遠遠大於外在表現乃至理論想象。彭淵材是性情中人，眼中世界自與常人不同，海棠之香爲其所寶，而爲他人所嗤，所謂『甲之蜜糖，乙之砒霜』是也。近藤元粹評曰：『奇態可想。』又曰：『愈出愈奇。』又曰：『亦可以爲詩家之材料也。』若以俗眼觀之，彭淵材所論甚奇；若以藝術之心論之，則世間此類奇思何太少耶！

鶴生卵①

淵才迂闊好怪，嘗畜兩鶴，客至，指以誇曰：『此仙禽也。凡禽卵生，而此胎生。』語未卒，園丁報曰：『此鶴夜產一卵，大如梨。』淵才面發赤，訶曰：『敢謗鶴也！』卒去，鶴輒兩展其脛伏地，淵才訝之，以杖驚使起，忽誕一卵。淵才嗟咨曰：『鶴亦敗道，吾乃爲《劉禹錫佳話》〔一〕所誤。自今除佛、老子、孔子之語，餘②皆勘驗。』予曰：『淵才自信之力，然讀《相鶴經》未熟耳。』又嘗曰：『吾平生無所恨，所恨者五事耳。』人③問其故，淵才斂目不言，久之曰：『吾論不入時聽，恐汝曹輕易之。』問者力請說，乃答曰：『第一恨鰣魚多骨，第二恨金橘大酸，第三恨蓴菜性冷，第四恨海棠無香，第五恨曾子固不能作詩〔二〕。』聞者大笑，而淵才瞠目曰：『諸子果輕易吾論也。』

【校】

① 鶴生卵：《津逮秘書》本、《四庫全書》本、《學津討原》本作『劉淵才迂闊好怪』。

② 餘：元刻本、明刻本、故宫明本、《稗海》本、《津逮秘書》本、《四庫全書》本、《學津討原》本、《筆記小說大觀》本、《殷禮在斯堂叢書》本作『予』。

③ 人：原本作『又』，據《稗海》本、《津逮秘書》本、《四庫全書》本、《學津討原》本、《筆記小說大觀》本、《殷禮在斯堂叢書》本改。

《續墨客揮犀》卷一《迂闊多怪》亦有此條，『好』作『多』，『而此』作『此禽』，第二個『也』作『耶』，『又』後無『嘗』，『說』前增『其』，『大酸』作『多酸』。《苕溪漁隱叢話》前集卷五十五《宋朝雜記下》引此條後半部分，『又嘗』作『吾叔淵才』，『平生』前無『吾』，後增『死』，『二、三、四、五』均前無『第』，『瞠目』後增『答』。

【注】

〔一〕《劉禹錫佳話》：即韋絢《劉賓客嘉話錄》，有『人言鶴胎生，所以賦云「胎化仙禽」也』云云。

〔二〕《〈冷齋夜話〉考》：『曾子固不能作詩：《千百年眼》九（廿四丈）：「曾子固詩才。」』

【箋】

此條承續前文，彭淵材確有迂闊之處，但『五恨』之説真乃詩性之論，由是可知人情練達者善爲政，惟赤子之心者可爲文也。近藤元粹評『五恨』之説曰：『敘來堂堂，可謂古今未發之論也。』又曰：『讀者亦不得不失笑。』此不在五事不可易，而在以真情性觀世界，則足以驅俗氛也。

課術有驗無驗

靈源禪師住龍舒太平精舍〔一〕，有日者能課，使之課，莫不奇中。蘇朝奉〔二〕者至寺使課，無驗。非特爲蘇課無驗，凡爲達官要人，言皆無驗。至爲市井凡庸、山林之士課，則如目見而言。靈源問其故，答曰：『我無德量，凡見尋常人，則據術而言，無所緣飾。見貴人則畏怖，往往置術之實而務爲諛詞。其不驗，要不足怪。』

【注】

〔一〕《禪林僧寶傳》卷三十《黄龍佛壽清禪師》:『又十年(一一〇一),淮南使者朱京世昌請住舒州太平,乃赴,納子爭趨之,其勝不减圓通。』

〔二〕朝奉:據《宋史》卷一百六十九《職官九》,宋代文職散官有朝奉大夫(正五品)、朝奉郎(正六品上)。亦爲士人之尊稱,《續墨客揮犀》卷六《狀甚丑》:『吴伯虎朝奉狀甚丑,鼻有孔而無準。每出廛市,童孺爭隨而笑之。元豐中登第,上見之亦爲之笑。』

【箋】

好緣飾而惡實相是人性通病,但與詩心相悖,故知爲文則真與美不可須臾離也。近藤元粹評曰:『既已如此,而貴人猶喜諛者之言,可笑也。』豈不知之?知易行難,惟君子得之也。

郭注妻未及門而死

韓魏公客郭注者,才而美,然求室則病。行年五十①,未有室家。魏公憐之,百計賙恤,爲求婚,將遂②,其人必死。公以侍兒賜之,未及門而注死。郭注殆可與范公客同科也。魏③、范功名富貴如太山、黄河，日月所不能老④，兩客乃爾可笑耶。

【校】

① 十：明刻本、故宫明本後增「年」。

② 遂：古活字印本、正保本、寛文本、文化本、《螢雪軒叢書》本作「逐」。

③ 魏：《稗海》本、《津逮秘書》本、《四庫全書》本、《學津討原》本、《筆記小説大觀》本、《殷禮在斯堂叢書》本作「韓」。

④ 老：《稗海》本、《筆記小説大觀》本作「者」。

諸家稱引多將此條與卷二《雷轟薦福碑》條合二爲一。《續墨客揮犀》卷四《韓、范二公客》亦有此條，第一個「郭注」前增「有」，第三個「魏」作「韓」。《苕溪漁隱叢話》前集卷二十八《范文正》全引此條，第一個「郭注」前增「有」，「則」作「即」，「魏公憐」作「韓公憐」，「將遂」作「恐」，「注殆」前增「郭」，無「同科也」後文。

【箋】

此條與卷二《雷轟薦福碑》所述兩客雖均有「遭天譴」經歷，實則有所不同，前客是僞飾求利之徒，此客則未見有過也。孟子曰：「行有不得者皆反求諸己，其身正而天下歸之。《詩》云：「永言配命，自求多福。」』（《孟子正義·離婁上》）若『仰不愧於天，俯不怍於人』（《孟子正義·盡心上》），則又何懼焉？近藤元粹評曰：『蓋有命焉耳。』個體渺小，惟以精神而求超越，惟盡人事而知天命，如是而已矣。

癡人說夢，夢中說夢

僧伽〔一〕，龍朔中游江淮間，其迹甚異。有問之曰：『汝何姓？』答曰：『姓何。』又問：『何國人？』答曰：『何國人。』唐李邕作碑，不曉其言，乃書傳曰：『大師姓何，何國人。』此正所謂對癡人說夢耳。李邕遂以夢爲真，真癡絕也。僧贊寧以其傳編入僧史〔二〕，又從而解之曰：『其言姓何，亦猶康①會〔三〕本康居國人，便②命③爲康僧會。詳何國在碎葉東北，是④碎葉國附庸耳。』此又夢中說夢，可掩卷一笑。

【校】

① 康：《螢雪軒叢書》本作『庸』。

② 便：原本作『使』，據元刻本、明刻本、故宮明本、《稗海》本、《津逮秘書》本、《四庫全書》

本、《學津討原》本、《筆記小説大觀》本、《殷禮在斯堂叢書》本、古活字印本、正保本、寛文本、文化本、《螢雪軒叢書》本改。

③ 命：《稗海》本、《筆記小説大觀》本作『死』。

④ 是：《稗海》本、《筆記小説大觀》本作『乃』。

【注】

〔一〕僧伽：生平行迹見於李邕《李北海集》卷三《泗州臨淮縣普光王寺碑》，與此條相關者，『和尚之姓何，何國人』，『龍朔初忽乎西來，飄然東化』。亦見於《宋高僧傳》卷十八《唐泗州普光王寺僧伽傳》，與此條相關者，『釋僧伽者，葱嶺北何國人也。自言俗姓何氏，亦猶僧會本康居國人，便命爲康僧會也。然合有胡梵姓名，名既梵音，姓涉華語。詳其何國，在碎葉國東北，是碎葉附庸耳』，『爲僧之後，誓志游方。始至西涼府，次歷江淮，當龍朔初年也』。李邕與贊寧未能參悟禪語而以訛傳訛，惠洪所論甚是。

〔二〕僧史：指《宋高僧傳》而非《大宋僧史略》。

〔三〕康僧會（？—二八〇）：祖籍康居國，印度人。東吴赤烏十年（二七四）至建業，譯註佛經。生平行迹見於《高僧傳》卷一《魏吴建業建初寺康僧會》等。

【箋】

《苕溪漁隱叢話》後集卷三十《東坡五》引東坡云：『《泗州大聖傳》云：「和尚，何國人也。」又曰：「世莫知其所從來，不知何國人也。」近讀《隋書·西域傳》乃有何國。』仍承舊誤，不如《冷齋夜話》切當。

禪門機鋒，非明見者不得解；史錄求真，非博學者不能致。兩者皆繫於心地光明，爲文亦如是也。近藤元粹評曰：『舊史記三皇五帝等之事，蓋亦是類也。』上古傳説實乃以神話外衣包裹先民哲思，史家錄之以待哲人之解，與此條殊途同歸也。

不欺神明

徐鉉曰：『江南處①士朱貞②每語人曰：「世皆云不欺神明，此非天地百神，但不欺心，即不欺神明也。」』予聞司馬溫公曰：『我平居無大過人，但未嘗有不可對人語③者耳。』此不欺神明④也。

【校】

①處：《學津討原》本作『居』。

②貞：明刻本、故宮明本、《稗海》本、《津逮秘書》本、《四庫全書》本、《學津討原》本、《筆記小說大觀》本作『真』。

③語：《稗海》本、《津逮秘書》本、《四庫全書》本、《學津討原》本、《筆記小說大觀》本、《殷禮在斯堂叢書》本作『言』。

④神明：明刻本、故宮明本作『明神』。

【箋】

《苕溪漁隱叢話》前集卷二十八《司馬溫公》未引此條而引司馬光之言：『東坡云：「晁無咎言司馬溫公有言：『吾無過人者，但平生所爲，未嘗有不可對人言者耳。』予亦記前輩有詩云：『怕人知事莫萌心。』皆至言，可終身守之。」』

『不欺心』即『誠意正心』（《禮記正義・大學》）之意，儒家修身之始，與禪門明心見性有異曲同工之妙。此條意在融合諸家之説，斯亦宋人主流學風也。近藤元粹評曰：『明解適切。』意謂諸家解說之途雖異而所指一也。

聞遠方不死之術

《孔叢子》有言：昔有人聞遠方能不死之術者，裹糧往從之。及至，而其人已死矣，然猶嘆恨不得聞其道。〔一〕予愛其事有中禪者之病。佛法浸遠，真僞相半，惟死生禍福之際不容僞耳①。今目識其僞，猶惑之，可笑也。

【校】

①耳：元刻本無。

【注】

〔一〕此出於《孔叢子·陳士義》：『昔人有言能得長生者，道士聞而欲學之，比往，言者死矣，道士高蹈而恨。夫所欲學，學不死也，其人已死而猶恨之，是不知所以爲學也。』

【箋】

此條深中儒釋兩家後學之病，或以傳注代經文，或依師不依經，甚或道聽途説，乃至混淆視聽，彼時已是『真僞相半』，今日更有過之而無不及也。近藤元粹評曰：『真個好笑。』

惠遠①自以宗教爲己任

嵩②仲靈〔一〕作《遠公〔二〕影堂》〔三〕記六件事，且罪學者不能深考遠行事，以張大其德，著明於世。予曰：『仲靈寧嘗自考其事乎？謝靈運欲入社，遠拒之，曰：是子思亂，將不令終。盧循反，而遠與之執手言笑。謂遠知人，則何暗於循；謂不知人，則何獨明於靈運。遠自以宗教爲己任，而授《詩》《禮》於宗、雷輩，與道安〔四〕諫苻堅勿伐洛陽同科。父子於釋氏，其可謂③純正而知大體者耶？』

【校】

① 惠：《殷禮在斯堂叢書》本作『忠』。惠遠：《津逮秘書》本、《四庫全書》本、《學津討原》本無。

②嵩：《稗海》本、《津逮秘書》本、《四庫全書》本、《學津討原》本、《筆記小説大觀》本、《殷禮在斯堂叢書》本作『高』。

③謂：《稗海》本、《津逮秘書》本、《四庫全書》本、《學津討原》本、《筆記小説大觀》本、《殷禮在斯堂叢書》本作『爲』。

【注】

〔一〕嵩仲靈：即契嵩（一〇〇七—一〇七二），字仲靈，宋仁宗賜號明教（《宋僧惠洪行履著述編年總案》附録六《略談唐宋僧人的法名與表字》）。青原行思下第十世，洞山曉聰法嗣，屬雲門宗。生平行迹見於文瑩《湘山野録》卷下《契嵩師没於靈隱山》、《建中靖國續燈録》卷五《杭州佛日山明教禪師》、《五燈會元》卷十五《佛日契嵩禪師》等。據《五燈會元》本傳，『有文集二十卷，目曰《鐔津》，盛行於世。』

〔二〕遠公：即慧遠（三三四—四一六），結白蓮社，爲淨土宗初祖。生平行迹見於《高僧傳》卷六《晉廬山釋慧遠》，與此條相關者，『廬循初下據江州城，入山詣遠，遠少與循父嘏同爲書生，及見循，歡然道舊，因朝夕音問』，『陳郡謝靈運負才傲俗，少所推崇，及一相見，肅然心服』，『時遠講《喪服經》，雷次宗、宗炳等，并執卷承旨』。

〔三〕此爲契嵩《題遠公影堂壁》，見於《鐔津文集》卷十六，與此條相關者，『遠公事迹，學者雖見而鮮能盡之，使世不昭昭見先賢之德，亦後學之過也』，『最愛遠公凡六事，謂可以勸也，乃引而釋之』，『謝靈運以心雜不取而果殁於刑，蓋識其器而慎其終也。盧循欲叛而執手求舊，蓋自通道也』，『孰有拒盛名之士不與於教而克全終乎？孰有義不避禍敦睦故舊而通道乎』，『此故遠公識量遠大，獨出於古今矣』。慧皎與契嵩極力頌揚慧遠，惠洪則頗有微詞。

〔四〕道安（三一二—三八五）：佛圖澄法嗣，魏晉時期佛教思想集大成者。生平行迹見於《高僧傳》卷五《晉長安五級寺釋道安》，與此條相關者，『俄爾顧謂安曰：「朕將與公南游吴越，整六師而巡守，涉會稽以觀滄海，不亦樂乎？」安對曰：「陛下應天御世，有八州之貢富，居中土而制四海，宜栖神無爲，與堯舜比隆。今欲以百萬之師，求厥田下下之土，且東南區地，地卑氣厲，昔舜、禹游而不反，秦皇適而不歸，以貧道觀之，非愚心所同也。」』

【箋】

慧遠有大功於釋教，契嵩意在弘揚先輩之功而興教，惠洪所言固然不虚，祇是世無完人，當律己而恕人，大節不虧則其人可觀，何必吹毛求疵？近藤元粹評慧遠拒謝靈運入白蓮社曰：『《冷齋》可謂冷眼伺人者矣。』惠洪從未回護謝靈運之爲人，祇是有意區别對待道德與文章，盡量避免因人廢言，近藤元粹則堅守傳統觀念『文如其人』，以君子標準爲先，以致鄙棄謝靈運不遺餘力。

筠溪快山有虎①

筠溪快山有虎，嘗搏牧牛童子，爲兩牛所逐，虎既去，牛捍護之，童子竟死。石門老衲文公爲予言之，爲作詩記之，以諷含齒被髮而不義者。然予徒能諷之，其能已之哉！『快山山淺亦有虎，時時妥尾過行②路。一豎坐地③牧兩牯，以捶捶地不復顧。虎搏豎如鷹搦兔，兩牛來奔虎棄去。因往荷癢挨老樹，牯則喘視同守護。虎竟不能得此豎，豎雖不救牯無負。一村囂傳④共鳴鼓，而虎已逃不知處。嗟哉異哉兩大武，高義可與貫高伍。今走⑤仁義名好古，臨事真情乃愧汝。此事可信文公語，爲君落筆敏⑥風雨。』〔一〕

【校】

①《津逮秘書》本、《四庫全書》本、《學津討原》本標題作『牛逐虎』。

②過行：《稗海》本、《筆記小説大觀》本作『行過』。

③自『地』至《開井法、禁蛇方》『不欲隱實』靜嘉堂文庫本脱，羼入卷一《東坡南遷，朝雲隨侍，作詩以佳之》『而還詩自謂精之』至《東坡得陶淵明之遺意》『則所寓得』。

④傳：《稗海》本、《津逮秘書》本、《四庫全書》本、《學津討原》本、《筆記小説大觀》本、《殷禮在斯堂叢書》本作『然』。

⑤走：元刻本無。

⑥敏：《稗海》本、《筆記小説大觀》本作『驚』。

《詩話總龜》前集卷三十二《道僧門》全引此條，『嘗搏牧牛童子，爲兩牛所逐，虎既去』作『有牧童爲虎逐』，『竟死』前無『童子』，『作詩』後無『記之』，『快山山淺』前增『頌曰』，『坐地』作『地坐』，『復』作『知』，『荷』作『屙』，『不能得此豎』作『不得此牧豎』，『救』作『活』，『嗟哉』作『嗟乎』，『高義』作『高誼』，『敏』作『驚』。

【注】

〔一〕此爲惠洪《義牯》，見於《石門文字禪》卷四，『坐地』作『地坐』，『復』作『知』，『牛』作『牯』，『因』作『回』，『癢』作『痒』，『則』作『相』，『嗟哉』作『嗟乎』，『今』作『令』。注云：『此詩載於《冷齋夜話》第九卷，亦有小引。愚按：宋馬純《陶朱新録》牛冤事甚似之。』又云：『快山，瑞州筠溪山也。』又云：『「地坐」，《冷齋夜話》作「坐地」。』又云：『「回」，《夜話》作「因」。《禮記·内則》曰：「疾痛屙養（癢）。」注：「屙，疥也。」《韓文》十三卷《畫記》曰：「癢磨樹者。」《山谷詩》九卷《題伯時畫揩癢虎》：「猛虎肉醉初醒時，揩磨苛癢風助威。」

按：由是觀之，「荷庠」當作「扃癢」。』又云：『「相」，《夜話》作「則」。』又云：『《禮記·曲禮》曰：「牛曰一元大武。」注：「元，頭也。武，足迹也。牛肥則迹大。」』又云：『《史記·高祖本紀》曰：「九年，趙相貫高等事發覺，夷三族，廢趙王敖爲宣平侯云云。」貫高高義，文長不能采録，詳於《史記·陳餘傳》及《漢書·陳餘傳》，又《史記·田叔傳》等。《後漢書·張衡傳》曰：「貫高以端詞顯義。」又《史記·高祖紀》曰：「生與噲爲伍。」同《淮陰侯傳》曰：「生乃與噲等爲伍。」』《宋僧惠洪行履著述編年總案》：『詩當作於政和四年（一一一四）居資國寺時，其時因言獲讁，初歸故鄉，感慨尤深。』

【箋】

惠洪常好自誇，惟此條有所寄寓，不在此列也。詩文形態萬千，惟問出於真情性與否。此詩雖未至之，佳處亦不可掩。近藤元粹評作詩緣起曰：『語妙。』又曰：『詩未足以爲妙，而其事則足以恥不義之徒。』歷來怡情山水之作多，直面現實之作少，以此論之，此詩之精神，尤可貴也。

劉野夫約龔德莊觀燈免火災①

龔德莊罷官河朔，居京師新門。劉野夫上元夕以書約德莊曰：『今夜欲與君語，令閣必盡室出觀燈，當清淨身心相候。』德莊雅敬其爲人，危坐，三鼓矣，家人輩未還，野夫亦竟不至。俄火自門而燒，德莊窘，持[2]誥牒犯烈焰而出。頃刻，數百舍爲灰[3]礫之場。明日，野夫來吊，且欣曰：『令閤已不出，是吾憂；幸出[4]，可賀也。』德莊心異野夫，然不欲詰之也。

【校】

①約龔德莊觀燈免火災：《津逮秘書》本、《四庫全書》本、《學津討原》本作『免德莊火災』。

②持：故宫明本作『特』。

③灰：《稗海》本、《津逮秘書》本、《四庫全書》本、《學津討原》本、《筆記小說大觀》本作『瓦』。

④出：《學津討原》本前增『已』。

《續墨客揮犀》卷一《德莊心異野夫》亦有此條，『與』前增『去』，『其』後無『爲』，『持』作『捉』，『已』後增『下』。

【箋】

《石門文字禪》卷二十五《題靈驗金剛經》所述前同後異：『秘書省校書郎龔德莊初罷官靈壽，來歸京師，居新門里。時方上元，山東劉野夫與德莊善，偶折簡來約：「十四日可盡室往觀，君慎勿出，略相候，欲款語。」德莊素敬憚其人，爲獨守屋廬。二鼓矣，而野夫不至。方假寐，家人輩尚未還。俄火自門而燒，德莊但捉誥牒而走。一夕而燼數百家。明日迹其屋，灰炭中得《金剛般若》一卷，略無損處，開視明鮮如新。德莊少豪逸，嗜酒色，不甚信内典，豈夙世善根不思議力，以兹發感悟之歟？觀者彭凡、鄒正臣、劉棐、僧希祖、德洪，政和元年（一一一一）上元後一日。』《題靈驗金剛經》重在神迹而意在弘教，此條則以劉野夫言行爲中心，頗有神秘色彩。然則所言『清淨身心』，可謂立身行事之箴言，爲文亦不例外，當守之毋失也。近藤元粹評曰：『野夫蓋知其有災也。』此事涉奇異，故君子不詰也。

開井法、禁蛇方①

淵才好談兵，曉太樂，通知諸國音語。嘗咤曰：『行師頓營，每患乏水，近聞開井法甚妙。』時館太清觀，於是日相其地而掘之，無水。又遷掘數尺觀之，四旁遭其掘鑿，孔穴棋布。道士月夜登樓望之，顰頞②曰：『吾觀爲敗龜殼乎？何四望孔穴之多耶？』淵才不懌。又嘗從郭太尉〔一〕游園，咤曰：『吾比傳禁蛇方甚妙，但咒語耳，而蛇聽約束，如使稚子。』俄有蛇甚猛，太尉呼曰：『淵才可施③其術。』蛇舉首來奔，淵才無所施其術，反走汗喘，脱其冠巾，曰：『此太尉宅，神不可禁也。』太尉爲一笑。嘗獻樂書，得協律郎，使予跋其書曰：『子落筆當公，不可以叔侄故溢美也。』予曰：『淵才在布衣，有經綸志。善談兵，曉④太樂，文章蓋其餘事。獨禁蛇、開井，非其所長。』淵才視之，怒曰：『司馬子長以酈生所爲事事奇，獨説高祖封六國爲失，故於本傳不言者，著人之美，爲完傳也。又於子房傳載之者，不欲隱實也。〔二〕奈何書禁蛇、開井乎？』聞者莫不絶倒。

【校】

① 《稗海》本、《津逮秘書》本、《四庫全書》本、《學津討原》本、《筆記小説大觀》本無此條。故宫明本僅存標題及『也，奈何書禁蛇、開井乎？聞者莫不絶倒』。

② 顰頞：《殷禮在斯堂叢書》本無。

③ 施：《殷禮在斯堂叢書》本作『試』。

④ 曉：《殷禮在斯堂叢書》本作『解』。

《墨客揮犀》卷六《淵才開井禁蛇》亦有此條，第一個「淵才」前增「叔」，「每」作「毋」，「太清觀」作「太清宫」，「望之」作「之際」，「頻」作「額」，「耶」作「也」，「喘」作「流」，「一」前增「之」，「視」作「觀」，「奈何書」作「奈何言」，「絕」前無「莫不」。附注云：「淵才姓彭名几，即乘之叔也。」

【注】

〔一〕郭太尉：郭天信。《宋史》卷四百六十二《方技傳下·郭天信傳》：「政和初（一一一一），拜定武軍節度使。」洪邁《容齋三筆》卷七《節度使稱太尉》：「僖、昭以降，藩鎮盛强，武夫得志，纔建節鉞，其資級已高，於是復升太保、太傅、太尉，其上惟有太師，故將帥悉稱太尉。元豐定官制，尚如舊貫。崇寧中，改三公爲少師、少傅、少保，而以太尉爲武階之冠，以是凡管軍者，猶悉稱之。」

〔二〕此出於蘇洵《史論》中：「遷、固史雖以事、辭勝，然亦兼道與法而有之，故時得仲尼遺意焉。吾今擇其書有不可以文曉而可以意達者四，悉顯白之。其一曰隱而章……傳酈食其也，謀撓楚權之繆不載焉，見之《留侯傳》……夫頗、食其、勃、仲舒，皆功十而過一者也。苟列一以疵十，後之庸人必曰：智如廉頗，辯如酈食其，忠如周勃，賢如董仲舒，而十功不能贖一過，則將苦其難而怠矣。是故本傳晦之，而他傳發之。則其與善也，不亦隱而章乎？」

【箋】

此條足見彭淵材性情，今人論李白，尚且冠以志大才疏之貶詞，況彭淵材乎？近藤元粹評曰：『開井法已奇。』又曰：『禁蛇法愈奇。』又曰：『議論堂堂，自老蘇史論中借來，這老不癡。』宋人學問信手拈來，根蒂在於視讀書爲高貴，今日常以無用論之，又焉能企及？又曰：『敘事亦大奇，能使讀者絕倒。』又曰：『好跋文，蓋非溢美也。』總評曰：『真個絕倒。』若非取向多元，彭淵材言行恐難見諸文字；若非以此爲善，惠洪縱存心溢美，亦恐難得妙筆也。

三十六計，走爲上計

紹聖①初，曾子宣在西府，淵才往謁之。論邊事，極言官軍不可用，用士爲良，子宣喜之。既罷，與余過興國寺河上，食素分茶甚②美。將畢，問奴楊照取錢，奴曰：『忘持錢來，奈何？』淵才色窘，予戲曰：『兵計將安出？』淵才以手捋鬚良久，目予，趨自後門出，若將便旋然。予追逐，淵才以手拏帽搴衣，走如飛，予與③奴楊照追逐二相公廟，淵才乃敢回顧，喘立，面無人色，曰：『編④虎頭，撩虎鬚，幾不免於虎口〔一〕哉！』予又戲曰：『在兵法何如？』淵才曰：『三十六計，走爲上計。』〔二〕

【校】

①聖：《稗海》本、《津逮秘書》本、《四庫全書》本、《學津討原》本、《筆記小説大觀》本、《殷禮在斯堂叢書》本作『興』。

②甚：古活字印本、正保本、寬文本、文化本、《螢雪軒叢書》本作『其』。

③與：靜嘉堂文庫本、故宫明本、《稗海》本、《津逮秘書》本、《殷禮在斯堂叢書》本作『爲』，《學津討原》本、《筆記小説大觀》本作『謂』。

④編：《稗海》本、《津逮秘書》本、《四庫全書》本、《學津討原》本、《筆記小説大觀》本作『鞭』。

《墨客揮犀》卷二《走爲上計》亦有此條，無『論邊事』，『士』後增『人』，『河上』作『和尚』，『計將』前增『法』，第一個『追逐』作『追之』，『拏』作『挐』，第二個『追逐』作『過』，『免』後無『於』，『何如』作『何計』。

【注】

〔一〕此出於《莊子·盜蹠》：『料（撩）虎頭，編（揙）虎須（鬚），幾不免虎口哉！』《〈冷齋夜話〉考》：『編虎頭，撩虎鬚：《莊子》語。』

〔二〕此出於《南齊書》卷二十六《王敬則傳》：『檀公三十六策，走是上計。』《〈冷齋夜話〉考》『三十六策』條引《南史》王敬則云云。

【箋】

近藤元粹評曰：『好兵法，自何處得來？』又曰：『蓋究孫、吴之蘊奥者乎？』似是自問自答，究其原因，可能更在於宋人浸潤骨髓之文化自信也。

卷之十①

陳瑩中此集食猪②肉鮓魚③

陳瑩中謫通州〔一〕，夜讀《洛浦錄》〔二〕，乃大有所悟。斂目長息曰：『此句惟覺範可解，然渠在海外，吾無定光佛手〔三〕，何能招之。』又曰：『吾甥李郁光祖者，覺範所愛，當呼來，授以此句。覺範倘有生還之幸，而吾以去死不遠，恐隔生，則托光祖授之，如大陽〔四〕直掇④付遠錄公〔五〕耳。』於是光祖自邵武跰⑤足至通，瑩中熟視彌月，曰：『非寄附所可，姑置之。』明年，予還自朱崖，館於高安大愚〔六〕。瑩中自臺州載其家來漳浦，過九江，愛⑥廬山，因家焉。督予兼程來，予以三日至湓城。瑩中曰：『自此公可禁作詩，無益於事。』予曰：『敬奉教。然予兒時好食肉，母使持齋，予叩頭乞先飫飡⑦肉一日，母許之。今亦當准⑧食肉例，先吟兩詩，喜吾二人死⑨而復生，如何？』瑩中許之。予詩曰：『雁蕩天臺看得足，盡般⑩兒女寄蓬窗。徑來漳水謀二頃，偶愛廬山家九江。名節逼真如醉白，生涯領略似襄龐。向來萬事都休理，且聽樓鐘一夜撞。』『與公靈鷲曾聽法，游戲人間知幾生。夏口甕中藏畫像，孤山月下認歌⑪聲。翳消已覺華無蔕，礦盡方知珠自明。數抹夕陽殘雨外，一番飛絮滿江城。』〔七〕瑩中喜而謂曰：『此詩如岐⑫下猪肉〔八〕也，雖美，無多食。』後三年，予客漳水〔九〕，見瑩中侄勝柔自九江來，出詩示予曰：『仁者雖⑬逢思有常，平居慎勿示⑭何妨。争先世路機關惡，近後語言滋味長。可口物多終作疾，快心事過必爲傷。與其病後求良藥，不若病前能自防。』〔十〕予謂勝柔曰：『公癡叔詩如食鯸魚，惟恐遭骨刺耳，與岐下猪肉，不可同日而語也。』

【校】

① 此卷元刻本脱。

② 猪：明刻本、故宫明本作『獨』。

③ 陳瑩中此集食猪肉鯸魚：《津逮秘書》本、《四庫全書》本、《學津討原》本作『作詩准食肉例』。

④ 掇：原本作『綴』，據明刻本、故宫明本、《稗海》本、《津逮秘書》本、《四庫全書》本、《學津討原》本、《筆記小説大觀》本、《殷禮在斯堂叢書》本改。

⑤ 跰：明刻本、静嘉堂文庫本、故宫明本、《稗海》本、《津逮秘書》本、《四庫全書》本、《學

津討原》本、《筆記小説大觀》本、《殷禮在斯堂叢書》本作『跰』。

⑥愛:《稗海》本、《津逮秘書》本、《四庫全書》本、《學津討原》本、《筆記小説大觀》本、《殷禮在斯堂叢書》本無。

⑦滄:《稗海》本、《津逮秘書》本、《四庫全書》本、《學津討原》本、《筆記小説大觀》本作『食』。

⑧淮:故宫明本、古活字印本、正保本、寬文本、文化本、《螢雪軒叢書》本作『惟』。

⑨死:古活字印本、正保本、寬文本、文化本、《螢雪軒叢書》本作『此』。

⑩盡般:《稗海》本、《筆記小説大觀》本作『畫船』。

⑪認歌:明刻本、靜嘉堂文庫本、故宫明本作『忍高』。

⑫岐:明刻本、靜嘉堂文庫本、故宫明本作『岥』。

⑬雖:《稗海》本、《學津討原》本、《筆記小説大觀》本作『難』。

⑭示:《稗海》本、《筆記小説大觀》本作『恃』。

《苕溪漁隱叢話》前集卷五十六《洪覺範》引此條後半部分,無『陳瑩中』至『明年』,『大愚』後增『山』,『瑩中自』前增『陳』,『督』前增『以書』,『公可』作『宜可』,『亦』作『日』,『復』作『更』,『瑩中許之』作『瑩中許焉』,後無『予詩』,『得』作『不』,『徑』作『往』,『襄』作『湘』,第一個『謂』後增『余』,『此詩如岐下豬肉也』作『此岐山豬肉』,『雖逢』作『難逢』，『勿示』作『勿恃』，『鮒魚』作『鯽魚』，『刺』後無『耳』，『岐下』作『岐山』。《詩話總龜》後集卷四十六《釋氏門四》所引與此相近，僅『逼』作『適』。

【注】

〔一〕《陳忠肅公年譜》：『崇寧元年（一一〇二）十月，貶韓忠彥、陳瓘二十人有差，公坐黨籍，除名勒停，送袁州編管。』『大觀四年（一一一〇）二月，獄具竄公，安置通州。十一月，放自便，公上通州自便。』

〔二〕《洛浦録》：或爲《洛浦元安禪師語録》。元安，八三四—八九八，青原行思下五世，夾山善會法嗣。生平行迹見於《祖堂集》卷九《落（洛）浦和尚》、《景德傳燈録》卷十六《澧州樂普山元安禪師》、《宋高僧傳》卷十二《唐澧州蘇溪元安傳》、《禪林僧寶傳》卷六《澧州洛浦安禪師》、《聯燈會要》卷二十三《澧州洛浦元安禪師》、《五燈會元》卷六《洛浦元安禪師》等。

〔三〕此出於睦庵善卿《祖庭事苑》卷五《定光招手》：『智者顗禪師年十五時禮佛像，恍然如夢，見大山臨海際，峰頂有僧招手，接入一伽藍：「汝當居此，汝當終此。」天臺佛隴有定光禪師，先居此峰，謂弟子曰：「不久當有善知識領徒至此。」俄爾智者至，光曰：「還憶疇昔舉手招引時否？」』

〔四〕大陽：即大陽警玄（九四八—一〇二七），青原行思下第九世，梁山緣觀法嗣，屬曹洞宗。生平行迹見於《景德傳燈録》卷二十六《郢州大陽山警玄禪師》、《禪林僧寶傳》卷十三《大陽延禪師》、《聯燈會要》卷二十七《郢州太陽明安警延禪師》、《五燈會元》卷十四《大陽警玄禪師》

等。據《禪林僧寶傳》本傳，『嘆無可以繼其法者，以洞上旨訣寄葉縣省公之子法遠，使爲求法器傳續之。』據《五燈會元》本傳，『嘆無可以繼者，遂作偈并皮履、布直裰，寄浮山遠禪師，使爲求法器。』

〔五〕远錄公：即浮山法遠（九九一—一〇六七），南岳懷讓下第十世，葉縣歸省法嗣，屬臨濟宗。生平行迹見於《建中靖國續燈録》卷四《舒州浮山圓鑒禪師》、《禪林僧寶傳》卷十七《浮山遠禪師》、《聯燈會要》卷十三《舒州浮山法遠禪師》、《嘉泰普燈録》卷二《舒州浮山圓鑒法遠禪師》、《五燈會元》卷十二《浮山法遠禪師》等。關於『遠録公』之來源，諸家説法不一，據《建中靖國續燈録》本傳，『由是道風大扇，德望愈馳，祖印高提，黠慧資俗，因又目之録公名耳。』據《禪林僧寶傳》本傳，『衆以其曉吏事，號遠録公。』據《禪林僧寶傳》本傳，『至大陽，機語與明安延公相契，延嘆曰：「吾老矣，洞上一宗，遂竟無人耶。」以平生所著直裰、皮履示之，遠曰：「當爲持此衣履，求人付之如何？」延許之曰：「他日果得人，出吾偈爲證。」』

〔六〕《宋僧惠洪行履著述編年總案》將之繫於政和四年（一一一四），『館於高安縣大愚山荷塘寺，即資國寺，乞食故人。』

〔七〕此爲惠洪《陳瑩中左司自丹丘欲家豫章，至溢浦而止，余自九峰往見之二首》其一、其二，見於《石門文字禪》卷十一，『盡』作『却』，『二』作『三』，『似裹龐』作『類湘龐』，『栖鐘一夜撞』作『樓鐘噎夜撞』，『方』作『今』，『數抹』作『遠壑』，『外』作『後』。注云：『《宋史》：「陳瓘字瑩中，徽宗即位，召爲右正言，遷左司諫。」丹丘，在臺州府也。豫章，即南昌府。溢浦，在九江府。九峰，在瑞州府。』又云：『《一統志》：「溫州雁蕩山在樂清縣東九十里，此山天下奇秀。」《臺州府》：「天臺山在天臺縣。」』又云：『漳水，南昌府章江也。』又云：『醉白，謂李白也。』又云：『「噎夜撞」，東坡詩。』又云：『《續高僧傳·天臺智顗傳》曰：思嘆曰：「昔在靈山，同聽法華，宿緣所追，今復來矣。解悟便發見，共思師處靈鷲山七寶淨土聽佛說法。」詳《傳》。』『夏口甕中』，見於《石門文字禪》卷五《同游雲蓋，分題得雲字》『要同夏口村，發甕驚前身』句注：『夏口，《一統志·武昌府》夏口城是也。又引《冷齋夜話》卷八《房琯、婁師德、永禪師畫圖》云云。』『孤山月下認歌聲』，見於《石門文字禪》卷五《同游雲蓋，分題得雲字》『圓澤友李憕』句注，引《新唐書》卷一百九十一《忠義上·李憕傳附李源傳》、《冷齋夜話》卷十《觀道人三生爲比丘》、《宋高僧傳》卷二十《唐洛京慧林寺圓觀傳》、袁郊《甘澤謠·圓觀》、《蘇軾文集》卷十三《僧圓澤傳》云云。《宋僧惠洪行履著述編年總案》將之繫於政和六年（一一一六），『案：若據此記載，則惠洪見陳瓘當在政和四年初還筠州時。而據此詩詩題，惠洪時在上高九峰而非高安大愚。疑《冷齋夜話》所記「館於高安大愚」與「瑩中自臺州載其家來漳浦」二事之間有省略，當從《石門文字禪》與《陳了翁年譜》繫於政和六年春。』

〔八〕岐下：岐山之下，《詩經·大雅·綿》：『古公亶父，來朝走馬；率西水滸，至於岐下。』今屬陝西寶鷄。岐下豬肉：亦見於《仇池筆記》卷上《佛、菩薩語》：『予昔在岐下，聞河陽豬肉至美，使人往致之。使者醉，豬夜逸，買他豬以償，吾不知也。客皆大詫，以爲非他產所及。已而事敗，客皆大慚。』

〔九〕《宋僧惠洪行履著述編年總案》將之繫於政和八年（一一一八），『案：惠洪至九江見陳瓘在政和六年春，下推三年，當爲此年。漳水，即贛江，《石門文字禪》中代指南昌。』

〔十〕《石門文字禪》卷二十六收爲《跋了翁詩》，『雖』作『難』，『示』作『恃』，『可』作『爽』。注云：『右了翁送其侄剛勝柔詩。勝柔過南昌，出以爲示曰：「伯氏祝曰：『儻見覺範，使爲汝說破。』」予曰：「翁欲汝知口祇好吃飯耳。」』然而此實爲邵雍《仁者吟》，見《伊川擊壤集》卷六，『雖逢』作『難尋』，『示何妨』作『恃無傷』，『世』作『徑』。吴子良《荊溪林下偶談》卷二『《冷齋》誤載邵堯夫詩』引此條『余客漳水』至『惟恐遭骨刺』，按語云：『此詩邵堯夫作，而《冷齋》誤以爲瑩中。或者瑩中手書此詩，《冷齋》不知爲堯夫作歟？』《宋僧惠洪行履著述編年總案》：『案：邵雍時代在陳瓘前，此當爲陳瓘手書邵雍詩贈其侄，而陳剛既不知，惠洪復承其誤。』

【箋】

此條所述爲惠洪與陳瓘俱被貶謫時之交游及感悟，此種經歷大抵會重塑個體内心與氣質，故而惠洪兩詩有大境界而無舊習氣，遠勝他作。近藤元粹評標題曰：『題語欠明瞭。』《四庫全書總目》卷一百二十《冷齋夜話》提要辨之甚詳：『又每篇皆有標題，而標題或冗沓過甚，或拙鄙不文，皆與本書不類。其最剌謬者，如《洪駒父詩話》一條，乃引洪駒父之言以正俗刻之誤，非攻洪駒父之誤也，其標題乃云「洪駒父評詩之誤」，顯相背觸。又郟亭湖廟一條，捧牲請福者乃安世高之舟人，故神云「舟有沙門，乃不俱來耶」，非世高自請福也。又追敘漢時建寺乃爲秦觀作維摩贊緣起，非記世高事也，其標題乃云「安世高請福邺亭廟，秦少游宿此夢天女求贊」，既乖本事，且不成文。又蘇軾寄鄧道士詩一條，用韋應物《寄全椒山中道士》詩韻，乃記蘇詩，非記韋詩也，而其標題乃云「韋蘇州寄全椒道人詩」，更全然不解文義。又惠洪本彭氏子，於彭淵材爲叔侄，故書中但稱淵材，不繫以姓，而其標題乃皆改爲劉淵材，尤爲不考。此類不可殫數，亦皆後人所妄加，非所本有也。』《類說》已有標題，則宋本已然如此也。又曰：『「瑩中亦一奇人也。」宋代讀書人兼通佛學，亦是常事。又曰：『「喜吾」八字欠明瞭。』此乃原文誤以『死』爲『此』故也。評第一首曰：『七、八大妙。』評第二首尾聯曰：『又絕佳。』所謂『詩窮而後工』，此乃歷經劫難而詩風精進之明證也。評第三首曰：『此詩亦不凡。』邵雍是理學名家，以義理取勝乃其所長。評惠洪語陳勝柔曰：『老髡徒自負焉耳，未知短長如何也。』惠洪終究難脱自誇陋習，然則功過是非，不在自我評價而在時間檢驗也。

蠹文不通辨譯

景祐中，光梵大師惟淨〔一〕以梵學著聞①天下。皇祐中，大覺禪師懷璉以禪宗大振京師。淨居傳法院，璉居淨因院，一時學者依以揚聲。景靈宫鋸傭②解木，木既分，有蟲鏤紋數十字，如梵書字旁行之狀③，因進之。上遣都知羅崇勛④〔二〕、譯經潤⑤文夏英公竦〔三〕

詣傳法院導譯，冀得祥異之語以讖國。淨焚香導譯逾刻，乃曰：『天竺無此字，不通辨譯。』右⑥璫恚曰：『諸大師且領上意，若稍成文⑦，譯館恩例不淺。』而英公以此意諷之，淨曰：『幸若蠹紋稍可箋辨，誠教門光也。異日彰謬妄，萬死何補。』上又嘗賜璉以龍腦鉢盂，璉對使者焚之，曰：『吾法以壞色衣，以瓦鐵⑧食，此鉢非法。』使者歸奏，上佳⑨嘆之。

【校】

① 聞：明刻本、故宮明本作『間』。

② 傭：原本作『鏞』，據《稗海》本、《津逮秘書》本、《四庫全書》本、《學津討原》本、《筆記小説大觀》本、《殷禮在斯堂叢書》本改。

③ 之狀：《稗海》本、《津逮秘書》本、《四庫全書》本、《學津討原》本、《筆記小説大觀》本無。

④ 羅崇勛：原本作『羅宗』，據《湘山野錄》改。

⑤ 潤：明刻本、故宮明本作『澗』。

⑥ 右：明刻本、故宮明本作『古』。

⑦ 文：明刻本、靜嘉堂文庫本、故宮明本、《稗海》本、《津逮秘書》本、《四庫全書》本、《學

津討原》本、《筆記小說大觀》本無。

⑧ 鐵：《稗海》本、《津逮秘書》本、《四庫全書》本、《學津討原》本、《筆記小說大觀》本、《殷禮在斯堂叢書》本作『鉢』。

⑨ 佳：《稗海》本、《筆記小說大觀》本作『喜』。

《湘山野錄》卷上《光梵大師通敏有先識》全引此條，無『光梵大師』至『依以揚聲』，『有』前增『中』，『書』後無『字』，『進之』作『進呈』，『上遣』作『仁宗遣』，『潤文』後增『使』，『詣傳法院』後增『特詔開堂』，『讖』作『懺』，『淨焚香』作『獨淨焚天香』，『乃』作『方』，『天竺』作『五竺』，『諸』作『請』，『上意』作『聖意』，『以此』前增『亦』，『幸』前增『某等』，『光也』作『之殊光』，後增『恐』，『妄』後增『之迹，雖』，『補』後增『二官竟不能屈，遂寫奏稱非字』，無後文。《宋朝事實類苑》卷四十四《光梵大師》引《湘山野錄》，『書』作『字』，『讖』『諸』不變。

【注】

〔一〕惟淨（？—一〇五一）：生平行迹見於《佛祖統紀》卷四十四至卷四十六等。

〔二〕羅崇勛：《宋史》卷二百四十二《后妃傳上·李宸妃傳》『夷簡又謂入內都知羅崇勛曰』，『入內都知』爲入內內侍省官名，《宋史》卷一百六十六《職官志六·入內內侍省》：『入內內侍省有都都知、都知、副都知、押班、內東頭供奉官、內西頭供奉官、內侍殿頭、內侍高品、內侍高班、內侍黃門。』

〔三〕《宋史》卷二百八十三《夏竦傳》：『又兼譯經潤文官。』

【箋】

佛門立於俗世之中，故亦涉氣節，惟淨與懷璉堪稱典範。此雖在個體，更在時代，若是鼎鑊在前，斧鉞在後，而望個體守節，不亦强人所難乎？若時無君子，則當思文化與體制之過也。近藤元粋評曰：『瑣事不足錄。』因見氣節而瑣事不瑣，否則何爲要事耶？又曰：『直言不忌，清節可愛。』

淨、璉可謂①佛弟子②

富鄭公每語客，此兩道人可謂佛弟子也。倘使立朝，必能盡節③，以其人品不凡，故隨所遇輒盡其才。今則淨、璉輩何其少也耶。

【校】

① 謂：明刻本、故宫明本作『請』。

② 可謂佛弟子：《津逮秘書》本、《四庫全書》本、《學津討原》本作『輩何可少』。

③ 節：明刻本無，《稗海》本、《津逮秘書》本、《四庫全書》本、《學津討原》本、《筆記小說大觀》本作『忠』。

【箋】

此條誤被從上條分出，其意實承上文。近藤元粹評曰：『「此兩道人」無所承，不成語。』又曰：『瑣事不足錄。』此未聯繫上文而誤讀也。

道人識歐公必不凡①

予游褒禪山〔二〕，石崖下見一僧，以紙軸枕首，跣足而臥。予坐其旁，久之乃驚覺，起相向，熟視予曰：『方聽萬壑松聲，泠然而夢，夢見歐陽公，羽衣，折角巾，杖藜，逍遥潁水之上。』予問：『師嘗識公乎？』曰：『識之。』予私自語曰：『此道人識歐公，必不凡。』

乃問曰：『師寄此山久如？』曰：『一②年矣。』『道具何在？伴侶爲誰？』僧笑曰：『出家欲無累，公所言，袞袞多事人也。』曰：『豈不置鉢耶？』曰：『食時寺有碗。』又曰：『豈不畜經卷耶？』曰：『藏中自備足。』曰：『豈不備笠耶？』曰：『雨即吾不行。』曰：『鞋履亦不用耶？』曰：『昔有之，今弊棄之，跣足行殊快人。』予愕曰：『然則手中紙軸復何用？』曰：『此吾度牒也，亦欲睡枕頭耳③。』予甚愛其風韻，恨不告我以名字鄉里，然識其吴音也，必湖山隱者。南還海岱〔二〕，逢佛印禪師元公出山，重荷者百夫，擁其④輿者十許夫，巷陌聚觀，喧吠鷄犬。予自笑⑤曰：『使褒禪山石崖僧見之，則子爲無事人也⑥。』

【校】

① 《津逮秘書》本、《四庫全書》本、《學津討原》本、《殷禮在斯堂叢書》本標題作『石崖僧』。

② 一：明刻本無。『久如，曰：一』《稗海》本、《津逮秘書》本、《四庫全書》本、《學津討原》本、《筆記小說大觀》本、《殷禮在斯堂叢書》本作『如今幾』。

③ 耳：明刻本、故宮明本、《稗海》本、《津逮秘書》本、《四庫全書》本、《學津討原》本、《筆記小說大觀》本無。

④其：《稗海》本、《津逮秘書》本、《四庫全書》本、《學津討原》本、《筆記小說大觀》本、《殷禮在斯堂叢書》本無。

⑤笑：《稗海》本、《津逮秘書》本、《四庫全書》本、《學津討原》本、《筆記小說大觀》本、《殷禮在斯堂叢書》本作『嘆』。

⑥也：《稗海》本、《津逮秘書》本、《四庫全書》本、《學津討原》本、《筆記小說大觀》本作『耶』。

【注】

〔一〕褒禪山：《〈冷齋夜話〉考》：『褒禪山：《一統志》十七（九丈）和州。《王臨川文集》八十三（一丈）。』

〔二〕《宋僧惠洪行履著述編年總案》：『元祐八年（一〇九三），南還建昌，逢佛印了元禪師出歐峰雲居寺。』案：『惠洪南還，逢佛印出山，必在元符元年（一〇九八）前，姑繫於此。「海岱」二字當爲「海昏」之形誤，蓋海岱指今山東泰山以東地區，自京師或和州南還，均不會至此。海昏，即宋建昌縣，今江西永修縣，其地在廬山南麓，惠洪南還回筠州，必經此地。』

【箋】

若以佛門教義論之，褒禪山石崖僧乃真得道者，惠洪或會自慚形穢，但此僧渡己有餘而渡人不足，與毛僧異也。近藤元粹評曰：『脫俗者亦有夢乎？』空門倡言非真非俗而又即真即俗，夢無不可，知夢之爲夢即可矣。又曰：『簡淨出脫，可謂不負出家之名。』方内人常以此目方外人也。又曰：『至此猶持度牒，豈知國有典刑乎？』知無法亦知有法，所謂無可無不可也。又曰：『因是觀之，則佛印蓋亦一俗髡耳。』佛印染俗甚深，但較之『三車法師』窺基，似又未爲過也。又曰：『「子」恐「予」之訛。』此說或有誤，此乃惠洪想象石崖僧之論，批評佛印無所事事，偏離修行正道，非惠洪自省也。

觀道人①三生爲比丘

唐《忠義傳》，李憕②之子源，自以父死王難，不仕，隱洛陽惠林寺。年八十餘，與道人圓觀〔一〕游甚密，老而約自峽路入蜀。源曰：『予久不入繁華之域。』於是許之。觀見錦襠女子浣，泣曰：『所以不欲自此來者，以此女也。然業影〔二〕不可逃，明年某③日，君自蜀還，可相臨，以一笑爲信。吾已三生爲比丘，居湘西岳麓寺，有④巨石林間，嘗習禪其上。』遂不復言，已而觀死。明年如期至錦襠家，則兒生始三日，源抱臨明簷，兒果一笑。却後十二年，至錢塘孤山，月下聞扣牛角而歌者，曰：『三生石上舊精魂，賞月臨⑤風不要論。慚愧情人遠相訪，此身雖壞⑥性常存。』〔三〕東坡刪削其傳〔四〕，而曰圓澤，而不書岳麓三生石上事。贊寧所錄爲圓觀〔五〕，東坡何以書爲『澤』，必有據，見叔黨⑦〔六〕當問之。

【校】

①觀道人：《津逮秘書》本、《四庫全書》本、《學津討原》本無。

②憕：原本作『澄』，據《舊唐書》《新唐書》改。

③某：正保本、寬文本、文化本、《螢雪軒叢書》本作『其』。

④有：《稗海》本、《津逮秘書》本、《四庫全書》本、《學津討原》本、《筆記小説大觀》本、《殷禮在斯堂叢書》本前增『寺』。

⑤臨：《津逮秘書》本、《四庫全書》本、《學津討原》本、《筆記小説大觀》本作『吟』。

⑥壞：古活字印本作『哀』，正保本、寬文本、文化本、《螢雪軒叢書》本作『棄』。

⑦黨：原本作『讜』，據《稗海》本、《津逮秘書》本、《四庫全書》本、《學津討原》本、《筆記小説大觀》本改。

【注】

〔一〕圓觀：生平行迹見於袁郊《甘澤謠·圓觀》、《宋高僧傳》卷二十《唐洛京慧林寺圓觀傳》、《蘇軾文集》卷十三《僧圓澤傳》等。

〔二〕業影：佛教謂善業、惡業如影隨行。《大智度論》卷六：「處處常隨逐，業影不相離。」

〔三〕此爲圓觀《竹枝詞二首》其一，見於《全唐詩續補遺》卷三。「臨」，《全唐詩續補遺》《甘澤謠》與《僧圓澤傳》均作「吟」；「不」，《僧圓澤傳》作「莫」；「壞」，《全唐詩續補遺》《甘澤謠》與《僧圓澤傳》均作「異」。

〔四〕《〈冷齋夜話〉考》：「東坡刪削其傳：《東坡全集》十三（九丈）《圓澤傳》傳尾自注云：「此出袁郊所作《甘澤謠》，以其天竺故事，故書以遺寺僧。舊文煩冗，頗爲刪改。」」

〔五〕《〈冷齋夜話〉考》：「贊寧所錄：《宋僧傳》二十《圓觀傳》。此一則覺範妄説雲生石。忠《〈虚堂〉犂耕》第廿九辯之（偈誦二丈）。」

〔六〕叔黨：即蘇過（一〇七二—一一二三），字叔黨，號斜川居士，蘇軾之子，時稱「小坡」。生平行迹見於《宋史》卷三百三十八《蘇軾傳》附《蘇過傳》等，《宋史》卷二百零八著録《斜川集》十卷（《宋史》本傳著録二十卷）。

【箋】

此條是揉合《舊唐書》卷一百八十七《忠義下・李憕傳》附《李源傳》、《新唐書》卷一百九十一《忠義上・李憕傳》附《李源傳》、袁郊《甘澤謠・圓觀》、《宋高僧傳》卷二十《唐洛京慧林寺圓觀傳》、《蘇軾文集》卷十三《僧圓澤傳》諸書而成。

關於李源年壽，《舊唐書》《新唐書》與《宋高僧傳》均記李源八歲時，李憕守洛陽而被安禄山叛軍所殺（七五五年底），由是可知李源生於七四八年。李源晚年受到李德裕推薦，《舊唐書》記爲長慶三年（八二三），但未及李源具體年齡；《新唐書》記爲「長慶初，年八十矣」，「尋卒」；《宋高僧傳》記爲「已年八十餘矣」，「二年而卒，長慶二年（八二二）也」。以是觀之，李源實際年壽不及八十，或可以概數計之，而「八十餘」非是。關於兩人交往，《甘澤謡》記爲「爲忘言交」，「如此三十年」。《宋高僧傳》記爲「爲忘形之友」，「如此三年」。《僧圓澤傳》記爲「居寺中五十餘年」，「甚密」。以理推之，《宋高僧傳》所記「三年」或誤。關於入蜀時間，《甘澤謡》記爲兩人相交三十年後，此後十二年李源赴杭州之約，三年後拜諫議大夫，一年後去世，或可謂「老而約」。《宋高僧傳》記爲兩人相交三年後，非是。關於孕婦情況，《甘澤謡》記爲「錦襠負甖而汲」，《宋高僧傳》記爲「條達錦璫，負罌而汲」，《僧圓澤傳》記爲「錦襠負甕而汲」，三書均記其已有孕三年，與《冷齋夜話》所記「錦襠女子浣」有異。關於圓觀轉世，《甘澤謡》《宋高僧傳》與《僧圓澤傳》均記爲當時圓觀死而孕婦生，李源隨即返回惠林寺，《冷齋夜話》則記爲圓觀死後一年孕婦生，李源「自蜀還」見之。關於杭州之約，《甘澤謡》《宋高僧傳》與《冷齋夜話》均記爲十二年後，惟《僧圓澤傳》記爲十三年後，未知所據。至於「岳麓寺三生石」之事，或爲惠洪增補，未見於諸書。蘇軾以圓觀爲圓澤，或爲誤記，未必有據也。

《苕溪漁隱叢話》前集卷五十六《圓澤》引《甘澤謡》，末附「東坡詩云：「欲向錢塘訪圓澤，葛洪陂畔帶秋深。」即此事也。」

此條雖基於史傳，但終應以小説待之。首創「三生石」轉世意象，廣爲流傳，或爲惠洪虛構，近乎文學而非史學之筆。近藤元粹評曰：『妄誕可笑。』輪回雖合佛門經義，但過於實證則迹近荒誕也。又曰：『惡詩不足録。』此詩近似話本常見作品。又曰：『不書不經之事，是東坡之所以爲東坡。』儘管蘇軾思想龐雜，但通過同題文本相較，亦可突出蘇軾儒者本色以貶抑惠洪所言，達成『六經注我』而從舊材料得出新見解之目的。

羊肉大美性暖①

毗陵承天珍禪師〔一〕，蜀人②，巴音夷面，真率不事事。郡守忘其名，初至，不知其佳士，未嘗與語。偶攜客來游，珍亦坐於旁，守謂客曰：『魚稻宜江淮，羊麵宜京洛。』客未及對，珍輒對曰：『世味③無④如羊肉⑤大美⑥，且性極暖，宜人食。』守色變瞋視之，徐曰：『禪僧⑦何故知羊肉性⑧暖？』珍應曰：『常臥氈知之，其毛尚爾暖，其肉不言可知矣。如明公治郡⑨政美，則立朝當更佳也。』

【校】

①《津逮秘書》本、《四庫全書》本、《學津討原》本標題作『禪師知羊肉』。

②人：《稗海》本、《津逮秘書》本、《四庫全書》本、《學津討原》本、《筆記小說大觀》本、《殷禮在斯堂叢書》本後增『也』。
③味：《稗海》本、《筆記小說大觀》本作『俗』。
④無：明刻本、故宮明本、静嘉堂文庫本、《津逮秘書》本、《學津討原》本作『而』。
⑤肉：《稗海》本、《筆記小說大觀》本作『之』。
⑥大：《筆記小說大觀》本作『羹』。『美』静嘉堂文庫本、故宮明本作『羡』。
⑦僧：明刻本、故宮明本、《稗海》本、《津逮秘書》本、《四庫全書》本、《學津討原》本、《筆記小說大觀》本、《殷禮在斯堂叢書》本作『師』。
⑧性：《稗海》本、《筆記小說大觀》本作『宜』。
⑨郡：明刻本、静嘉堂文庫本、故宮明本作『都』。

【注】

〔一〕珍禪師：即法珍，南嶽懷讓下第十一世，洞庭慧月法嗣，屬臨濟宗。生平行迹見於《建中靖國續燈錄》卷八《常州承天世珍禪師》等。

【箋】

珍禪師洞曉人性，洞察世事，機鋒豈是俗人能敵？得位者若無真才實學，尸位素餐，平居安享諛頌，不可一世，奈何世間高士雖少，但終未絶也。近藤元粹評末句曰：『蓋冷語也。』珍禪師雖有暗諷之意，祇恐樂於訣辭者未必能知也。

趙閲道①日延一僧對飯

趙閲②道〔一〕休官歸三衢〔二〕，作高齋而居之，禪誦精嚴，如老爛頭陀。與鍾山佛慧禪師〔三〕爲方外友，唱酬妙語，照映叢林。性喜食素，日須延一僧對飯，可以想見其爲人矣。

【校】

① 趙閲道：《津逮秘書》本、《四庫全書》本、《學津討原》本無。

② 閲：原本作『悦』，據《宋史》卷三百十六《趙抃傳》、《四庫全書》本改。

【注】

〔一〕趙閲道：趙抃（一〇〇八—一〇八四），字閲道，號知非子。《嘉泰普燈録》總目録卷五、《五燈會元》卷十六《清獻趙抃居士》將趙抃列爲法泉法嗣。

〔二〕《趙清獻公年譜》：『元豐二年（一〇七九），致仕。《神道碑》：「二月，加太子太保致仕。退居於衢，有溪石松竹之勝，東南名士多從之游。」』

〔三〕佛慧禪師：即法泉，青原行思下第十一世，雲居曉舜法嗣，屬雲門宗。生平行迹見於《建中靖國續燈錄》卷十一《蔣山佛慧禪師》、《嘉泰普燈錄》卷三《建康府蔣山佛慧法泉禪師》、《五燈會元》卷十六《蔣山法泉禪師》等。

【箋】

儒釋交融之事，宋人并未停留於理論探索，而是化爲具體行動，此條既有儒者個體自覺，亦有與禪師雙向互動，堪稱典型例證。近藤元粹評曰：『瑣事不足錄。』若是管斑窺豹，此事關乎宋代學術方向，斯爲大矣。

魯直悟法雲語罷作小詞①

法雲秀關西〔一〕，鐵面嚴冷，能以理折人。魯直名重天下，詩詞一出，人爭傳之。師嘗②謂魯直③曰：『詩多作無害④，豔歌小詞可罷之。』魯直笑⑤曰：『空中語耳，非殺非偷，終不⑥至坐此墮惡道⑦。』師曰：『若⑧以邪言蕩人淫心，使彼⑨逾禮越禁，爲罪惡之由，吾恐⑩非止墮惡道而已。』魯直領之⑪，自是⑫不復⑬作詞⑭曲耳⑮。

【校】

①《津逮秘書》本、《四庫全書》本、《學津討原》本標題作『邪言罪惡之由』，《類説》作『秀關西語』。
②師嘗：《類説》作『法雲秀關西』，無前文。
③魯直：《類説》前增『黄』。
④詩多作無害：《類説》作『公作』。
⑤笑：《類説》無。
⑥終不：《類説》作『寧』。
⑦道：《類説》後增『耶』。
⑧若：《類説》作『君』。
⑨彼：《類説》無。
⑩爲罪惡之由，吾恐：《類説》作『其罪』。
⑪領之：《類説》無。
⑫是：《類説》作『此』。

⑬ 復：《類說》無。

⑭ 詞：原本作『詩』，據明刻本、故宫明本、《稗海》本、《津逮秘書》本、《四庫全書》本、《學津討原》本、《筆記小説大觀》本、《殷禮在斯堂叢書》本、《類説》改。

⑮ 耳：《稗海》本、《津逮秘書》本、《四庫全書》本、《學津討原》本、《筆記小説大觀》本、《殷禮在斯堂叢書》本、《類説》無。

【注】

〔一〕法雲秀關西：即法秀（一〇二七—一〇九〇），宋神宗賜號圓通，青原行思下第十一世，天衣義懷法嗣，屬雲門宗。生平行迹見於《建中靖國續燈録》卷十《東京法雲寺圓通禪師》、《禪林僧寶傳》卷二十六《法雲圓通秀禪師》、《聯燈會要》卷二十八《東京法雲圓通法秀禪師》、《五燈會元》卷十六《法雲法秀禪師》等。

【箋】

《苕溪漁隱叢話》前集卷五十七《秀老》所引將此條與卷八《李伯時畫馬》兩相揉合，已見前文。從《冷齋夜話》來看，黄庭堅已然悔悟，而胡仔按語説明并非完全如此。

上條觀照視角是儒者中心，此條轉爲禪師。法秀是名僧，但其勸化儒者之依據并非佛理，而是傳統詩學理論，最耐人尋味。近藤元粹評曰：『妄誕可笑。』又曰：『若實有是事，則魯直之愚亦可笑。』

宋人雖大量填詞，但理論認知仍是貶抑態度，非如後世視爲『一代之文學』，兩相矛盾在所難免。法秀置身其中而持是論，黄庭堅顯然亦無從獨自解開這重時代困境，恐不能徒以妄誕與愚笨視之也。

東坡、山谷、瑩中①瑕疵可笑

徐師川〔一〕曰：『予於東坡、山谷、瑩中三君子，但②知敬畏者也，然其瑕疵，予能笑之。如東坡議論諫諍，真所謂殺身成仁〔二〕者，其視死生如旦夜爾，安能爲哉！而欲學長生不死。山谷赴官姑熟〔三〕，既至，未視事，聞當③罷，不去，竟俯就之，七日符至乃去。問其故，曰：「不爾④，無舟吏可遷。」夫士之進退本⑤體，欲分明不可苟也，豈以舟吏爲累耶？瑩中大節昭著，其能必行其志者，視爵禄如糞土，然猶時對日者説命。此皆顛倒也，吾同⑥笑之。』

【校】

① 東坡、山谷、瑩中：《津逮秘書》本、《四庫全書》本、《學津討原》本作『三君子』，《殷禮在斯堂叢書》本前增『三君子』。

②但：《稗海》本、《津逮秘書》本、《四庫全書》本、《學津討原》本、《筆記小説大觀》本、《殷禮在斯堂叢書》本作「俱」。

③當：明刻本、靜嘉堂文庫本、故宮明本、《津逮秘書》本作「嘗」。

④爾：明刻本、靜嘉堂文庫本、故宮明本、《津逮秘書》本作「亦」。

⑤本：明刻本、故宮明本、《稗海》本、《津逮秘書》本、《四庫全書》本、《學津討原》本、《筆記小説大觀》本、《殷禮在斯堂叢書》本作「大」。

⑥同：明刻本、靜嘉堂文庫本、故宮明本、《稗海》本、《津逮秘書》本、《四庫全書》本、《學津討原》本、《筆記小説大觀》本作「固」。

《苕溪漁隱叢話》後集卷三十一《山谷上》全引此條，第一個「曰」作「言」，「敬畏者」後無「也」，「成仁者」後增「也」，「夜」作「暮」，後增「不」，「而」後增「反」，「罷」後無「不」，「俯」前無「竟」，「遷」作「還」，後無「夫」，「體」作「末」，「耶」作「哉」，「猶」作「時」，「説」作「談」，「同」作「故得而」。

【注】

〔一〕徐師川：即徐俯（一〇七五—一一四一），字師川，號東湖居士，洪州分寧人，黄庭堅外甥，屬江西詩派。生平行迹見於《宋史》卷三百七十二《徐俯傳》等，《宋史》卷二百零八著録《徐俯集》三卷（《宋史》本傳著録『有詩集六卷』）。

〔二〕此出於《論語·衛靈公》：『子曰：「志士仁人，無求生以害仁，有殺身以成仁。」』

〔三〕姑熟：即姑孰，安徽當塗舊稱，屬江南東路太平州，見於《宋史》卷八十八《地理志四》。《黄庭堅年譜新編》：『崇寧元年（一一〇二）六月初九日，領太平州事，九日而罷。』注引《黄譜》云：『按《國史》，崇寧元年五月庚午，司馬光而下四十餘人，貶奪降黜有差。孔平仲、畢仲游、徐常、黄庭堅、晁補之、韓歧、王鞏、劉當時、常安民、黄隱、張保源并送吏部，與合人差遣。仍令吏部依條差注施行。詔在乙亥。先生有《與徐師川書》云：「老舅六月九日領太平事，十七日奉朝旨送吏部，即日解船至江口。以嗣文同行，遂爲遠别，亦大風不可行，留連方欲決去，會駒父奉其大母來，又爲之留七日。閏月十一日分手，亦衝東風至蕪湖矣。」又按于湖居士張公孝祥作《高侍郎夫人王氏墓志》載：「侍郎諱衛。及與元祐諸公游，嘉言懿行，太夫人悉能記之。侍郎爲太平州判官，攝州事。山谷來爲守，謫久貧甚，既入境矣，復坐黨事。先侍郎得堂帖，不以告，迎候如禮。山谷既視印已，乃知之。侍郎爲治歸裝甚飭備，過於久所事。」觀此則《冷齋夜話》所稱徐師川言：「予於東坡、山谷、瑩中三君子俱知敬畏，指其瑕疵，予能笑之。謂東坡欲學長生，瑩中對日者談命，山谷赴官姑孰，聞罷而附就。」其説之妄蓋可見矣。』

【箋】

《韻語陽秋》卷十二：『蘇子由病酒，肺疾發，東坡告之以修養之道，有曰：「寸田可治生，誰勸耕黃糯。探懷得真藥，不待君臣佐。初如雪花積，漸作櫻珠大。隔墻聞三咽，隱隱如轉磨。」此煉氣法也。後至海上，有道人傳以神守氣之訣云：「但向起時作，還從作處收。」故《天慶觀乳泉賦》及《養生論》《龍虎鉛汞論》皆析理入微，則知東坡於養生之道深矣。』說明蘇軾精通養生之道，但養生之道不等於長生不老之術。

《捫虱新話》上集卷二《辯惠洪論東坡》：『僧惠洪覺範嘗言：「東坡言語文字，理性通曉，蓋從般若中來。然嘗恨其窺幻夢，如隔霧見月。雖老而死者，聖達所不免，譬如晝則有夜，而坡欲白日仙去，竟以病而歿。」蓋徐師川亦云。予以爲不然。坡公胸次，韜藏萬象，洞視八表，視天下萬物，無足以易其樂者。顧嘗好寫字畫竹，談笑之際，猶復留意養生，蓋游戲爲之，於道不妨也。公詩云：「平生萬事足，所欠惟一死。」此豈生死夢幻所能蔽障乎？覺範之言，良亦未是。然予笑覺範亦自有癖，常好作詩，陳瑩中以書痛誡之曰：「比丘以寂默爲事，五十三善知識中，惟法雲等五人可名比丘。彼於行住坐臥，所爲所念，永與世隔。公既不忘僧事，直欲追侶先覺，則於世間文字，不宜貪著太深。」書數千言，然覺範爲之不衰。惟古之達者，無物非真，無不可以寓其意者。養生、作詩，比諸古人結髻、蠟屐，聊當一戲，亦復何害。』陳善反駁惠洪而爲蘇軾辯護，認爲蘇軾重視養生之道與愛好書畫無異，祇是游戲而已，并不妨礙體道。

世人皆知『人非聖賢，孰能無過』，是故論人當觀大節，若大節不虧則餘者可恕，此亦合乎律己恕人之道也。近藤元粹評曰：『東坡欲學長生不死是齊東野人之語也，妄誣可惡。』評黃庭堅之事曰：『無乃亦莫須有之說乎？』其實，蘇軾、黃庭堅與陳瓘大節昭昭，縱有這類瑕疵，亦無足議也。

問歐陽公爲人及文章①

臨川謝逸，字無逸，高才，江南勝士也。魯直見其詩，嘆曰：『使在館閣，當不減晁、張。』朱世英爲撫州，舉八②行，不就。閑居多從衲子游，不喜對書生。一日，有一貢士來謁，坐定曰：『每欲問無逸一事，輒忘之。嘗聞人言歐陽修者③，果如何④人？』無逸熟視久之，曰：『舊亦一書生，後甚顯達，嘗參大政。』又問：『能文章否？』無逸曰：『也得。』無逸之子宗野，方七歲，立於旁，聞之，匿笑而去。

【校】

①《津逮秘書》本、《四庫全書》本、《學津討原》本標題作『歐陽修何如人』。

② 八：《稗海》本、《津逮秘書》本、《四庫全書》本、《學津討原》本、《筆記小說大觀》本作『入』。

③ 者：《稗海》本、《津逮秘書》本、《四庫全書》本、《學津討原》本、《筆記小說大觀》本無。

④ 如何：明刻本、故宫明本、《稗海》本、《津逮秘書》本、《四庫全書》本、《學津討原》本、《筆記小說大觀》本、《殷禮在斯堂叢書》本作『何如』。《墨客揮犀》卷九《江南勝士》亦有此條，『貢士』前無『一』，『聞人』前無『嘗』，『歐陽修』後無『者』，『如何』作『何如』，『逸之子』前無『無』。

【箋】

宋代貢士不知文壇盟主歐陽修，誠可怪也。大抵這等人既不識人，亦不識理，惟抱科考之技，實違讀書之本意而無益於世也。近藤元粹評曰：『無稽驕傲之徒，三尺童子之不若也，噫！』爲學當『究天人之際，通古今之變，成一家之言』（《漢書》卷六十二《司馬遷傳》），方爲善也。

《證道歌》發明心要①

大通禪師〔一〕言：吾頃過南都，謁張安道於私第，道話一夕。安道曰：『景德初，西土有異僧到都下，閱《永嘉證道歌》〔二〕，即作禮頂戴久之。譯者問其故，僧曰：「此書流播五天，稱《真丹聖者所説經》，發明心要者甚②多。」又問大律師宣公〔三〕塔所在：「吾欲往禮謁。」譯者又問：「此方大士甚衆，何獨求宣公哉？」曰：「此師持律，名重五天。」」

【校】

① 發明心要：《津逮秘書》本、《四庫全書》本、《學津討原》本作『宣公塔』。

② 甚：明刻本、故宫明本作『其』。

【注】

〔一〕大通禪師：即善本（一〇三五—一一〇九），宋神宗（或作宋哲宗）賜號大通，青原行思下第十二世，惠林宗本法嗣，屬雲門宗。生平行迹見於《建中靖國續燈録》卷十五《東京法雲寺大通禪師》、《禪林僧寶傳》卷二十九《大通本禪師》、《聯燈會要》卷二十九《杭州淨慈善本禪師》、《嘉泰普燈録》卷五《東京法雲大通善本禪師》、《五燈會元》卷十六《法雲善本禪師》等。

〔二〕《永嘉證道歌》：永嘉玄覺（六六五—七一三）所作，其爲六祖慧能法嗣，號『一宿覺』，謚號無相。生平行迹見於《祖堂集》卷三《一宿覺和尚》、《景德傳燈録》卷五《溫州永嘉玄覺禪師》、《宋高僧傳》卷八《唐溫州龍興寺玄覺傳》、《聯燈會要》卷三《溫州永嘉真覺大師》、《五燈會元》卷二《永嘉玄覺禪師》、《佛祖統紀》卷十《永嘉真覺禪師》等。

〔三〕大律師宣公：即道宣（五九六—六六七），南山律宗初祖，著《續高僧傳》。生平行迹見於《宋高僧傳》卷十四《唐京兆西明寺道宣傳》等。

【箋】

無論經義與前賢高下如何，皆衹是體道之載體而已，是故當識『得魚而忘筌』（《莊子集解·外物》）之意也。若執著於某經或某師，是爲『法執』，有違中道。近藤元粹評曰：『此等佞佛之事，本當削除，惟惜失其全本，故姑錄存，讀者切無信其妄。』孟子曰：『盡信《書》則不如無《書》。』（《孟子正義·盡心下》）有見識則有鑒別力，縱是反例，亦有助於提升認識與糾錯，何必去之而後快也？

武①寧安和尚②不視③秀僧書

洪州武寧安和尚〔一〕者，天衣④懷禪師〔二〕之嗣也，與秀關西爲同行。秀已應詔住法雲寺〔三〕，其威光可以挾其法⑤友登雲天而翔也，而安止荒村破院，單丁三⑥十年。秀時以書致安，安未嘗視，棄之。侍者不解其意，因間問之，安曰：『吾始以秀有精彩，乃今知其癡。夫出家兒塚間、樹下〔四〕辦那事，如救頭然〔五〕。無故於八達衢頭架大屋，養數百閑漢，此真開眼尿床也，何足復對語哉！吾宗自此蓋亦微矣，子⑦曹猶當見之。』

【校】

①武：原本脱，據正文補。

②和尚：《津逮秘書》本、《四庫全書》本、《學津討原》本無。

③視：明刻本、靜嘉堂文庫本、故宮明本作『祖』。

④衣：《螢雪軒叢書》本作『水』。

⑤法：《稗海》本、《津逮秘書》本、《四庫全書》本、《學津討原》本、《筆記小説大觀》本無。

⑥三：《稗海》本、《津逮秘書》本、《四庫全書》本、《學津討原》本、《筆記小説大觀》本作『五』。

⑦子：《稗海》本、《筆記小説大觀》本作『予』。

【注】

〔一〕安和尚：即法安（一〇二四—一〇八四），青原行思下第十一世，天衣義懷法嗣，屬雲門宗。生平行迹見於《黄庭堅全集》正集卷三十二《法安大師塔銘》、《禪林僧寶傳》卷二十六《延恩安禪師》等，與此條相關者，『禪師名法安』，『游方謁雪竇顯禪師，顯歿，依天衣懷禪師』，『又住武寧之延恩寺，寺以父子傳器，貧不能守易，以爲十方，草屋數楹，敗床不簣，安安樂之』，『棲止十年而叢林成，僧至如歸』，『安與法雲秀公昆弟，且相得。秀所居莊嚴妙天下，而說法如雲雨，其威光可以爲弟兄接羽翼而天飛也，秀以書招安云云，安讀之一笑而已。問其故，曰：「吾始見秀有英氣，謂可語，乃今而後知其癡，癡人正不可與語也。」問者瞋視久之曰：「何哉？」安曰：「比丘法當一鉢行四方，秀既不能爾，又於八達衢頭架大屋，從人乞飯以養數百閑漢，非癡乎？」』所述與《冷齋夜話》相近。

〔二〕天衣懷禪師：即義懷（九八九—一〇六〇），謚號振宗禪師，青原行思下第十世，雪竇重顯法嗣，屬雲門宗。生平行迹見於《建中靖國續燈錄》卷五《越州天衣山義懷禪師》、《禪林僧寶傳》卷十一《天衣懷禪師》、《祖庭事苑》卷五《懷禪師前錄》與《懷禪師後錄》、《聯燈會要》卷二十八《越州天衣山義懷禪師》、《五燈會元》卷十六《天衣義懷禪師》等。

〔三〕法雲寺：位於河南開封，并非卷五《賭梅詩輸，罰松聲詩》位於江蘇南京者也。《輿地紀勝》卷三十八：『秀鐵面：法雲寺開山祖師，即山谷《法雲鐘銘》所謂鐘公禪師第一祖也。』《黄庭堅全集》正集卷二十一《法雲寺金銅像銘》：『法雲秀公第一祖。』

〔四〕塚間、樹下：指佛陀及其弟子最初修行之所，常稱爲『阿蘭若』（梵語 Aranya 音譯），意謂遠離村落之安靜場所。《增壹阿含經・利養品》：『修羅陀比丘大作阿練（蘭）若行，到時乞食，一處一坐。或正中食，樹下露坐。樂閑居之處，著五納衣。或持三衣，或樂塚間。』

〔五〕頭然：即『頭燃』，指頭髮爲火所燃，意謂事情緊迫，佛經以喻心無他顧，勤行精進之狀態。

鳩摩羅什譯《佛藏經》卷中《往古品》：『十萬億歲，勤行精進，如救頭然。』

【箋】

此條關乎宗門發展方向，姑且名之曰『路線之爭』，法安與法秀俱是高僧，但法安倡導渡己爲先，而後勸化確有慧根之人，在質不在量；法秀則反其道而行之，依托王權，力爭信衆，量勝則必有資質佳者也。前者更近佛門原旨，後者大行於當時，孰優孰劣，實不易辨。後世禪門式微，因由頗雜，非徒起於法秀一途也。近藤元粹評曰：『佛徒瑣事，不足觀也。』此乃未深究其中深意而誤讀故也。

饌器皆黄白物

王荊公居鍾山時①，與金華俞秀老過故人家飲②，飲罷步至③水亭，顧水際沙間④有饌器數件，皆黄白物，意吏卒竊之，故使人問司之者。乃小兒適聚於此食棗栗，食盡棄之而去。文⑤公謂秀老曰：『士欲任大事，閲富貴如群兒作息乃可耳。』

【校】

①時：靜嘉堂文庫本、故宮明本、《稗海》本、《津逮秘書》本、《筆記小說大觀》本、《殷禮在斯堂叢書》本作『特』。

②《〈冷齋夜話〉考》：『過故人家飲：公倫：「飲」作「飯」。』

③步至：明刻本、靜嘉堂文庫本、故宮明本作『少至』，《稗海》本、《津逮秘書》本、《四庫全書》本、《學津討原》本、《筆記小說大觀》本作『少坐』。

④問：明刻本、故宮明本作『問』。

⑤文：《四庫全書》本作『荊』。

【箋】

儒家倡言精英治國，實指以道義自許之輩，而非徒有其能者也。然則科考可測才能，而道義祇在人心，又何以知之？王安石才德俱勝而所用非人，由是益知辨僞之難非比尋常。近藤元粹評曰：『安石已持是見解而猶貪戀於富貴者，何哉？』

三代聖人多生儒中，兩漢以下多生佛中①

朱世英言：予昔從文公於②定林數夕，聞所未聞，嘗曰：『子③曾讀《游俠傳》否？

移此心學無上菩提，孰能御哉！』又曰：『成周三代之際，聖人多生吾④儒中；兩漢以下，聖人多生佛中。此不易之論也。』又曰：『吾止以雪峰〔一〕一句⑤語作宰相。』世英曰：『願聞雪峰之語。』公曰：『這老子嘗爲衆生⑥，自⑦是什麽？』〔二〕

【校】

①《津逮秘書》本、《四庫全書》本、《學津討原》本標題作『聖人多生儒佛中』。

②於：明刻本、静嘉堂文庫本、故宫明本、《稗海》本、《津逮秘書》本、《四庫全書》本、《學津討原》本、《筆記小説大觀》本、《殷禮在斯堂叢書》本、《永樂大典》卷二千九百七十三無。

③子：明刻本、静嘉堂文庫本、故宫明本作『予』。

④吾：《稗海》本、《津逮秘書》本、《四庫全書》本、《學津討原》本、《筆記小説大觀》本無。

⑤句：古活字印本、正保本、寬文本、文化本、《螢雪軒叢書》本作『向』。《〈冷齋夜話〉考》：『一向語：公侖：「向」作「句」。公侖有弁。』

⑥衆：《螢雪軒叢書》本作『命』。『生』古活字印本、正保本、寬文本、文化本、《螢雪軒叢書》本無。

⑦自：原本作『曰』，據明刻本、静嘉堂文庫本、故宫明本、《稗海》本、《津逮秘書》本、《四庫全書》本、《學津討原》本、《筆記小説大觀》本、《永樂大典》殘卷改。

【注】

〔一〕雪峰：即雪峰義存（八二二—九〇八），唐僖宗賜號真覺大師，青原行思下第五世，德山宣鑒法嗣，下開雲門宗與法眼宗。生平行迹見於黄滔《福州雪峰山故真覺大師碑銘》（《唐黄先生文集》卷五）、《祖堂集》卷七《雪峰和尚》、《宋高僧傳》卷十二《唐福州雪峰廣福院義存傳》、《景德傳燈錄》卷十六《福州雪峰義存禪師》、《祖庭事苑》卷七、《建中靖國續燈錄》卷一《福州雪峰義存禪師》、《聯燈會要》卷二十一《福州雪峰義存禪師》、《五燈會元》卷七《雪峰義存禪師》等。現有《雪峰真覺禪師語錄》（附《雪峰真覺大師年譜》）等。

〔二〕此未見於《雪峰真覺禪師語錄》。

【箋】

《佛祖統紀》卷四十六：『元豐三年（一〇八〇），荊公王安石問文定張方平曰：「孔子去世百年生孟子，後絕無人，或有之而非醇儒。」方平曰：「豈爲無人？亦有過孟子者。」安石曰：「何人？」方平曰：「馬祖、汾陽、雪峰、巖頭、丹霞、雲門。」安石意未解。方平曰：「儒門淡薄，收拾不住，皆歸釋氏。」安石欣然嘆服，後以語張商英，撫几賞之曰：「至哉此論也。」』王安石所言亦有來源，可補《冷齋夜話》之不足。

《捫虱新話》上集卷三《儒釋迭爲盛衰》：『世傳王荊公嘗問張文定公曰：「孔子去世百年生孟

子，亞聖後絶無人，何也？」文定曰：「豈無？祇有過孔子上者。」公曰：「誰？」文定曰：「江西馬大師、汾陽無業禪師、雪峰、巖頭、丹霞、雲門是也。」公暫聞，意不甚解，乃問曰：「何謂也？」文定曰：「儒門淡薄，收拾不住，皆歸釋氏爾。」荊公忻然嘆服，其後說與張天覺，天覺撫几嘆賞曰：「達人之論也。」遂記於案間。予謂：馬大師等在孔子上下，今不必論。然自馬大師之後，釋門又復淡薄，收拾不住，絶無一人，何也？豈其復生吾儒中乎？近世歐陽文忠公、司馬溫公、范蜀公皆不喜佛，然其聰明之所照了，德行之所成就，真佛法也。豈復在馬大師下乎？吾以是知儒釋二教，殆迭爲盛衰。不知歐公後數十年，當復生釋氏中？未可知也。方當吾儒生聖賢之時，要不可使邪說詭服者得以自肆，可也。雖然，吾豈與今世所謂脱空漫語者較其上下耶？惜荊公不聞此語。』陳善發揮王安石之論，既可略見儒釋兩家發展簡史，亦可反觀宋人之宗門觀。

此條意在闡明儒釋交融之理論與人物，類比法雖未必嚴謹，但與宋人文化取向相符。近藤元粹評曰：『妄論可厭。』護教之心可嘉，但若無此融合之志，祇恐儒門淡薄再也收拾不住，幸有此意，理學興焉。宋人惟見儒釋，今日復有西學，亦當作如是觀。

磚若無縫，爭解容得世間螻蟻①

石塔長老②戒公，東坡居士昔赴文登③〔一〕，戒公迓之。東坡曰：『吾欲一見石塔，以行速不及也。』戒公起曰：『這著是磚浮屠耶？』坡曰：『有縫奈何？』戒曰[4]：『若無縫，爭解[5]容得世間螻蟻。』坡首肯[6]之。

【校】

①《津逮秘書》本、《四庫全書》本、《學津討原》本標題作『有縫浮屠』。

②老：明刻本、故宮明本作『己』。

③文登：原本作『登文』，據《蘇軾詩集》改。

④戒：《稗海》本、《津逮秘書》本、《四庫全書》本、《學津討原》本、《筆記小説大觀》本、《殷禮在斯堂叢書》本無。『戒曰』明刻本、故宮明本無。

⑤解：明刻本、故宮明本、《稗海》本、《津逮秘書》本、《四庫全書》本、《學津討原》本、《筆記小説大觀》本、《殷禮在斯堂叢書》本無。

⑥肯：明刻本、故宮明本作『首』。

【注】

〔一〕文登：《蘇軾詩集》卷二十六《余將赴文登，過廣陵，而擇老移住石塔，相送竹西亭下，留詩爲別》：『竹西失却上方老，石塔還逢惠照師。我亦化身東海去，姓名莫遣世人知。』注云：『文登：《文獻通考》：「登州文登縣有文登山。」《齊乘》春秋牟子國，後魏置東牟郡，唐武德中以文登縣置登州。竹西上方：盛儀《維揚志》：「上方禪智寺，在江都縣東，一名竹西寺，蜀井在内，即隋故宮也。」石塔：《維揚志》：「石塔寺，即唐木蘭院。」』《蘇軾年譜》：『元豐八年（一〇八五）五月六日，詔責授汝州團練副使、本州安置。蘇軾復朝奉郎、知登州。』

【箋】

『容得世間螻蟻』與一闡提可成佛，皆爲佛門慈悲胸懷之表征也。若無此心，則失佛陀創教之旨。莊子所謂『道在螻蟻』（《莊子集解·知北游》），亦可作此解。

范文正公麥舟①

范文正公在睢陽〔一〕，遣堯夫於姑蘇取麥五百斛。堯夫時尚少，既還，舟次丹陽，見石曼卿，問：『寄此久近？』曼卿曰：『兩月矣。三喪在淺土〔二〕，欲喪②之西北歸，無可與謀者。』堯夫以所載舟付之，單騎自長蘆捷徑而去。到家拜起，侍立良久。文正曰：『東吴見故舊乎？』曰：『曼卿爲③三喪未舉，留滯丹陽，時無郭元振〔三〕，莫可告者。』文正曰：『何不以麥舟與④之？』堯夫曰：『已付之矣。』

【校】

①《津逮秘書》本、《四庫全書》本、《學津討原》本標題作「麥舟助喪」。

②喪：《四庫全書》本作「舉」。

③爲：古活字印本、正保本、寬文本、文化本作「無」。

④與：明刻本、故宮明本作「侍」，《稗海》本、《津逮秘書》本、《四庫全書》本、《學津討原》本、《筆記小説大觀》本、《殷禮在斯堂叢書》本作「付」。

【注】

〔一〕《范文正公年譜》：「天聖五年（一〇二七），時公寓南京應天府。《東軒筆録》云：「公在睢陽。」」按《九域志》，南京應天府睢陽郡。」

〔二〕《〈冷齋夜話〉考》：「三喪在淺土：言己親族亡者三而未得葬斂，權葬之，故言在淺土也。」

〔三〕《新唐書》卷一百二十二《郭震傳》：「十六，與薛稷、趙彦昭同爲太學生，家嘗送資錢四十萬，會有縗服者叩門，自言「五世未葬，愿假以治喪」，元振舉與之，無少吝，一不質名氏。稷等嘆駭。」

【箋】

此條與卷八《范堯夫揖客對卧》同科，意在致敬政治偶像。前文著眼於貶謫而無怨之「公德」，此條著眼於助人而無悔之『私德』。近藤元粹評曰：『有是父而有是子，可謂雙美。』

東坡①讀《傳燈錄》

東坡夜宿曹溪，讀《傳燈錄》，燈花墮卷上，燒一僧字，即以筆記於窗間曰：『山堂夜岑寂，燈下讀《傳燈》。不覺燈花落，荼毗一個僧。』〔一〕梵志〔二〕詩曰：『城外土饅頭，餡草在城裏。一人吃一個，莫嫌沒滋味。』〔三〕魯直曰：『既是餡草，何緣更知滋味？』易之曰：『預先②以酒澆③，且圖有滋味。』

【校】

①東坡：《津逮秘書》本、《四庫全書》本、《學津討原》本無。

②預先：明刻本、靜嘉堂文庫本、故宮明本作『顯免』，《稗海》本、《津逮秘書》本、《四庫全書》本、《學津討原》本、《筆記小說大觀》本作『顯兒』。

③澆：明刻本、故宮明本、《稗海》本、《筆記小說大觀》本作『燒』。

諸家稱引多將此條一分爲二。《墨客揮犀》卷十《讀〈傳燈錄〉》有此條前半部分，『讀《傳燈錄》』作『借《傳燈錄》讀』，第一個『曰』作『云』，『山堂』作『曹溪』。《續墨客揮犀》卷一《土饅頭》有此條後半部分。

《詩話總龜》前集卷四十《詼諧門上》引此條前半部分，『宿』前無『夜』，『以筆』前無『即』，『窗』後無『間』，『山堂』作『曹溪』。卷四十一《詼諧門下》所引近於後半部分，『梵志』前無『王』，『一人』作『每人』，『魯直曰：既是』作『且爲』，『何緣更知滋味』作『當使誰食之』，『易之曰』作『爲易其後兩句云』，『須先以』作『預先著』，『且圖』作『圖教』。將《冷齋夜話》此條歸入詼諧門，且後半部分所注出處爲《東坡詩話》，與《冷齋夜話》著重點有異。

【注】

〔一〕此爲蘇軾《曹溪夜觀〈傳燈錄〉，燈花落一『僧』字上，口占》，見於《蘇軾詩集》卷四十四，『讀』作『看』。

〔二〕梵志：即王梵志，隋末唐初人，衛州黎陽（河南浚縣）人，白話詩僧。現有《王梵志詩校注》等。

〔三〕此爲王梵志《城外土饅頭》，見於《王梵志詩校注》卷六。《〈冷齋夜話〉考》：『城外土饅頭：東坡評，在《全集》六十七（廿七丈）。』

【箋】

《苕溪漁隱叢話》前集卷五十六《王梵志》近於此條後半部分：『山谷云：「王梵志詩云：『城外土饅頭，餡草在城裏。一人吃一個，莫嫌沒滋味。』已且爲土饅頭，尚誰食之？今改『預先著酒澆，使教有滋味』。」』《詩話總龜》後集卷四十三《釋氏門一》所引與此相近，僅無『山谷云：王梵志詩云』。

燈錄是禪門創造性文獻，亦是禪學思想主流載體，與儒家著述有相互啟迪之處，故而廣受宋代讀書人熱捧。燈錄中僧人以詩說禪可謂風靡影附，而詩人引述燈錄爲典故亦比比皆是，亦儒釋交融之明證。近藤元粹評蘇軾詩曰：『奇語銜吻出，果是大才。』

詩當作不經人①語

盛學士次仲〔一〕、孔舍人平仲〔二〕同在館中，雪夜論詩。平仲曰：『當作不經人道語。』曰：『斜拖闕角龍千丈，澹抹墻腰月半稜。』〔三〕坐客皆稱絕。次仲曰：『句甚佳，惜其未大。』乃曰：『看來天地不知夜，飛入園林總是春。』〔四〕平仲乃服其工。

【校】

① 人：《螢雪軒叢書》本後增『道』。《續墨客揮犀》卷二《作不經人道語》亦有此條，『澹』作『潛』，『未』作『不』。《詩話總龜》前集卷十四《警句門下》全引此條，『盛』後無『學士』，『孔』後無『舍人』，『丈』作『尺』，無『坐客皆稱絕』，『甚佳』前無『句』，後無『惜』，『服』後無『其工』。《苕溪漁隱叢話》前集卷二十九《六一居士上》全引此條，『盛』後無『學士』，『孔』後無『舍人』，『絕』前增『奇』，『句』前增『此』。《詩人玉屑》卷六《造語·作不經人道語》所引與此相同。

【注】

〔一〕盛次仲：《宋詩紀事小傳補正》：『開封人，嘉祐六年（一〇六一）進士（李燾《〈續資治通鑒〉長編》三百八十小注）。元豐元年（一〇七八）知慈溪縣，不畏强御，究心民事，吏奉法而民懷惠。元祐元年（一〇八六）同知樞密院安燾舉堪館閣之選（《長編》三百八十），十二月召試中選，改校書郎（三百九十三），累官集賢校理（四百十九）、秘閣校理（劉攽《彭城集》）。元符元年（一〇九八）大理少卿（《長編》五百）。』

〔二〕孔平仲：約一〇四六—約一一〇三，字義甫，臨江軍新喻（江西峽江）人，與兄文仲、武仲并稱『三孔』。生平行迹見於《東都事略》卷九十四《孔文仲傳》附《孔平仲傳》、《宋史》卷三百四十四《孔文仲傳》附《孔平仲傳》等，《宋史》卷二百零六《藝文志五》著録《釋裨》（《宋史》本傳作『《繹解稗》』）一卷、《續世説》十二卷、《孔氏雜説》一卷，卷二百零八《藝文志七》著録《詩戲》一卷。現有《清江三孔集》《續世説》《孔氏談苑》《珩璜新論》等。

〔三〕此未見於《清江三孔集》。

〔四〕此爲盛次仲殘句，見於《全宋詩》卷六百八十九。

【箋】

卷二《館中夜談韓退之詩》有『夜談詩』之事，此條則是『雪夜論詩』，宋人風雅，可見一斑，此亦詩話興盛之文化根基。近藤元粹評孔平仲所論曰：『確論。』所謂『不經人道語』，即求新之意，此乃宋代詩學主導思想。評盛次仲殘句曰：『名聯。』盛唐詩有大視野、大氣象與大境界，中唐以來漸向内轉，格局愈見狹促，而重拾盛唐精神，斯亦宋詩再造之精神驅動也。

嶺外梅花

嶺外梅花與中國①異，其花幾類桃花之色，而唇紅香著。東坡詞曰：『玉質那愁瘴霧，冰姿自有仙風。海仙時遣采②芳叢，倒挂綠毛幺鳳。

素面常嫌粉涴③，洗妝不退唇紅。高情已逐曉雲空，不與梨花同夢。』〔一〕魯直詞曰：『天涯也得江南信，梅破知春近。夜闌風細得香遲，不道曉來開遍、向南枝。

玉簫弄粉人應妒，飄至④眉心住。平生個裏傾杯深，去國十年老盡、少年心。』〔二〕

【校】

① 中國：古活字印本、正保本、寬文本、文化本、《螢雪軒叢書》本作『園中』。

② 采：《津逮秘書》本、《四庫全書》本、《殷禮在斯堂叢書》本作『探』。

③ 涴：故宮明本、《稗海》本、《津逮秘書》本、《學津討原》本、《殷禮在斯堂叢書》本作『浣』。

④ 至：明刻本、故宮明本、《稗海》本、《津逮秘書》本、《四庫全書》本、《學津討原》本、《筆記小說大觀》本、《殷禮在斯堂叢書》本作『到』。

《苕溪漁隱叢話》前集卷四十一《東坡四》引此條前半部分，無『嶺外梅花與中國異，其花幾類桃花之色，而唇紅香著』，『東坡詞曰』作『東坡在惠州，作《梅》詞云』，『質』作『骨』，『姿』作『肌』，『采』作『探』，『涴』作『污』，『夢』後增『時侍兒朝雲新亡，其寓意爲朝雲作也』。

【注】

〔一〕此爲蘇軾《西江月·梅花》，見於《東坡樂府箋》卷二，『質』作『骨』，『采』作『探』。箋注云：『《鷄肋編》：「廣南有綠羽丹觜禽，其大如雀，狀類鸜鵒，栖集皆倒懸於枝上，土人呼爲『倒掛子』。而梅花葉四周皆紅，故有『洗妝』之句。二事皆北人所未知者。」』此爲『嶺外梅花與中國異』之表徵。

〔二〕此爲黄庭堅《虞美人·宜州見梅作》，見於《山谷詞》，『也得』作『也有』，『簫』作『臺』，『人』作『花』，『至』作『到』，『傾』作『願』。箋注云：『此首作於崇寧四年乙酉（一一〇五），時山谷在宜州貶所。』又云：『山谷責授涪州别駕，黔州安置，在宋哲宗紹聖元年（一〇九四）。宋徽宗崇寧二年（一一〇三）被除名，編隸宜州，次年五、六月間至宜州貶所，恰已十年。』此條主旨爲『嶺外梅花』，蘇軾《西江月》作於廣東惠州，宜州爲廣西宜山，就地緣而言，兩詞皆稱於所題。

【箋】

宋詩以正統情懷見長，宋詞則是花間酒前之風緻，故以婉約爲宗，欲獨樹一幟而不甘爲詩餘。兩詞皆作於貶所，借梅花抒懷，衍出别樣人生感悟，寄寓深遠，近於詩而與尋常之詞異也。惠洪亦有類似經歷，或有共鳴之意也。近藤元粹評曰：『檢諸書，二詞并字有小同異。』又曰：『《西江月》

雙調小令，是第一體。』又曰：『《虞美人》雙調小令，是第一體。』由是可窺日人學問細緻處也。

詩忌深刻

黄魯直使余對句，曰：『呵鏡雲遮月。』對曰：『啼妝露著花①。』〔一〕魯直罪余於詩深刻見骨，不務含蓄。余竟不曉此論，當有知之者耳。

【校】

① 著花：明刻本、靜嘉堂文庫本、故宫明本作『美心』。

《墨客揮犀》卷六《詩深刻不如含蓄》亦有此條。

《詩話總龜》前集卷十四《唱和門》全引此條，第一個『魯直』前無『黄』，『者』前無『之』，後無『耳』。

《苕溪漁隱叢話》前集卷五十六《洪覺範》全引此條，第一個『魯直』前無『黄』，無『此論』後文。《詩話總龜》後集卷四十三《釋氏門一》所引與此相近，僅第一個『曰』作『云』。

【注】

〔一〕此兩句未見於《黄庭堅詩集注》與《石門文字禪》。

【箋】

『工而自然』是宋代詩學常規，惠洪亦守之不移，『深刻見骨而不務含蓄』則是『工而未及自然』之意。惠洪『不曉』黄庭堅所論，并非美學旨趣迥異，而有故作此態之嫌。近藤元粹評曰：『余乃左袒於魯直也。』黄庭堅所論乃宋人通識，惠洪詩論亦常及之，焉能不解？

蔡元度生沒高郵

蔡元度焚黄餘杭，舟①次泗洲，病亟。僧伽塔吐光射其舟，萬人瞻仰，中有棺呈露。士大夫知元度不起矣，至高郵而沒。元度生於高郵，而沒於此，異事②。世言元度蓋僧伽侍者木叉之後身，初以爲誕，今乃信然。

【校】

①舟：明刻本、靜嘉堂文庫本、故宫明本作『州』。

②事：明刻本、靜嘉堂文庫本、故宫明本作『一』。『異事』《稗海》本、《津逮秘書》本、《四庫全書》本、《學津討原》本、《筆記小説大觀》本作『亦異耳』。

【箋】

此條所述大抵爲民間迷信而非佛教正解，古人著書，極重開端與結尾，惠洪以此作結，甚可怪也，以其事最新之故耶？抑或後人誤編之故歟？近藤元粹評曰：『妄誕可厭。』此條無關宏旨，亦非詩壇舊事，誠可去也。

天廚禁臠箋注

卷上

秦少游曰：『蘇武、李陵〔一〕之詩，長於高妙；曹植、劉公幹之詩，長於豪逸；陶潛、阮籍之詩，長於沖澹；謝靈運、鮑照之詩，長於峻潔；徐陵、庾信之詩，長於藻麗。而杜子美者，窮高妙之格，極豪逸之氣，包沖澹之趣，兼峻潔之姿，備藻麗之態①，而諸家之作不②及焉。』〔二〕予以謂子美豈可人人求之，亦必兼法③諸家之所長。故唐人工詩者多專門，以是皆名世。專門句法，隨人所去取，然學者不可不知。凡諸格法，畢錄④於此。

【校】

① 態：寬文本作『能』。
② 不：明活字印本、明鈔本後增『能』。
③ 法：明活字印本、明鈔本無。
④ 錄：明活字印本作『祿』。

【注】

〔一〕中國文學史習以蘇武、李陵并稱，但兩人名下之詩實爲後人擬作。

〔二〕此出於秦觀《韓愈論》，見於《淮海集箋注》卷二十二，『而杜子美』作『於是杜子美』，『不及』前增『所』。

【箋】

《杜工部草堂詩話》卷一：『淮海秦少游《韓愈論》曰：「杜子美之於詩，實積衆流之長，適當其時而已。昔蘇武、李陵之詩，長於高妙；曹植、劉公幹之詩，長於豪逸；陶潛、阮籍之詩，長於沖澹；謝靈運、鮑照之詩，長於峻潔；徐陵、庾信之詩，長於藻麗。於是子美者，窮高妙之格，極豪逸之氣，包沖澹之趣，兼峻潔之姿，備藻麗之態，而諸家之作所不及焉。然不集諸家之長，子美亦不能獨至於斯也，豈非適當其時故耶？《孟子》曰：『伯夷，聖之清者也；伊尹，聖之任者也；柳下惠，聖之和者也；孔子，聖之時者也。』孔子之所謂集大成。」嗚呼！子美亦集詩之大成者歟？』《苕溪漁隱叢話》前集有兩處涉及此段，一是卷六《杜少陵一》全引此段前半部分，『曰』作『云』，『子美者』前無『而杜』。二是卷十四引《臨漢隱居詩話》：『元稹作李杜優劣論，先杜而後李，韓愈不以爲然，作詩曰：「李杜文章在，光焰萬丈長。不知群兒愚，何用故謗傷？蚍蜉撼大樹，可笑不自量。」爲微之發也。元稹自謂知老杜矣，其論曰：「上該曹、劉，下薄沈、宋。」至退之則曰：「引手拔鯨牙，舉瓢酌天漿。」夫高至於酌天漿，幽至於拔鯨牙，其思賾深遠宜如何，而詎止於曹、劉、沈、宋此乃批評元稹推舉杜詩力度不够，尚未達到宋人認識高度。

之間邪？』亦見於《詩人玉屑》卷十四《李杜·思賾深遠》。此乃批評元稹推舉杜詩力度不够，尚

《苕溪漁隱叢話》後集卷八《杜子美四》引元稹《唐故工部員外郎杜君墓係銘并序》：『至於子美，所謂上薄風雅，下該沈、宋，古傍蘇、李，氣奮曹、劉，掩顔、謝之孤高，雜徐、庾之流麗，盡得古人之體勢，而兼昔人之所獨專。如使仲尼考鍛其旨要，尚不知貴其多乎哉？苟以其能所不能，無可無不可，則詩人以來，未有如子美者。是時，山東人李白亦以奇文取稱，時人謂之李、杜。余觀其壯浪縱態，擺去拘束，模寫物象，及樂府歌詩，誠亦差肩於子美矣。至若鋪陳終始，排比聲韻，大或千言，次猶數百，詞氣豪邁，而風調清深，屬對律切，而脱棄凡近，則李尚不能歷其藩翰，況堂奥乎？』胡仔按語云：『宋子京作《唐史·杜甫贊》，秦少游作《進論》，皆本元稹之説，意同而詞異耳。子京贊云：「至甫，渾涵汪茫，千匯萬狀，兼古今而有之。他人不足，甫乃厭餘，殘膏剩馥，沾丐後人多矣。故元稹謂詩人以來，未有如子美者。甫又善陳時事，律切精深，至千言不少衰，世號詩史。昌黎韓愈於文章少許可，至歌詩獨推曰：『李、杜文章在，光焰萬丈長。』誠可信云。」少游《進論》云：「杜子美之於詩，實積衆家之長，適當其時而已。昔蘇武、李陵之詩，長於高妙；曹植、劉公幹之詩，長於豪逸；陶潛、阮籍之詩，長於沖澹；謝靈運、鮑照之詩，長於峻潔；徐陵、庾信之詩，長於藻麗，於是杜子美者，窮高妙之格，極豪逸之氣，包沖澹之趣，兼峻潔之姿，備藻麗之態，而諸家之作所不及焉。然不集諸家之長，杜氏亦不能獨至於斯也，豈非適當其時故邪？」』

《冷齋夜話》以記錄詩歌故事爲主，《天廚禁臠》通篇討論詩法，兩者重心有異。惠洪宣稱『凡

諸格法，畢錄於此』，并非全書囊括唐五代以來詩格類著作所有議題，而是北宋詩壇最熱門詩法話題大致無遺。世人常謂唐詩祇是噴薄而出，宋詩歷經反復琢磨，是故詩法必受宋人看重。唐五代詩格雖已蔚爲大觀，但宋人仍有過之而無不及，祇是唐宋詩氣質不同，所論各有側重點而已。其最顯著者在於唐人幾乎未有近乎一致之詩法偶像，諸如尊崇《詩》《騷》祇是舊有傳統，不是唐人特性，而宋人除歐陽修等極個别人以外，推尊杜甫堪稱時代共識。宋代詩話與詩格推舉杜詩名目繁多，著眼點各異，但均祇是爲崇杜之聲添磚加瓦而已，無需繁引。惠洪引秦觀之言，將元稹以來之崇杜聲浪推向無以復加之地步，全書共選杜詩三十八首（不含重復二首），占四分之一，多於蘇軾、黄庭堅與王安石三人總和，并是諸多條目示範詩例，可謂未冠『詩聖』之名而有其實。全書力圖證明杜甫兼備衆體而超越衆人，故而爲古今第一詩人，乃至全書似是圍繞杜詩獨一無二之詩法成就這個主題鋪開，諸多立論均於此相關。此乃全書基調與主體風貌，亦是解讀之關捩點所在。

近體三種頷聯法

《寒食月①》：『無家對寒食，有淚如金波。斫却月中桂，清光應更②多。仳③離放紅蕊，想④像顰青蛾。牛女漫愁思，秋期猶渡河。』〔一〕此杜子美詩也，其法頷聯雖不拘對偶，疑非聲律，然破題引韻已的對矣。謂之偷春格，言如梅花偷春色而先開也。山谷嘗用此法作《茶詞》曰：『烹茶留客駐雕鞍，有人愁遠山。別郎容易見郎難，月斜窗外山。自郎去後憶前歡，畫屏金博山。一杯春露莫留殘，與郎扶玉山。』〔二〕蓋下押四『山』字，上『鞍』『難』『歡』『殘』皆有韻，如是乃知其工也。

《下第》：『下第惟空囊，如何住帝鄉。杏園啼百舌，誰醉在花旁。淚落故山遠，病來春草長。知音逢豈易，孤棹⑤負三湘。』〔三〕此賈島詩也，頷聯亦無對偶，然是十字敘一事，而意貫上二句，及景聯方對偶分⑥明。謂之蜂腰格，言若已斷而復續也。

《吊僧》：『幾思聞靜話，夜雨對禪床。未得重相見，秋燈照影堂。孤雲終負約，薄宦⑦轉堪傷。夢繞長松塔，遙焚一炷香。』〔四〕此鄭谷詩也，頷聯與破題便作隔句對，若施之於賦，則曰『幾思靜⑧話，對夜雨之禪床；未得重逢，照秋燈之影室⑨』也。

【校】

① 月：明活字印本前增『對』，明鈔本前增『月』。

② 應更：原本作『更應』，據明活字印本、明鈔本改。

③ 仳：明鈔本作『枇』。

④ 想：明鈔本、寬文本作『相』。

⑤ 棹：原本作『草』，據明活字印本、明鈔本改。
⑥ 分：原本作『公』，據明活字印本、明鈔本改。
⑦ 宧：原本作『官』，據明活字印本、明鈔本改。
⑧ 靜：明活字印本、明鈔本作『共』。
⑨ 室：寬文本作『堂』。

《詩人玉屑》卷二《詩體下·偷春體》先引『偷春體』定義，後引杜詩，『破題』後無『引韻』。《蜂腰體》先引『蜂腰體』定義，後引賈島詩。《隔句體》先引『隔句體』定義，後引鄭谷詩，『頷聯與破題』作『破題與頷聯』，『之影室』作『於影室』，『塔』作『榻』。《詩林廣記》前集卷八鄭谷《吊僧》『塔』作『榻』，下引此條結尾部分，『頷聯與破題』作『破題與頷聯』，『之影室』作『於影室』。然則所注出處爲《詩話》，非是。

【注】

〔一〕此爲杜甫《一百五日夜對月》，見於《杜詩詳注》卷四，標題下注云：『此至德二載（七五七）寒食時，公在長安作也。《杜臆》：詩題不云寒食對月，而云一百五日，蓋公以去年冬至棄妻出門，今計其日，見離家已久也。《荆楚歲時記》：「去冬至一百五日，即有疾風甚雨，謂之寒食。」注：據曆，合在清明前二日。』『斫却』下注『顧陶本作折盡』，『顰』下注『舊作嚬，非』，『青蛾』下注

『晉作娥，非』。又云：『此詩，人驚其出語之奇，不知其布局之整。』又云：『《夢溪筆談》：「此詩次聯不拘對偶，疑非律體，然起二句明係對舉，謂之偷春格，如梅花偷春色而先開也。」羅大經曰：「太白詩：『劃却君山好，平鋪湘水流。』子美詩：『斫却月中桂，清光應更多。』二公所以爲詩人冠冕者，胸襟闊大故也，此皆自然流出，不假安排。」』又云：『此詩一二對起，三四散承，用偷春格也，初唐人常有之。』

〔二〕此爲黄庭堅《阮郎歸·效福唐獨木橋體作茶詞》，見於《山谷詞》，『自郎』作『歸』。關於題目，箋注云：『清萬樹《詞律》卷四：「黄山谷此詞全用『山』字爲韻，辛棄疾作《柳梢青》詞全用『難』字爲韻，注云：『福唐體即獨木橋體也。』并謂：『其源出於《楚辭》，今南北曲亦演之。』」清沈雄《古今詞話·詞品》上卷：「騷體即福唐也。」』以是觀之，此體源於《楚辭》，又名獨木橋體，標志爲韻脚全用同一個字，黄庭堅詞即是代表作。

〔三〕此爲賈島《下第》，見於《長江集新校》卷三，『惟』作『祇』。

〔四〕此爲鄭谷《谷自亂離（一作罹亂）之後，在西蜀半紀之餘，多寓止精舍，與圓昉上人爲淨侶，昉公於長松山舊齋嘗約他日訪，會勞生多故，游宦數年，曩契未諧，忽聞謝世，愴吟四韻以吊之》，見於《鄭谷詩集箋注》卷一，『幾』作『每』。

【箋】

《詩林廣記》有蔡正孫按語云：『此亦前輩所謂扇對法也。胡苕溪有云：「律詩有扇對格，第一與第三句對，第二與第四句對。如杜少陵《哭臺州司戶蘇少監》詩云：『得罪臺州去，時危棄碩儒。移官蓬閣後，穀貴歿潛夫。』東坡《和鬱孤臺》詩云：『邂逅陪車馬，尋芳謝朓洲。淒涼望鄉國，得句仲宣樓。』又唐人絕句亦用此格，云：『去年花下留連飲，暖日夭桃鶯亂啼。今日江邊容易別，淡煙衰草馬頻嘶。』此類是也。」』

每種獨立文學體裁均自有內在法度，古詩除句式整齊、押韻等底線要素以外，重視詩意多勝於詩法，畢竟詩歌本質是『吟詠情性』。當然，詩歌形式亦不斷演進，至律詩而臻於極致，《元稹集校注》卷五十六《唐故工部員外郎杜君墓係銘并序》：『沈、宋之流，研練精切，穩順聲勢，謂之爲律詩。由是而後，文變之體極焉。』意謂律詩是詩歌形式至高點與終結者。此後無非兩途，或是衍出『詩餘』這種新形式，或是維持律詩體制而略微變動個別細節。尤需注意者是，盛唐詩雖有不合格律之作，此源於法度尚未完備之故，可謂『無心之失』，但中唐以來爲新變而刻意爲之，甚至漸成潮流，便有目的與境界高下之別。

細微調整律詩體制常被稱作拗體，主要有拗律與拗句兩類，拗律是指交換平仄而使音調反常，拗句是指改變句法而使文氣反常。拗體往往被上溯至杜甫，但其祇是偶爾爲之，方回《瀛奎律髓》卷二十五：『拗字詩在老杜集七言律詩中謂之吴體，老杜七言律一百五十九首而此體凡十九出，不止句中拗一字，往往神出鬼沒，雖拗字甚多而骨格愈峻峭。』或因杜詩小試牛刀而有『神出鬼沒』『骨骼峻峭』之奇效，給後人以實踐範本與想象空間。韓愈雖别出心裁，亦未以拗體爲常。惟宋人光大這種思路，使之成爲宋詩主流特色，惠洪所論正是時代風潮之梳理與總結。

本來，律詩頷聯需用對偶，但宋人時常故意變化，此條列舉三種典型方法：一是將對偶從頷聯移至首聯，二是通過與首聯詩意相續而替代對偶，三是隔句對。詩例雖均出自唐人，但宋人用重新命名之方法將拗體合法化，既是爲杜詩此類作品正名，亦爲宋詩創變提供理論依據，使其師出有名，不再位列偏格。當然，隔句對是唐五代詩格常見概念，上官儀《筆札華梁·屬對》：『隔句對者，第一句與第三句對，第二句與第四句對，如此之類，名爲隔句對。詩曰：「昨夜越溪難，含悲赴上蘭。今朝逾嶺易，抱笑人長安。」又曰：「相思復相憶，夜夜淚沾衣。空悲亦空嘆，朝朝君未歸。」』亦見於佚名《文筆式·屬對》、舊題魏文帝《詩格·八對》等。景淳《詩評·隔句對格》：『詩曰：「昔去候溫涼，秋山滿院香。今來從辟命，春物遍岑陽。」』詩例不同而旨歸一致。舊題白居易《金針詩格·詩有扇對格》：『第一句對第三句，第二句對第四句。』舊題梅堯臣《續金針詩格·詩有扇對》：『第一與第三句對，第二與第四句對，如詩曰：「去年花下留連飲，暖日夭桃鶯亂啼。今日江邊容易別，淡煙衰草馬頻嘶。」謂之扇對。』名字與詩例均有變而實質未變。

四種琢句法

近體詩以聲律爲標準，每錙銖而較之，蓋其法嚴甚。然妙意欲達，而爲詞①語所礙則奈何？曰：有假借之法。

《月中桂》：『根非生下土，葉不墜秋風。』〔一〕《贈隱者》：『五峰寒不下，萬木幾經秋②。』《月中桂》，省題詩〔二〕也。二詩皆以『秋』對『下』，蓋『夏③』字之同聲也。

《山行》：『因尋樵子徑，偶到葛洪家。』〔三〕《游山寺》：『殘春紅藥④在，終日子規啼。』〔四〕此以『子』對『洪⑤』，又以⑥『紅』對『子』，皆假其色⑦也。

《宿柏巖》：『閑聽一夜雨，更對柏巖僧。』《移居》：『住山今十載，明日又遷居。』此以『一夜』對『柏岩』，又以『十』對『遷』，假千⑧百之數耳。

《宿西林寺》：『聽雨寒更盡，開門落葉深。』《登樓晚望》：『微陽下喬木，遠燒入秋山。』此⑨唐僧無可詩也，退之所稱『島、可』，島謂賈島也。此句法最有奇趣，然譬⑩之嚼蟹螯，不能多得。一夜蕭蕭，謂必雨也，及曉乃落葉⑪也，其境清⑫絕可知。方遠望，謂斜陽自喬木而下，乃是遠燒入山，其遠可知矣。

【校】

① 詞：寬文本作『詩』。
② 秋：明鈔本缺。
③ 夏：明活字印本、明鈔本作『下』，寬文本後無『字』。

④藥：寬文本作『葉』。

⑤洪：明活字印本作『紅』。

⑥以：寬文本無。

⑦色：寬文本作『聲』。

⑧千：明鈔本作『十』。

⑨此：明活字印本後增『詩』。

⑩譬：明鈔本作『臂』。

⑪落葉：明活字印本、明鈔本作『葉落』。

⑫清：明活字印本、明鈔本無。

《苕溪漁隱叢話》前集卷二十三《借對》引此條，無『近體詩』至『假借之法』，無『《月中桂》』『《贈隱者》』，『五峰寒』作『五峰高』，無『《月中桂》，省題詩也，二詩皆』，『以秋對下』作『以下對秋』，『之同聲』作『聲同』，無『《山行》』『《游山寺》』，『藥』作『葉』，『以子』前無『此』，『以紅』前無『又』，無『《宿柏岩》』『《移居》』，『此以一夜對柏岩』作『以一對柏』，後無『又』，『千百之數耳』作『其數也』，無後文。

【注】

〔一〕此爲張喬《試月中桂》，見於《全唐詩》卷六百三十八。

〔二〕省題詩：指唐宋時期進士參加省試時按尚書省所出題目而作之詩。《中山詩話》：『自唐以來，試進士詩，號省題。』

〔三〕此爲盧綸《過樓觀李尊師》（一作《過李尊師院》），見於《全唐詩》卷二百七十九，『因尋』作『寧知』，『偶』作『得』。《蔡寬夫詩話》將其歸入崔峒名下，恐非是。

〔四〕『終日子規啼』出於杜甫《子規》，見於《杜詩詳注》卷十四。賈島《寄武功姚主薄》有『捲簾黃葉落，鎖印子規啼』之句，見於《長江集新校》卷四。

【箋】

《苕溪漁隱叢話》前集卷二十三《借對》又引《蔡寬夫詩話》：『詩家有假對，本非用意，蓋造語適到，因以用之。若杜子美「本無丹竈術，那免白頭翁」，韓退之「眼穿長訝雙魚斷，耳熱何辭數爵頻」，借「丹」對「白」，借「爵」對「魚」，皆偶然相值，立意下句，初不在此，而晚唐諸人，遂立以爲格。賈島「捲簾黃葉落，開戶子規啼」，崔峒「因尋樵子徑，得到葛洪家」爲例，以爲假對勝的對，謂之高手，所謂癡人面前不得說夢也。』顯然是批評《天廚禁臠》所論。《詩人玉屑》卷七《屬對・借對》所引同於《苕溪漁隱叢話》。

若是格律與詩意發生矛盾，該如何協調？此條提出四種假借之法：假聲、假色、假數、假意。前三種實爲一類，即利用同音異形字而花開兩朵各表一枝，於實際層面維護原有詩意，於虛應層面構造合律假象，以此各得其所。其實，唐五代詩格已有不少這類討論，元兢《詩髓腦·對屬》：『聲對者，若「曉路」「秋霜」，「路」是道路，與「霜」非對，以其與「露」同聲故。』崔融《唐朝新定詩格·九對》：『聲對者，謂字義俱別，聲作對是。詩曰：「彤騶初驚路，白簡未含霜。」「路」是途路，聲即與「露」同，故將以對「霜」……』舊題李嶠《評詩格·詩有九對》：『聲對，謂字義別，聲名對也。詩曰：「疏蟬韻高柳，密蔦掛深松。」』景淳《詩評》更近此條，《假色對格》：『詩曰：「因游樵子徑，得到葛洪家。」又詩：「捲簾黃葉落，鎖印子規啼。」』《假數對格》：『詩曰：「白首爲遷客，青山繞萬州。」又詩：「白地一回雨，兒孫拾得金。」』以及《象外句格》（見於《冷齋夜話》卷六《比物以意而不指言某物謂之象外句》）。惟第四種頗爲不同，且與《冷齋夜話》和《天廚禁臠》所言『影略句法』有異曲同工之妙，即不是直接表達，而是借此意寫彼意，不僅有含蓄之致，亦『有奇趣』，實現詩法與詩意水乳交融，乃創作至高境界。以是觀之，前三種方法并不難得，第四種方見高手妙筆。

江左體

《題省中院壁》：『掖垣竹埤梧十尋，洞門對雪常陰陰。落花游絲白日靜，鳴鳩乳燕青春深。腐儒衰晚謬通①籍，退食遲回違寸心。衮職曾無一字補，許身愧比雙南金。』〔一〕無《卜居》：『浣花流水水西頭，主人爲卜林塘幽。已知出郭②少塵事，更有澄江銷客愁。無數蜻蜓齊上下，一雙③鸂鶒時沉浮。東行萬里堪乘興④，須向山陰上小舟。』〔二〕《巴嶺答杜二見憶》：『臥向巴山落月時，兩鄉千里夢相思。可但步兵偏愛酒，也知光祿最能詩。江頭赤葉楓愁客，籬外黄花菊對誰。跛⑤馬望君非一度，冷猿秋雁不勝悲。』〔三〕前二詩子美作，後一詩嚴武作。皆⑥於引韻便⑦失粘，既失粘，則若不拘聲律，然其對偶特⑧精到，謂之『骨含蘇、李體』。魯直作《落星寺》詩乃是法之，曰：『星宫游空⑨何時落，落地便化⑩爲寶坊。詩人晝吟山入座，醉客夜愕江撼床。蜜⑪房各自開戶牖，蟻穴或夢封侯王。不知青雲梯幾級，更挂瘦藤游⑫上方。』〔四〕

【校】

① 通：原本作『逼』，據明活字印本、明鈔本、寬文本改。

② 郭：明活字印本、明鈔本作『廓』。

③ 雙：明活字印本、明鈔本作『隻』。

④ 興：原本作『輿』，據明鈔本改。

⑤ 跛：寬文本作『跨』。

⑥ 皆：寬文本無。

⑦ 便：明活字印本、明鈔本作『更』。

⑧ 特：寬文本作『時』。

⑨ 空：原本作『宮』，據明活字印本、明鈔本改。

⑩ 落地便化：明活字印本、明鈔本作『著地亦化』。

⑪ 蜜：明活字印本、明鈔本作『蜂』。

⑫ 游：明活字印本作『尋』。

《詩人玉屑》卷二《詩體下·江左體》先引『江左體』定義，後引杜甫《卜居》，『精到』作『特精』，後無『則』。

【注】

〔一〕此爲杜甫《題省中壁》，見於《杜詩詳注》卷六，『雪』作『霤』，下注『舊作雪，《（杜詩）正異》定作霤』。注云：『杜定功曰：「對霤」作「對雪」，此傳寫之誤耳。左思《吴都賦》：「玉堂對霤，石室相距。」是詩有落花游絲、鳴鳩乳燕，此時不宜有雪。《禮記注》：「堂前有承霤。」《説文》：「霤，屋水流也。」僞蘇注引山谷云：「唐省中青壁畫雪。」此不足信。』又云：『杜公夔州七律有間用拗體者，王右仲謂皆失意遣懷之作，今觀《題壁》一章，亦用此體，在將去諫院之前，知王説良是。王世懋云：「七律之有拗體，即詩中之變風、變雅也。」說正相合。』

〔二〕此爲杜甫《卜居》，見於《杜詩詳注》卷九，『流』作『溪』，下注『一作之，一作流』，『山陰上』作『山陰入』，下注『一作上』。

〔三〕此爲嚴武《巴嶺答杜二見憶》，見於《全唐詩》卷二百六十一，『跋』作『跂』。

〔四〕此爲黄庭堅《題落星寺四首》其一，見於史容《山谷外集詩注》卷八，『落地便化』作『著地亦化』，『戶牖』作『牖戶』，『拄』作『借』，『游』作『尋』。標題下注云：『山谷真迹，前二首題云《題落星寺》，第三首題云《題落星寺嵐漪軒》，第四首題云《往與道純醉臥嵐漪軒，夜半取燭題壁間》。又有蜀本石刻，前一首題云《落星寺僧請題詩》，而首句作「游空天衆有賈墜」，又「畫吟」作「晝倚」，「江撼床」作「波撼床」，「蜜房」作「蜂房」，「牖戶」作「戶牖」，「青雲梯幾級」作「虛空更幾級」，「瘦藤」作「一藤」，而第四首石刻題作《醉書落星寺壁，時與劉道純同飲，二僧在焉》。四詩非同時作，後人類聚於此，故詩語有重復，不可指其歲月。』『星宮游空何時落』句下注云：『《寰宇記》：「落星石在江州廬山東，周回一百五步，高丈許。」』『著地亦化爲寶坊』句下注云：『落星寺在彭蠡湖中。』以是觀之，落星寺位於江西九江，或因落星石而得名，黄庭堅爲此作詩，所書被刻於石上，四川另有石刻版本，足見流傳之廣。

【箋】

粘與對是律詩基本構造法，失粘是指上聯對句與下聯出句平仄相反，此爲律詩大忌。儘管律體完全確立之前這類作品并不少見，但此後則被視作詩病。宋人顯然是故意爲之，惠洪釋之爲以對補粘，即通過『對偶精到』紓解失粘之病。粘與對雖可謂律詩兩大支柱，地位對等，但這種互補之法仍顯牽强。至於命名『江左體』，或是取自南朝文學重視對偶之意，但與《金針詩格》和《續金針詩格》所言『詩有齊梁格』所指完全不同。命名『骨含蘇、李體』則不知何據，因爲托名蘇武、李陵之詩雖有對偶，但并不以此見長，或許衹是借重蘇、李詩而增添此體之合法性而已。

含蓄法

《登岷山》：『荒山秋日午，獨上①意悠悠。如何望鄉處，西北是融州。』〔一〕《渡桑乾》：『客舍并州已十霜，歸心日夜憶咸陽。無端更渡桑乾水，却望并州是故鄉。』〔二〕《山驛有作》：『策杖馳山驛，逢人問梓州。長江那可到，行客替生愁。』〔三〕此三詩，前一柳子厚②作，後二賈島作。子厚客洛陽，融州蓋嶺外也。桑乾遠極③幽燕，并關河東，望咸陽爲西南。長江縣④在梓州⑤之西。前輩多誦此詩，少游嘗自題《桑乾》詩於扇上。此所謂含⑥蓄法。

【校】

①上：明鈔本作『生』。

②厚：明活字印本、明鈔本無。

③桑乾遠極：明活字印本、明鈔本無。

④縣：明活字印本作『州』，明鈔本無。

⑤州：明活字印本無。

⑥含：明鈔本作『寒』。

【注】

〔一〕此爲柳宗元《登柳州峨山》，見於《柳宗元集》卷四十二。

〔二〕此爲賈島《渡桑乾》，見於《長江集新校》卷九，已見《冷齋夜話》卷四《賈島詩》。一說爲劉皂《旅次朔方》，見於《全唐詩》卷四百七十二，『已』作『數』，『是』作『似』。然則《全唐詩》卷五百七十四亦歸入賈島名下，題爲《渡桑乾》。

〔三〕此爲賈島《寄令狐相公》（一作《赴長江道中》），見於《長江集新校》卷三，已見《冷齋夜話》卷四《賈島詩》。

【箋】

《冷齋夜話》亦以賈島兩詩爲『影略句』之例，以此觀之，『影略』側重表現手法，含蓄側重藝術境界，兩者可謂異名而同體。當然，凡事過猶不及，含蓄與隔往往是差之毫釐謬以千里，若將詩歌變成類似字謎之文字游戲，則有違暢情達意爲先之詩學主旨矣。《誠齋詩話》：『有嘲巧宦而事反拙者：「當初只謂將勤補，到底翻爲弄巧成。」此尤可笑。』此爲藏尾詩，以兩個成語同藏『拙』字而成，但這不是含蓄，而是玩弄文字之惡俗習氣，毫無詩意可言也。

用事法①

《雙竹》：『饑殘夷叔風姿瘦，泣盡娥英粉淚乾。』《酴醾花》：『露濕何郎試湯餅，日烘荀令炷爐香。』《雙竹》，僧惠津②詩。《酴醾》，山谷作也。以伯夷、叔齊，娥、英二女比其清癯有淚爲絕好。酴醾花美而有韻，不③以女子④比之，而⑤以二美丈夫比之爲工也，然淵材又以謂不如『雨過溫泉浴妃子，露濃湯餅試何郎』，亦兼用美丈夫也。

【校】

①用事法：寬文本無。

②津：寬文本作『律』。

③而有韻，不：明活字印本、明鈔本無。

④女子：明活字印本、明鈔本前增『二』。

⑤而：明活字印本、明鈔本作『又不如』。

【箋】

《冷齋夜話》卷四《詩比美女美丈夫》亦有類似説法，除文字表述有所不同以外，敘述口吻亦有差異，《冷齋夜話》是以惠洪語氣評論黄庭堅與彭淵材之作，《天廚禁臠》則增加『以謂不如』而插入彭淵材態度。惟兩書意旨并無二致，皆是力求用典推陳出新，乃至以突破舊説爲妙。其實，用典優劣并存，支持與反對者俱能找到對應理論與作品，但唐詩之後言創新則難以繞開，宋詩甚至有某種程度依賴性。當然，宋人亦極力尋找既有創意又能規避其固有弱點之用典方式，使之成爲鑄就宋詩特色之具體途徑。

就句對法

《贈僧》：『往往語復默，微微雨灑松。』〔一〕又：『水邊林下何時去，薄宦[1]虛名欺得人。』〔二〕前賈島詩[2]，後司空曙所作。『往往』不可對『微微』，『去』字不可對『人』字，乃是就[3]一句以作對，以『語』對『默』，以『雨』對『松』，以『水邊』對『林下』，以『薄宦』對『虛名』也[4]。

【校】

① 宦：原本作『官』，據明活字印本改。下同。
② 前賈島詩：明活字印本、明鈔本作『前詩賈島作』。
③ 就：明活字印本、明鈔本作『詩』。
④ 也：明鈔本無。

【注】

〔一〕此爲賈島《淨業寺與前鄠縣李廓少府同宿》，見於《長江集新校》卷七。

〔二〕此未見於《司空曙詩集校注》。

【箋】

此條所言句内自對，未見於唐五代詩格，或是宋人新變。其實，理論之意義在於總結經驗教訓以備來者，既言對偶，則事關上下兩句而非單句之内，縱然所對不工，若詩意可觀，亦未足深病；若强立新名以自解，則未必有益於詩也。

十字對句法

《梅》：『前村深雪裏，昨夜一枝開。』〔一〕《别所知》：『相看臨遠水，獨自上孤舟。』〔二〕前對齊己作，後對鄭谷作。皆以①十字敘一事，而對偶分明。

【校】

① 以：明活字印本、明鈔本無。

【注】

〔一〕此爲齊己《早梅》，見於《齊己詩集校注》卷六。

〔二〕此爲鄭谷《别同志》，見於《鄭谷詩集箋注》卷一。

【箋】

此條所述或本於唐五代詩格，《金針詩格·詩有四格》：『一曰十字句格，二曰十四字句格。』其實，『十字句』即五言詩，『十四字句』即七言詩，而突出『十字』與『十四字』，意在强調一聯之内意脈相承。舊題賈島《二南密旨·論南北二宗例古今正體》所述更爲明確具體：『南宗一句含理，北宗二句顯意……北宗例，如《毛詩》云：「我心匪石，不可轉也。」此體今人宗爲十字句，對或不對。如左太沖詩：「吾希段干木，偃息藩魏君。」如盧綸詩：「誰知樵子徑，得到葛洪家。」此皆宗北宗之體也。』援引禪宗南北宗概念詮釋中國詩史雖不免牽强，但用以分析詩歌類型則能見出實相，因爲『一句含理』與『二句顯意』於詩法與詩意俱有顯著區别。『十字句』與『十四字句』本質在於『二句顯意』，即兩句合述一事，不可分割，故而對偶缺席成爲可能。當然，諸家各有側重，王叡《炙轂子詩格·兩句一意體》：『詩云：「如何百年内，不見一人閑。」此二句雖屬對，而十字血脈相連。』意在强調兩句間内在關聯，而將對偶置於次要位置。景淳《詩評》則區分兩種不同情況：一是以詩意關聯居於對偶之先，《十字句格》：『詩曰：「一年惟一夕，長恐有雲生。」又詩：「杏園啼百舌，誰醉在花旁。」又詩：「長因送人處，記得別家時。」』二是以對偶居於詩意關聯之先，《十字對格》：『詩曰：「未有一夜夢，不歸千里家。」又詩：「空將未歸信，說向欲行人。」又詩：「往往語復默，微微雨灑松。」』此處亦引『往往語復默，微微雨灑松』，結合前兩例來看，此例似同樣未被歸爲『句内自對』，與『就句對法』提法有異。縱觀詩學史，此條所論顯然嚴於唐五代詩格，因爲『血脈相連』與『對偶分明』被并列爲相等條件，可能既是宋人創變所需，亦是宋詩更爲精緻之内在動因也。《韻語陽秋》卷一：『梅聖俞五字律詩，於對聯中十字作一意處甚多……詩家謂之「十字格」，今人用此格者殊少也。老杜亦時有此格，《放船詩》云：「直愁騎馬滑，故作泛舟回。」《對雨》云：「不愁巴道路，恐濕漢旌旗。」《江月》云：「天邊長作客，老去一霑巾。」』

十字句法

『如何青草裏，亦有白頭翁。』〔一〕又：『夜來乘好月，信步上西樓。』〔二〕前對李太白詩，後對司空曙詩。既①已言十字對句②矣，此又言十字句，何以異哉？曰：『青草裏』不可對『白頭翁』，『夜來』不可對『信步』，以其是一意，完全渾成，故謂之十字句。其法但可於頷聯用之，如於景聯用，則當曰『可憐蒼耳子，解伴③白頭翁』爲工也。

【校】

① 既：明活字印本無。

② 句：明活字印本、明鈔本無。

③ 伴：明鈔本作『作』。

【注】

〔一〕此爲李白《見野草中有曰白頭翁者》，見於《李太白全集》卷二十四。

〔二〕此未見於《司空曙詩集校注》。

【箋】

此條可謂『十字對句法』擴展版，亦即景淳《詩評》所列第一種情況。此條單列并非多餘，因『十字對句法』對偶有兩面性，雖使形式臻於完善，但詩意關聯亦被部分消解。當然，詩意關聯於『十字對句法』可因對偶紐結而得到額外彌補，於『十字句法』則因無所倚仗而爲生命所係，因爲并非任意兩句均可，否則便無需立此名目，故而此條要義在於『完全渾成一意』。以是論之，祇有詩意主導與詩法助力兩種情況合規，詩法主導則被排除在外，這説明唐宋詩學固然重視詩法，以期『文質彬彬，盡善盡美』（《隋書》卷七十六《文學傳序》），但仍時刻提防形式主義之弊，以免重蹈六朝覆轍。另外，將『十字句法』使用範圍限定於頷聯，説明頸聯需用對偶是底線，宋人創變祇是適度改良而已。

其實，『完全渾成一意』亦可上溯至唐五代詩格，舊題王昌齡《詩格》卷上《論文意》：『古文格高，一句見意，則「股肱良哉」是也。其次兩句見意，則「關關雎鳩，在河之洲」是也。其次古詩，四句見意，則「青青陵上柏，磊磊澗中石。人生天地間，忽如遠行客」是也。又劉公幹詩云：「青青陵上松，飂飂谷中風。風弦一何盛，松枝一何勁。」此詩從首至尾，惟論一事，以此不如古人也。』舊題王昌齡《詩中密旨·句有三例》亦有類似説法。《二南密旨》立場無二，同樣以『一句見意』爲上，『兩句見意』次之，『四句見意』爲下，因爲詩歌最爲精緻，力求以最簡潔語句傳達最深遠意境，乃至兩者反差越大則越佳。《天廚禁臠》所列『十字』與『十四字』句法均屬『兩句見意』，居於中間位置，縱使『完全渾成』，仍非最佳選擇。若是兩句分别見意而又相互關聯，再以對偶配之，方爲上善也。

十四字對句法

『自攜瓶去沽①村酒，却著衫來作主人。』〔一〕又：『却從城裏攜琴去，誰②到山中寄藥來。』〔二〕前對王操〔三〕詩，後對清塞〔四〕詩。皆翛然有出塵之姿，無險阻之態。以十四字敘一事，如人信手斫木，方圓一一中規矩。其法亦宜頷聯用之也。

【校】

① 沾：原本作『沾』，據明活字印本、明鈔本、寬文本改。

② 誰：明活字印本、明鈔本作『許』。

【注】

〔一〕此實爲黄庭堅《寄清、新二禪師頌》，見於《黄庭堅全集》别集卷三，『却』作『幻』。

〔二〕此實爲賈島《送胡道士》，見於《長江集新校》卷九，『攜』作『移』，『隨』作『許』。

〔三〕王操：字正美，北宋前期人。江南處士，後獻頌得官。生平行跡見於《宋詩紀事》卷四等。

〔四〕清塞：即周賀，字南卿，河南洛陽人。早年爲僧，與賈島、無可齊名。生平行跡見於《唐摭言》卷十、《唐詩紀事》卷七十六、《唐才子傳》卷六等，《新唐書》卷六十《藝文志四》著録《周賀詩》一卷。現有《周賀詩集》。

【箋】

《詩人玉屑》卷三《唐人句法·自然》未引此條而引《送胡道士》，『誰』作『許』，所注出處無誤。將賈島詩列爲自然天成之範例，與《天廚禁臠》側重點不同而旨歸無二。

此條所述詩法與適用範圍同於前兩條，但另補三者共同美學理想，即『翛然有出塵之姿，無險阻之態』『如人信手斫木，方圓一一中規矩』，亦自然天成之意。以是觀之，詩格雖偏重技法，但主導思想并未偏離中國詩學主流，由技進乎道早已成通識矣。

詩有四種勢

寒松病枝　芙蓉出水①　轉石千仞　賢鄙同笑②

《巳師③茅齋》：『江④蓮搖白羽，天棘蔓青絲。』《山寺》：『麝香眠石竹，鸜鵒啄金桃。』〔一〕《九日》：『竹葉與⑤人既無分，菊花從此不須開。』〔二〕《闗山道中》：『野店初嘗竹葉酒，天寒正⑥落豆楷灰。』〔三〕前三對子美詩，後一對東坡詩。『麝香』，小鹿⑦子也⑧。『石竹』，野花之微弱叢，薄薄而纖短者。其事隱而相濫，故注其詩者曰：麝香，鹿也。天棘，柳也。青絲、白羽⑨，比物⑩也。竹葉，酒名也。江蓮⑪、黃菊，皆稱體⑫之名，世所共識，而對以異名，則是句法之病。雖是病，然施之於『寒松格』，則不害爲好。『豆楷灰』，比雪也。此所謂『寒松病枝』，唐晝公名之。

《山居》：『風定花猶落，鳥鳴山更幽。』《雨過》：『涼生初過雨，靜極忽歸僧。』〔四〕《游康王觀》：『棋聲深院静，幡影石壇高。』〔五〕前對舒王集句，次僧保暹〔六〕作，後司空曙所作。讀之自然，令人愛悅，不假人言，然後爲貴也。此謂『芙蓉出水』，晉謝靈運名之⑬。

《華清宮》：『雷霆施號令，星斗煥文章。』〔七〕《懷古》：『經來白馬寺，僧到赤烏年。』〔八〕前杜牧之詩，後靈徹〔九〕詩。言天子之事，以『號令』比『雷霆』，必當以『文章』比『星斗』，其勢不如此不能止其詞也。東漢西國僧以白⑭馬負經至洛陽〔十〕，而吴赤烏〔十一〕年中，康僧會始領僧二⑮十餘⑯員到⑰建業。此所謂『轉石千仞』，譬如以石自千仞岡上而下，不到地⑱不止。此歐陽公名之。

《宮怨》：『昔爲芙蓉花，今作斷腸草，以色事於⑲人，能得幾時好。』《春日曲江》：『朝回日日典春衣，每日江頭盡醉歸。酒債尋常行處有，人生七十古來稀。穿花蛺蝶深深見，點水蜻蜓款款飛。傳語風⑳光共流轉㉑，暫時相賞莫相違。』〔十二〕《與子由別和其詩》：『別期漸近不堪聞，風雨蕭蕭正斷魂。猶勝相逢不相識，形容變盡語音存。』〔十三〕

《龍山雨中》：『山行三日雨沾衣，幕阜峰前對落暉。野水自添田水滿，晴鳩却喚雨鳩歸。靈源大士人天眼，雙塔老師諸佛機。白髮蒼顏重到此，問君還見㉒昔人非。』〔十四〕《宫怨》，李太白作。《春日》，杜子美作。《别子由》，東坡作。《龍山雨中》，山谷作。『斷腸草』，其花美好，亦名芙蓉。〔十五〕『尋常』，七尺爲尋，八尺爲常。形容去㉓盡，但識㉔其音聲㉕，見東漢《黨錮傳》夏㉖馥言兄弟也〔十六〕。鳩見雨即逐其婦，晴即㉗呼其婦，以喻君怒其臣即逐之，怒㉘息即詔其歸爾。此謂『賢鄙同笑』，謂其賢愚讀之，皆意解而愛敬之也。以賢者知其用事所從出，而愚者不知，不知猶爲好也。此秦少游名之。

【校】

① 芙蓉出水：明鈔本無。
② 笑：明活字印本、明鈔本作『嘯』。下同。
③ 師：明活字印本、明鈔本作『公』。
④ 江：寬文本作『泥』。下同。
⑤ 與：明活字印本、明鈔本作『於』。
⑥ 天寒正：明活字印本、明鈔本作『江雲欲』。
⑦ 鹿：原本作『鳥』，據明活字印本、明鈔本改。

⑧ 也：明鈔本作『野』。

⑨ 白羽：明活字印本、明鈔本無。

⑩ 物：明活字印本、明鈔本作『柳』。

⑪ 江蓮：明活字印本、明鈔本後增『白羽』。

⑫ 體：明活字印本、明鈔本後增『物』。

⑬『此謂』二句：明鈔本無。

⑭ 白：明鈔本作『日』。

⑮ 二：明鈔本作『一』。

⑯ 餘：寬文本作『四』。

⑰ 到：明活字印本、明鈔本作『至』。

⑱ 到地：明活字印本、明鈔本作『至地』，寬文本後增『而』。

⑲ 於：明活字印本、明鈔本作『它』。

⑳ 風：明活字印本、明鈔本作『春』。

㉑ 轉：原本作『傳』，據明活字印本、明鈔本改。

㉒ 見：明活字印本、明鈔本作『是』。

㉓ 去：明活字印本、明鈔本作『變』。

㉔ 識：明活字印本作『譏』。

㉕ 音聲：明活字印本、明鈔本後增『存耳』。

㉖ 夏：明活字印本、明鈔本作『韓』。

㉗ 即：明活字印本、明鈔本作『則』。

㉘ 怒：明鈔本作『恕』。

【注】

〔一〕此爲杜甫《山寺》，見於《杜詩詳注》卷七。

〔二〕此爲杜甫《九日五首》其一，見於《杜詩詳注》卷二十，『與人』作『於人』，注云：『張衡《七辯》：「玄酒白醴，葡萄竹葉。」張華《輕薄篇》：「蒼梧竹葉青，宜城九醞酒。」洙曰：竹葉，酒名也。』

〔三〕此爲蘇軾《岐亭道上見梅花，戲贈季常》，見於《蘇軾詩集》卷二十一，『天寒正落豆稭灰』作『江雲欲落豆稭灰』。『野店初嘗竹葉酒』句下注云：『施注：《文選》張景陽《七命注》云：「竹葉青，宜城九醞酒也。」』『江雲欲落豆稭灰』句下注云：『施注：《文酒清話》：「王勉秀才《上吉水縣大夫雪詩》：『上天燒下豆稭灰，烏李須教做白梅。』」』

〔四〕此爲保暹《秋徑》，見於《全宋詩》卷一百二十五。

〔五〕此實爲司空圖殘句，見於《司空表聖詩文集箋校》附録一，『深』作『花』。

〔六〕保暹：字希白，浙江金華人。宋初九僧之一，有《處囊訣》一卷。生平行跡見於吴師道

《敬鄉録》卷十四等，《宋史》卷二百零八《藝文志七》著録《僧保暹集》二卷。現有《宋九僧詩》等。

〔七〕此爲杜牧《華清宫三十韻》，見於《杜牧集繫年校注》卷二，『施』作『馳』。

〔八〕《全唐詩續補遺》卷三引《劉賓客文集》卷十九《澈上人文集紀》，收爲劉禹錫《芙蓉園新寺》殘句。

〔九〕靈澈：约七四九—八一六，越州會稽（浙江紹興）人。詩僧，生平行跡見於《劉禹錫集》卷十九《澈上人文集紀》、《宋高僧傳》卷十五《唐會稽雲門寺靈澈傳》等。

〔十〕關於『白馬馱經』之説，《後漢書》卷八十八《西域傳》有漢明帝夢見金人之事，《弘明集》卷一《牟子理惑論》第二十一章、《佛説四十二章經》卷首附《佛教西來玄化應運略録》、《高僧傳》卷一《漢洛陽白馬寺攝摩騰》與《漢洛陽白馬寺竺法蘭》等敷衍其事而成此説，流傳甚廣而未必全是事實。

〔十一〕赤烏：三國吴孫權第四個年號，二三八—二五一。

〔十二〕此爲杜甫《曲江二首》其二，見於《杜詩詳注》卷六，『見』下注『一作舞』，『款款』下注『一作緩緩』。注云：『孔融詩：「歸家酒債多，門客粲成行。」舊注：孫權之叔濟，嗜酒不治産業，嘗曰：「尋常行坐處，欠人酒債，欲質此縕袍償之。」考《吴志》初無此事。《韓非子》：「布帛尋常，庸人不釋。鑠金百鎰，盜蹠不搏。」《淮南子》：「尋常之溪，灌千頃之澤。」《賈誼傳》：「彼尋常之污瀆兮。」皆與數目相對。鶴注：應劭曰：「八尺曰尋，倍尋曰常。」故對七十，然《江南逢李龜年》

詩「岐王宅裏尋常見，崔九堂前幾度聞」，又未嘗拘以數對矣。」關於「尋常」數目，似與此條有異。

〔十三〕此爲蘇軾《子由將赴南都，與余會宿於逍遥堂，作兩絶句，讀之殆不可爲懷，因和其詩以自解。余觀子由，自少曠達，天資近道，又得至人養生長年之訣，而余亦竊聞其一二。以爲今者宦游相别之日淺，而異時退休相從之日長，既以自解，且以慰子由云》其一，見於《蘇軾詩集》卷十五，「正」作「已」。後兩句亦爲《冷齋夜話》卷四《詩言其用不言其名》所引。

〔十四〕此爲黄庭堅《自巴陵略平江、臨湘，入通城，無日不雨，至黄龍奉謁清禪師，繼而晚晴，邂逅禪客戴道純，款語，作長句呈道純》，見於任淵《山谷詩集注》卷十六，「三日」作「十日」，「大夫」作「大士」，「還見」作「還是」。「幕阜峰前對落暉」句下注云：「幕阜即黄龍山之别峰，《輿地廣記》曰：『在洪州武寧縣。』」黄龍山實爲幕阜山之部分，位於黄庭堅家鄉江西修水，似未見簡稱爲「龍山」之説，而且此詩作於久雨晚晴之時，非在雨中，故有「晴鳩却唤雨鳩歸」之句。「靈源大士人天眼，雙塔老師諸佛機」句下注云：「惟清禪師自號靈源叟，即雙塔之法嗣。初，晦堂祖心禪師得法於黄龍山惠南，南死，塔於山中，其後心亦葬南公塔東，號雙塔，事具洪覺範《僧寶傳》。山谷嘗參問晦堂，爲之塔銘，其於靈源，待以師友，嘗與徐師川書曰：『平生所見士大夫，人品未有出此公之右者。』《傳燈錄》：『靈樹如敏禪師書一帖云：「人天眼目，堂中上座。」』蓋謂雲門文偃和尚也。」南禪宗五家七宗之中，惠南開創臨濟宗黄龍派，弟子祖心，再傳弟子靈源惟清，而文偃開創雲門宗，從任淵注可知，黄庭堅與黄龍派淵源頗深，但并不排斥其他宗派。「晴鳩却唤雨鳩歸」句下引歐陽修《鳴鳩》：「天雨止，鳩呼婦歸鳴且喜。」

〔十五〕此亦見於《冷齋夜話》卷一《詩本出處》。

〔十六〕此出於《後漢書》卷六十七《黨錮傳·夏馥傳》。

【箋】

《苕溪漁隱叢話》前集卷五十六《靈澈》引《雪浪齋日記》云：『靈徹詩，僧中第一，如「海月生殘夜，江春入暮年」（《全唐詩》卷一百十五收王灣《次北固山下》：「海日生殘夜，江春入舊年。」又卷八百一十據《雪浪齋日記》收靈澈殘句「海月生殘夜，江春入暮年。」）「窗風枯硯水，山雨慢琴弦」，「經來白馬寺，僧到赤烏年」，前輩評此詩云：「轉石下千仞江。」』《天廚禁臠》所言爲『轉石千仞，譬如以石自千仞岡上而下，不到地而不止』，與『轉石下千仞江』稍異。

《詩人玉屑》有兩處與杜甫《九日五首》（其一）相關，一是卷二《詩體上》引爲『借對』詩例，『與人』作『於人』。二是卷七《屬對·陵陽謂對偶不必拘繩墨》：『嘗與公論對偶，如「剛腸欺竹葉，衰鬢怯菱花」，以鏡名對酒名，雖爲親切，至如杜子美云：「竹葉於人既無分，菊花從此不須開。」直以菊花對竹葉，便蕭散不爲繩墨所窘。』另外，卷二十《禪林·靈徹》所引近於《苕溪漁隱叢話》前集，惟無『經來白馬寺，僧到赤烏年』一聯，如是則『轉石千仞』評論對象已變，非是。

『勢』是自書法理論進入文學批評之範疇，《文心雕龍·定勢》以專篇解析，於概念界定與原理闡釋諸方面，爲體勢理論奠定基調：『夫情致異區，文變殊術，莫不因情立體，即體成勢也。勢者，乘利而爲制也。如機發矢直，澗曲湍回，自然之趣也。圓者規體，其勢也自轉；方者矩形，其勢也自安：文章體勢，如斯而已。』换言之，體勢是個虚性概念，取决於情思與體裁等實性内容，且以出於自然爲上。後世所論，莫不本此。

唐宋詩格從技法層面申而論之，舊題王昌齡《詩格》卷上《十七勢》細緻區分體勢不同類型：『直把入作勢，都商量入作勢，直樹一句，第二句入作勢；直樹兩句，第三句入作勢；直樹三句，第四句入作勢；比興入作勢；謎比勢；下句拂上句勢；感興勢；含思落句勢；相分明勢；一句中分勢；一句直比勢；生殺回薄勢；理入景勢；景入理勢；心期落句勢。』亦見於《文鏡秘府論》地卷《十七勢》，大致可見這個概念運用之廣。又《詩格》卷上《論文意》：『高手作勢，一句更別起意，其次兩句起意。意如湧煙，從地升天，向後漸高漸高，不可階上也。下手下句弱於上句，不看向背，不立意宗，皆不堪也。』卷下《詩有五用例》：『用事不如用字，用字不如用形，用形不如用氣，用氣不如用勢，用勢不如用神。』《詩有語勢三》：『好勢、通勢、爛勢。』

《詩式》堪稱唐五代詩格之中軸，其以《明勢》開篇，宏觀論述體勢關乎風格類型與意境高下：『高手述作，如登荊、巫，覿三湘、鄢、郢山川之盛，縈回盤礴，千變萬態。文體開闔作用之勢。或極天高峙，崒焉不群，氣騰勢飛，合遝相屬。奇勢在工。或修江耿耿，萬里無波，欻出高深重復之狀。奇勢互發。古今逸格，皆造其極妙矣。』受皎然及禪學影響，體勢成爲唐五代詩格核心命題之一，《風騷旨格·詩有十勢》：『獅子反擲勢、猛虎踞林勢、丹鳳銜珠勢、毒龍顧尾勢、孤雁失群勢、洪河側掌勢、龍鳳交吟勢、猛虎投澗勢、龍潛巨浸勢、鯨吞巨海勢。』神彧《詩格·論詩勢》、徐夤《雅道機要·明勢含升降》所列，名目或有不同，意義大約接近。這些概念過於文學化，闡釋空間巨大，以致具體内涵衆説紛紜，莫衷一是，理論公信力與可操作性均有所稀釋。

惠洪沿襲這種理論風氣，但專注於以體勢解析句法。『寒松病枝』出自《詩式》卷一《品藻》：『脱若思來景遏，其勢中斷，亦須如寒松病枝，風擺半折。』李壯鷹認爲：『此處皎然所謂「思來景遏，其勢中斷」者，是指詩人在抒寫情思時，中間突然插入寫景之句，遏斷其文勢，故使文意似不貫屬。』惠洪認爲意謂皎然著眼於文意與文氣連貫性，而惠洪轉向異名之對，雖與體勢有關，終究更爲微觀。惠洪認爲『賢鄙同笑』出自秦觀，今則未詳。這個概念意在説明有些詞語雖屬常見，實則典有所出，内涵豐富，可闡釋性較强，即使僅知表面意義，亦無損於理解作品，著眼點仍在微觀詞義。歸結而言，『寒松病枝』爲打破常規法則，『芙蓉出水』爲臻於自然天成，『轉石千仞』爲形成流暢表述，『賢鄙同笑』爲含有多重意藴，與其説是四種體勢，不如説是句法構建原則及美學追求。不難看出，與前人宏觀視野不同，惠洪側重從詞語層面理解體勢，細緻但易流於瑣碎。

詩分三種趣

奇趣　天趣　勝趣

《田家》：『高原耕種罷，牽犢負薪歸。深夜一爐火，渾家身上衣。』〔一〕江淹《效淵明體》：『日暮巾柴車，路暗光已夕。歸人望煙火，稚子候簷隙。』此二詩脱去翰①墨痕跡，讀之令人想見其處，此謂之奇趣也。

《宫詞》：『白髮宫娥②不解悲，滿頭猶自插花枝。曾緣玉貌君王寵，准擬人看似舊時。』〔二〕《大③林寺》：『人間四月芳④菲盡，山寺桃花始盛開。長恨春歸無覓處，不知轉入此中來。』〔三〕此二詩，前乃杜牧之作，後乃⑤白樂天作。其詞語如水流花開，不假工力，此謂之天趣。天趣⑥者，自然之趣耳。

《東林寺作⑦》：『昔爲東掖垣中客，今作西方社裏人。手把楊枝臨水坐，閑思往事似前身。』〔四〕《長安道中》：『鏡中白髮悲來慣，衣上塵痕拂轉難。惆悵江湖釣魚手，却遮西⑧日望長安。』〔五〕前詩白樂天作，後詩杜牧之作。吐詞氣宛在事物之外，殆所謂勝趣也。

【校】

① 翰：明鈔本作『幹』。

② 娥：原本作『蛾』，寛文本作『娃』，據明活字印本改。

③ 大：寛文本作『丈』。

④ 芳：明活字印本、明鈔本作『芬』。

⑤ 乃：明活字印本、明鈔本無。
⑥ 天趣：寬文本無。
⑦ 作：寬文本無。
⑧ 西：明鈔本作『昔』。

【注】

〔一〕此爲劉昭禹《田家》，見於《全唐詩續拾》卷四十九。

〔二〕此實爲劉得仁《悲老宮人》，見於《全唐詩》卷五百四十五，『娥』作『娃』。

〔三〕此爲白居易《大林寺桃花》，見於《白居易詩集校注》卷十六。

〔四〕此爲白居易《臨水坐》，見於《白居易詩集校注》卷十六，『裏』作『内』。

〔五〕此爲杜牧《途中一絕》，見於《杜牧集繫年校注》卷四，『白』作『絲』，『轉』作『漸』，『魚』作『竿』。

【箋】

詩歌本質是吟詠情性，所謂真情性，是指基於超越性而獲得個性體驗，詩歌高下常取決於如何平衡超越性與個性間矛盾衝突，此亦詩趣根柢所在，無關乎作品内容是愉悦抑或感傷。然則諸家釋『趣』不盡相同，《詩中密旨·詩有三得》：『得趣，謂理得其趣，咏物如合砌，爲之上也。詩曰：「五里徘徊鶴，三聲斷續猿。如何俱失路，相對泣離樽」是也。』「咏物如合砌」意指語言與意境相向而行以形成合力。《冷齋夜話》卷五《柳詩有奇趣》則相反，「反常合道爲趣」，意指通過詩歌内部諸種張力得到出人意表效果。此條將「趣」細分爲三種，奇趣指意境超越語言之後所呈現獨特性，天趣指語言超越自我之後所達到境界，勝趣指意境超越語言之後所形成「復調」。是故奇趣指向終極内涵，天趣指向美學理想，勝趣指向多重意藴，這些恰恰是決定詩歌藝術水準乃至事關詩歌成敗之三大支柱。惠洪切脈有方，惟理論闡釋過於單薄，此爲詩話與詩格之通病，更是中國文論需向西方學習重視邏輯推演之處也。

錯綜句法

《秋興》：『紅稻啄殘鸚鵡粒①，碧梧棲老鳳凰枝。』〔一〕又：『繰成白雪桑重綠，割盡黃雲稻正青。』又：『林下聽經秋苑鹿②，江③邊掃葉夕陽僧。』〔二〕前子美作，次舒王作，次鄭谷作。然是三種錯綜，以事不錯綜則不成文章。若平直敘之，則曰『鸚鵡啄殘紅稻粒，鳳凰棲老碧梧枝』，而以『紅稻』於上，以『鳳凰』於下者，錯綜之也。言『繰成』則知白雪爲絲，言『割盡』則知黃雲爲麥也。秦少游得其意，時發奇語，其作④《睡足軒》則曰：『長年憂患百端慵，開斥⑤僧坊頗有功。地撤蔽虧僧界靜，人除荒穢玉奩空。青天并入揮毫裏，白鳥時來隱几中。最是人間佳絕處，夢殘風鐵響丁東。』〔三〕

【校】

① 粒：原本作『顆』，據明活字印本、明鈔本改。下同。

② 鹿：明活字印本、明鈔本作『綠』。

③ 江：寬文本作『溪』。

④ 其作：寬文本無。

⑤ 斥：寬文本作『付』。

【注】

〔一〕此爲杜甫《秋興八首》其八，見於《杜詩詳注》卷十七，『紅稻』作『香稻』，下注『《草堂》作「紅稻」』。

《詩人玉屑》卷三《句法·錯綜句法》全引此條，『秋興』作『老杜云』，『又』分別作『舒王云』與『鄭谷云』，無『前子美作，次舒王作，次鄭谷作，然是三種錯綜』，『以紅稻』前無『而』。然則所注出處爲《冷齋夜話》，非是。《詩林廣記》後集卷八秦觀《睡足軒》所引近於《詩人玉屑》，連誤注出處亦同，僅『秋興』作『老杜詩云』，第一個『又』作『荊公云』，『溪邊』未變，『直』前無『平』。

堂》本作紅豆，一作紅稻，一作紅飯』，『殘』下注『一作餘』。注云：『《唐解》：趙注以香稻一聯爲倒裝法，詩意本謂香稻則鸚鵡啄餘之粒，碧梧乃鳳凰栖老之枝，蓋舉鸚、鳳以形容二物之美，非實事也。若云「鸚鵡啄餘香稻粒，鳳凰栖老碧梧枝」，則實有鳳凰、鸚鵡矣。』又云：『錢箋：沈括《筆談》及洪興祖《楚辭補注》并作「紅豆啄餘鸚鵡粒」，當以《草堂》本爲正。』

〔二〕此爲鄭谷《慈恩寺偶題》，見於《鄭谷詩集箋注》卷三。

〔三〕此爲秦觀《睡足軒二首》其一，見於《淮海集箋注》卷七，『靜』作『淨』，『來』作『興』。

【箋】

《夢溪筆談·藝文一》：『韓退之集中《羅池神碑銘》有「春與猿吟兮，秋與鶴飛」，今驗石刻，乃「春與猿吟兮，秋鶴與飛」。古人多用此格，如《楚詞》：「吉日兮辰良。」又「蕙肴蒸兮蘭藉，奠桂酒兮椒漿。」蓋欲相錯成文，則語勢矯健耳。杜子美詩：「紅飯啄餘鸚鵡粒，碧梧栖老鳳凰枝。」此亦語反而意全。韓退之《雪》詩：「舞鏡鸞窺沼，行天馬度橋。」亦效此體，然稍牽强，不若前人之語渾成也。』既追溯源流，又品評高下。

《漫叟詩話》：『前人評杜詩云：「紅豆啄殘鸚鵡粒，碧梧栖老鳳凰枝。」若云「鸚鵡啄殘紅豆粒，鳳凰栖老碧梧枝」，便不是好句。』

《蔡寬夫詩話》：『詩語大忌用工太過，蓋煉句勝則意必不足，語工而意不足，則格力必弱，此自然之埋也。「紅稻啄餘鸚鵡粒，碧梧栖老鳳凰枝」，可謂精切，而在其集中，本非佳處，不若「暫止飛鳥將數子，頻來語燕定新巢」爲天然自在。』既肯定此聯之妙，又有所保留，雖足稱佳句，但仍未至於自然天成之最高境界。

《詩話總龜》前集卷五《評論門一》未引此條而評述杜詩：『杜子美詩云：「紅豆啄餘鸚鵡粒，碧梧栖老鳳凰枝。」此語反而意奇。退之詩云：「舞鑒鸞窺沼，行天馬度橋。」亦效此體。』《杜工部草堂詩話》卷二引《古今詩話》近於《詩話總龜》，僅『杜子美』作『老杜』，『豆』作『飯』，『效』作『仿』。

《杜工部草堂詩話》卷二：『王彥輔《麈史》曰：「子美善用故事及常語，多倒其句而用之，蓋如此則語峻而體健。如『露從今夜白』『月是故鄉明』之類是也。」』『錯綜句法』是實現拗體常見方式，亦即通過詞語錯位使文氣看似受阻，實則打破原有格局，從而獲得出其不意藝術效果。宋代詩學主流崇尚瘦硬峻峭，與這種句法甚爲相契，故而受到宋人大力追捧。宋代詩話相關論述不少，惠洪別出心裁爲其命名，有助於增添影響力。

折腰步句法

《宿山中①》：『幽人自愛山中宿，更近葛洪丹井西。庭前有個長松樹，半夜②子規來上啼。』〔一〕《南園》：『花枝③草蔓眼前開，小白長紅越女腮。可憐日暮④嫣然態⑤，嫁與春風不用媒。』〔二〕《送蜀僧》：『却從江夏尋僧晏，又向東坡别巳公。當時半破峨嵋月，還在平羌江水中。』〔三〕前詩韋應物作，次李長吉作，又次東坡作。雖中失粘而意不斷也。

【校】

① 山中：明活字印本、明鈔本作『中山』。
② 半夜：明活字印本、明鈔本作『夜半』。
③ 枝：原本作『株』，據明活字印本、明鈔本改。
④ 暮：明鈔本作『慕』。
⑤ 嫣然態：明活字印本作『嫣香落』，明鈔本作『嫣杳落』。

【注】

〔一〕此實爲朱放《山中聽子規》，見於《全唐詩》卷三百十五，『更』作『又』，『庭前』作『窗中』。亦作《顧況詩注》卷四《山中》，『幽』作『野』，『自愛』作『愛向』，『更近』作『況在』。《全唐詩》卷二百六十七又歸入顧況名下，『幽』作『野』，『自愛』作『愛向』，『更近』作『況在』。

〔二〕此爲李賀《南園十三首》其一，見於《李賀詩歌集注》卷一，『眼前』作『眼中』，『嫣然態』作『嫣香落』。

〔三〕此爲蘇軾《送海印禪師偈并引》，見於《蘇軾文集》卷二十二，『却從江夏尋僧晏，又向東坡別巳公』作『直從巴峽逢僧宴，道到東坡別紀公』。序云：『海印禪師紀公，將赴峨嵋，往別太子少保趙公於三衢。公以三詩贈行，而禪師復枉道過軾於齊安，亦求一偈。公以元臣大老功成而歸，某以非才竊祿得罪而去，禪師道眼，了無分別。乃知法界海惠，照了萬殊，大小縱横，不相留礙。請以此偈附於三詩之末。元豐四年（一〇八一）九月十五日。』詳述寫作時間、地點、緣由及蘇軾禪學觀念。

【箋】

《詩人玉屑》卷二《詩體下·折腰體》名目相同而詩例不同：『謂中失粘而意不斷。「渭城朝雨浥輕塵，客舍青青柳色新。勸君更盡一杯酒，西出陽關無故人。」』

關於失粘解決之道，卷上《江左體》主張强化對偶，此條主張用詩意穿度。這固然有詩意常優先於詩法爲依據，祇是如此一來，難免會違背『一句見意爲上』之詩意原則，削弱全詩藝術表現力。所謂『兩害相權取其輕』，此在詩人筆力與取捨也。

絕弦句法

《寄遠》：『燕鴻去後湖天暖，欲寄知音問水居。十①歲弄竿今八十，錦鱗吞鈎②不吞書。』《送道士》：『歲暮抱琴何處去，洛陽三十六峰西。生平不識先生面，不得一聽烏夜啼。』〔一〕前詩僧謙作，後詩賈島作。其詩語似斷絕而意存，如弦絕而意終在。

【校】

① 十：明活字印本、明鈔本作『七』。

② 鈎：寬文本作『鉤』。

《詩人玉屑》卷二《詩體下・絕弦體》先引『絕弦體』定義，後引僧謙詩，『語』前無『詩』，『斷絕』作『斷弦』，『在』後增『也』，『十歲』作『七歲』。

【注】

〔一〕此爲賈島《送張道者》，見於《長江集新校》卷十，『歲暮』作『新歲』，『生平不識』作『生來未識』。

【箋】

言意關係是從哲學進入詩學之理論範疇，從表面上看，『絕弦句法』是『言不盡意』之詩學呈現，即語言有限性無法完全匹配詩意無窮性。其實，宋人是主動利用兩者間落差以聚集詩歌內部動能，在句子間造就詩勢，從而以奇制勝。這雖是劍走偏鋒，不能作爲常態，但不失爲有根柢之方法。

影略句法

《落葉》：『返蟻難尋穴，歸禽易見窠。滿廊僧不厭，一個俗嫌多。』《柳》：『半煙半雨村橋畔，間杏間桃山路中。會得離人無限①意，千絲萬絮惹②春風。』〔一〕前詩劉義作，後詩鄭谷作。賦落葉而未嘗及凋零飄墜之意，賦③柳而未嘗及裊裊弄日垂風〔二〕之意，然自然知是落葉，知是柳也。

【校】

① 限：明活字印本作『恨』。

② 惹：明鈔本作『若』。

③ 賦：明活字印本、明鈔本作『題』。

【注】

〔一〕此爲鄭谷《柳》，見於《鄭谷詩集箋注》卷二，『村』作『江』，『間』皆作『映』。

〔二〕王安石《南浦》有『弄日鵝黄裊裊垂』之句，見於《王荊公詩注》卷四十。

【箋】

《苕溪漁隱叢話》前集卷五十五《宋朝雜記下》未引此條而有胡仔評論：『劉義《落葉》詩云：「返蟻難尋穴，歸禽易見窠。滿廊僧不厭，一片俗嫌多。」鄭谷《柳》詩云：「半煙半雨溪橋畔，間杏間桃山路中。會得離人無限意，千絲萬絮惹春風。」或戲謂此二詩乃落葉及柳謎子，觀者試一思之，方知其善謔也。』

《詩人玉屑》卷三《句法·影略句法》引此條劉義詩例：『鄭谷咏落葉，未嘗及凋零飄墜之意，人一見之，自然知爲落葉。詩曰：「返蟻難尋穴，歸禽易見窠。滿廊僧不厭，一個俗嫌多。」』然則將此詩歸入鄭谷名下，所注出處爲《冷齋夜話》，均非是。

《詩林廣記》前集卷七《賈浪（閬）仙》《赴長江道中》下引《古今詩話》云：『鄭谷有《咏落葉》詩云：「返蟻難尋穴，歸禽易見窠。滿廊僧不厭，一個俗嫌多。」未嘗及凋零飄墜之意，人一見之，自然知爲落葉，亦影略句法也。』引詩作者與所注出處亦均誤。

『影略』這個新概念亦見於《冷齋夜話》卷四《賈島詩》，優點是易得含蓄之境，缺點是稍有不慎則變味爲猜謎，而詩歌畢竟以暢情達意爲先。宋人精研詩法以圖創新，而詩法作爲外在形式，本無所謂好壞，惟在詩人運用得當與否。是故宋詩流弊，在於末流不學，而非詩法本身之過也。

卷中

比物句法

《書事》：『輕陰閣小雨，深院晝①慵開。坐看蒼苔色，欲上人衣來。』〔一〕又：『若耶溪上踏②莓苔，興盡張帆載酒回。汀草岸花渾不見，青山無數逐人來。』〔二〕前詩王維作，後詩舒王作。兩詩皆含其不盡之意，子由謂③之不帶聲色。

【校】

① 晝：明鈔本作『畫』。
② 踏：寬文本作『蹈』。
③ 謂：明鈔本作『詩』。

《詩人玉屑》卷六《命意·不帶聲色》全引此條，『《書事》』作『王維《書事》云』，『又』

作「舒王云」，無「前詩王維作，後詩舒王作」，「含」後無「其」。

【注】

〔一〕此爲王維《書事》，見於《王右丞集箋注》卷十五。

〔二〕此爲王安石《若耶溪歸興》，見於《王荊公詩注》卷四十四，「興盡」作「興罷」。

【箋】

《詩林廣記》前集卷五王維《書事》所引，將兩詩從并列關係變成主次關係：「此詩含不盡之意，子由謂之「不帶聲色」者也。王荊公亦有絶句，詩意頗相類。」《冷齋夜話》卷四《詩句含蓄》從句、意、句意兩兼三個層級細分「含蓄」，就藝術水準而言，三者顯然是遞進關係。「比物句法」是指將詩意蘊藏於所借助事物之中而非直接表述，此亦「不帶聲色」之意。此句法因有多重意蘊而「含其不盡之意」，故與含蓄天然貼近。從所舉詩例來看，似均已至「句意俱含蓄」境界，由是亦可反證「比物句法」藝術魅力。或亦可謂此雖爲宋人偏愛，但深契中國詩學主流理想。

造語法

如沙如草，皆衆人所用；山間林下，寂寞之濱，所與之游處者，牛羊鷗鳥耳，而舒王造①而爲語曰：『坐分黄犢草，臥占白鷗沙。』〔一〕其筆力高妙，殆若天成。凡貧賤則語言不爲人所敬信，歲寒不變則無如松竹，山谷則造而爲語曰：『語言少味無阿堵，冰雪相看有此君。』其語便韻②。

【校】

① 造：明鈔本作『作』。

② 韻：明活字印本、明鈔本作『鍵』。

《苕溪漁隱叢話》前集卷三十六《半山老人四》全引此條，『如沙如草，皆衆人所用』作『沙草則衆人所謂水邊林下之物』，無『山間林下，寂寞之濱』，『舒王』作『荊公』，『坐』作『眠』，『臥』作『坐』，『歲寒』後無『不變』，『山谷則』作『魯直』。《詩人玉屑》卷六《造語·筆力高妙》所引近於《苕溪漁隱叢話》，僅『與』後無『之』。

《詩人玉屑》卷十五《玉川子·山中絕句》、《詩林廣記》前集卷八盧玉川《山中》均引《苕溪漁隱叢話》後集。《詩林廣記》所附王介甫《小舫》下引此條前半部分，近於《苕溪漁隱叢話》前集，僅『爲』後增『語曰』，『白鷗沙』後增『之語』。

【注】

〔一〕此爲王安石《題舫子》，見於《王荊公詩注》卷四十，『坐』作『眠』，『臥』作『坐』。注云：『苕溪漁隱曰：「盧綸（當爲仝）《山中絕句》云：『陽坡草軟厚如織，因與鹿麛相伴眠。』介甫祇用五字，道盡此兩句，如云『眠分黃犢草』，豈不簡而妙乎？」』所引見於《苕溪漁隱叢話》後集卷十一《玉川子》，『介甫』前增『王』字，『祇用』作『止用』，『如云』作『詩云』。

【箋】

《陳輔之詩話》：『楚老（一作荊公）云：「世間好言語，已被老杜道盡；世間俗言語，已被樂天道盡。」然李贄皇云：「譬之清風明月，四時常有而光景常新。」又似不乏也。』此乃中唐以來詩人切身感受尤爲强烈之悖論，一則典範作品內容與形式均已臻於極致，創變之途顯得極爲狹窄；一則縱使面對相同情境，個體興致與詩思仍有獨特之處，故而不應人云亦云。問題在於，個性化詩意需用不落俗套之語言落實，而詩人藝術表現力是否足以支撐？稍有不足則會陷入『方其搦翰，氣倍辭前；暨乎篇成，半折心始』（《文心雕龍注·神思》）之魔咒。『造語法』實爲用常見語言與意象重新組合出不同尋常之詩意，化腐朽爲神奇。以是觀之，創新亦有高下之分，下者一味以奇異炫人耳目，上者則能從淤泥中開出蓮花。況且求異亦自有界限，越界則與自然天成背道而馳；於平常中見出新意，方是詩人才華與筆力之最佳呈現也。

賦題法

『若不得流水，還應過別山』〔一〕者，題野燒也。『嚴霜百草白，深院一株青』〔二〕者，題小松也。前人以爲工，但是題其意爾，非能狀其體態也。如子美題雨則曰『紫崖奔①處黑，白鳥去邊明』〔三〕，樂天賦琵琶則曰『銀瓶忽破水漿迸，鐵騎突出刀槍鳴』〔四〕，又曰『四弦一聲如裂帛』〔五〕，此皆能曲盡萬物之情狀。若雨、若音聲，其不可把玩如石火電光，非人之才力能攬②取之，然此但得其情狀，非能寫其不傳之妙哉。如山谷《題蘆雁圖》則妙絕，曰：『惠崇煙雨蘆③雁，坐我瀟湘洞④庭。欲喚扁舟歸去，旁人謂是丹青。』〔六〕

【校】

① 奔：原本作『陰』，據明活字印本、明鈔本改。

② 攬：明活字印本作『攪』。

③ 蘆：明活字印本、明鈔本作『歸』。

④ 洞：明活字印本、明鈔本無。

【注】

〔一〕《全宋詩》收爲如淨（一一六三—一二二八）《偈誦三十八首》其三十一，但惠洪不可能錄如淨之詩，此處存疑。

〔二〕此爲齊己《小松》，見於《齊己詩集校注》卷三。

〔三〕此爲杜甫《雨四首》其一，見於《杜詩詳注》卷二十。注云：『顧注謂雲奔之處，紫崖便黑；雲去之邊，白鳥還明。奔去，指雲，作倒裝句。』

〔四〕〔五〕此爲白居易《琵琶行》，見於《白居易詩集校注》卷十二，『忽』作『乍』。

〔六〕此爲黄庭堅《題鄭防畫夾五首》其一，見於任淵《山谷詩集注》卷七，『蘆雁』作『歸雁』，『旁人謂是』作『故人言是』。注云：『王介甫詩：「畫史紛紛何足數，惠崇晚出吾最許。旱雲六月漲林莽，移我倏然墮洲渚。」老杜《山水障歌》曰：「悄然坐我天姥下，耳邊已似聞春猿。」柳渾詩曰：「汀州采白蘋，日落江南春。洞庭有歸客，瀟湘逢故人。」』所引王安石《純甫出僧惠崇畫要予作詩》與杜甫《奉先劉少府新畫山水障歌》均與繪畫有關，王詩尤近黄詩，俱是高度贊賞惠崇畫作。惟《題蘆雁圖》作者向來有兩説，校勘記云：『《東坡續集》亦收此詩，題作《惠崇蘆雁》。坡集「歸」作「蘆」，「喚」作「買」，「言」作「云」。按：《宋文鑒》卷二十六收此詩，以爲黄作，清人查慎行據此判爲《東坡續集》誤收。』今人多從此説，惠洪所引或可爲另一證據。

【箋】

《滹南詩話》卷下：『詩人之語，詭譎寄意，固無不可，然至於太過，亦其病也。山谷《題惠崇畫圖》云：「欲放扁舟歸去，主人云是丹青。」使主人不告，當遂不知？王子端《叢臺絶句》云：「猛拍闌干問興廢，野花啼鳥不應人。」若應人，可是怪事。《竹莊詩話》載法具一聯云：「半生客裏無窮恨，告訴梅花説到明。」不知何消得如此！昨日酒間偶談及之，客皆絶倒也。』雖是戲謔之言，但確有糾偏之效。

關於寫景狀物之法，諸家於意境層面理論認識似乎并無分歧，具體至技術層面却見高低。《六一詩話》主張自然含蓄爲寫景通則：『必能狀難寫之景，如在目前；含不盡之意，見於言外，然後爲至矣。』『如在目前』即是自然，『見於言外』即是含蓄。至於完成路徑，則是『作者得於心，覽者會以意，殆難指陳以言也』，是故祇有舉例而無細節分析。此條可謂部分彌補這種缺憾，將其技術性解析爲三個遞進層次：概述其意、曲盡情狀、直擊妙處，分類清晰且有可操作性。由是亦可反觀意境主要以妙意、獨特性、細節諸因素爲支柱，等於將以往籠統而論之概念細化，有助於深化詩學認識乃至付諸實踐。

用事補綴法

《南華會蘇伯固》：『扁舟震澤定何時，滿眼廬山覺又非。芳草池塘惠連夢，上林鴻雁子卿歸。口香知是曹溪水，眼淨同看古佛衣。不向南華問消息，此生何處是真依。』〔一〕《猩猩筆》：『好飲醉魂在，能言機事疏。平生幾量屐，身後五車書。物色看王會，勳勞在石渠。一毫能濟世，端用謝楊朱。』〔二〕前東坡詩①，後山谷詩。《漢書》：『武②帝射雁，得③蘇武書。』〔三〕無『鴻』字，東坡添『鴻』字，故改『春草池塘』爲『芳草池塘④』。阮孚言：『人生能著幾量屐⑤。』〔四〕魯直以下句非全句，故改『人生』爲⑥『平生』也。若以『春草』對『上林』，以『人生』對『身後』，固不佳哉？特以『生』不易動，則對非的偶爾。

【校】

① 前東坡詩：明活字印本、明鈔本作『前詩東坡作』。

②武：明鈔本作『五』。

③得：原本無，據明活字印本、明钞本補。

④池塘：寬文本後增『也』。

⑤屐：明活字印本、明鈔本作『履』。

⑥爲：寬文本前增『而』。

《詩話總龜》前集卷二十八《寄贈門下》未引此條而引蘇軾詩及標題所述，『空』作『江』，『滿眼』作『滿目』，『示』作『視』，『得』前增『今』，『知已』作『已知』，『待』前無『相』，『淨』作『靜』，『此生』作『此身』。《詩林廣記》後集卷五黄庭堅《和答錢穆父咏猩猩毛筆》『好飲』作『愛酒』，『量』作『兩』，『一毫』作『拔毛』，『用』作『爲』。

【注】

〔一〕此爲蘇軾《昔在九江，與蘇伯固唱和，其略曰：『我夢扁舟浮震澤，雪浪横空千頃白。覺來滿眼是廬山，倚天無數開青壁。』蓋實夢也。昨日又夢伯固手持乳香嬰兒示予，覺而思之，蓋南華賜物也，豈復與伯固相見於此耶？今得來書，知已在南華相待數日矣。感嘆不已，故先寄此詩》，見於《蘇軾詩集》卷四十四，『芳草』作『春草』，『口香知是曹溪水』作『水香知是曹溪口』，『問消息』

作『結香火』。『上林鴻雁子卿歸』句下注云：『王注：《漢書·蘇武傳》：「昭帝即位，匈奴與漢和親，漢求武等，匈奴詭言武死。後漢使復至匈奴，常惠教使者謂單于，言天子射上林中，得雁，足有繫帛書，言武等在某澤中。單于視左右而驚，召武官屬隨武還。」』『水香知是曹溪口』句下注云：『王注：此句正以言南華矣。天監元年（五〇二），有婆羅門智藥者，南游至曹溪口，掬水聞香，云：「此必勝地，可建道場。」故於是有南華寺也。』此處有三個問題：一是《蘇軾詩集》原文爲『春草池塘』，惠洪所論似已不成立。二是從《漢書》記載來看，漢使所言天子爲漢昭帝，而非漢武帝。三是《蘇軾詩集》原文爲『水香知是曹溪口』，從王注來看，以是爲優。

〔二〕此爲黄庭堅《和答錢穆父咏猩猩毛筆》，見於任淵《山谷詩集注》卷三，『好飲』作『愛酒』，『平生幾量』作『平生幾兩』，『一毫』作『拔毛』，『端用』作『端爲』。標題下注云：『《鷄林志》云：「高麗筆，蘆管，黄毫，健而易乏。舊云猩猩毛，或言是物四足長尾，善緣木，蓋狖毛或鼠須之類耳。」』又於『愛酒醉魂在，能言機事疏』句下注云：『猩猩事，《通典》於哀牢國言之甚詳，蓋出於《華陽國志》及《水經注》。《唐文粹》載裴炎《猩猩説》，大率本此，其略云：「阮研使封溪，見邑人云：猩猩在山谷間，數百爲群。人以酒設於路側，又愛著屐，里人織草爲履，更相連結。猩猩見酒及屐，知里人設張，則知張者祖先姓字，乃呼名罵云：『奴欲張我。』捨之而去。復自再三，相謂曰：『試共嘗酒。』及飲其味，逮乎醉，因取屐而著之，乃爲人所擒獲。刺其血染毳罽，隨鞭棰輸之，至於一斗。」』詳述猩猩毛筆及猩猩情狀。黄庭堅另有《戲咏猩猩毛筆》兩首，標題下注云：『山谷有此詩跋云：「錢穆父奉使高麗，得猩猩毛筆，甚珍之。惠予，要作詩。蘇子瞻愛其柔健可人意，每過予書案，下筆不能休。此時二公俱直紫微閣，故予作二詩，前篇奉穆父，後篇奉子瞻。」』詳述猩猩毛筆來歷及與錢勰、蘇軾交游。《韻語陽秋》卷十七：『錢穆父奉使高麗，得猩猩毛筆，甚珍之。嘗以分贈山谷，山谷所謂「愛酒醉魂在，能言機事疏。平生幾兩屐，身後五車書」是也。』

〔三〕此見於《漢書》卷五十四《蘇建傳》附《蘇武傳》。

〔四〕此出於《晉書》卷四十九《阮籍傳》附《阮孚傳》：『或有詣阮，正見自蠟屐，因自嘆曰：「未知一生當著幾量屐。」神色甚閑暢。』

【箋】

《苕溪漁隱叢話》前集卷四十八《山谷中》未引此條而以黄庭堅詩説明用事之妙，先引《事實類苑》云：『魯直善用事，若正爾填塞故實，舊謂之點鬼簿，今謂之堆垛死屍，如《詠猩猩毛筆》詩云：「平生幾兩屐，身後五車書。」又云：「管城子無食肉相，孔方兄有絶交書。」精妙隱秘，不可加矣，當以此語反三隅也。』亦見於《彦周詩話》。又引《呂氏童蒙訓》云：『東坡詩云：「賦詩必此詩，定知非詩人。」此或一道也。魯直作咏物詩，曲當其理，如《猩猩筆》詩「平生幾兩屐，身後五車書」，其必此詩哉。』

《苕溪漁隱叢話》後集卷三十一《山谷上》：『前輩譏作詩多用古人姓名，謂之點鬼簿，其語雖然如此，亦在用之何如耳，不可執以爲定論也。如山谷《種竹》云：「程嬰、杵臼立孤難，伯夷、叔齊食薇瘦。」《接花》云：「雍也本犁子，仲由元鄙人。」善於比喻，何害其爲好句也。』

《詩林廣記》後集卷五黄庭堅《和答錢穆父咏猩猩毛筆》下引任淵注及《苕溪漁隱叢話》前集與後集。又云：『此詩「平生幾兩屐，身後五車書」一聯，上句是借事以言猩猩，下句謂作筆爲寫書也。晉阮孚云：「未知一生能著幾兩屐。」』

《誠齋詩話》：『初學詩者，須學古人好語，或兩字，或三字。如山谷《猩猩毛筆》：「平生幾兩屐，身後五車書。」「平生」二字，出《論語》；「身後」二字，晉張翰云：「使我有身後名。」「幾兩屐」，阮孚語；「五車書」，莊子言惠施，此兩句乃四處合來。又「春風春雨」「江北江南」，詩家常用，杜云「且看欲盡花經眼」，退之云「海氣昏昏水拍天」，此以四字合三字，入口便成詩句，不至生硬。要誦詩之多，擇字之精，始乎摘用，久而自出肺腑，縱横出沒，用亦可，不用亦可。』又云：『詩家用古人語而不用其意，最爲妙法，如山谷《猩猩毛筆》是也。猩猩喜著屐，故用阮孚事；其毛作筆，用之鈔書，故用惠施事，二事皆借人事以咏物，初非猩猩毛筆事也。』諸家多持贊賞態度。

當然，亦有批評意見。《滹南詩話》卷下：『《猩毛筆》云：「身後五車書。」按《莊子》「惠施多方，其書五車」，非所讀之書，即所著之書也，遂借爲作筆寫字，此以自贊耳。而吕居仁稱其善咏物而曲當其理，不亦異乎？祇「平生幾兩屐」，細味之亦疏，而「拔毛濟世」事，尤牽强可笑。以予觀之，此乃俗子謎也，何足爲詩哉！』

用典是中國詩學常見話題，數見於《冷齋夜話》與《天廚禁臠》，『用事補綴法』是指略微改動典故原文而入詩，儘管僅涉細處，亦不可隨意爲之，而應據詩歌内在需要加以裁剪。此法雖意在創新，但并非用典高級方法，畢竟『偷語最爲鈍賊』（《詩式校注》卷一），融化無迹方能與意境渾然一體。《對床夜語》卷三：『詩用古人名，前輩謂之點鬼簿，蓋惡其爲事所使也。如老杜「但見文翁能化俗，焉知李廣不封侯」，「今日朝廷須汲黯，中原將帥憶廉頗」等作，皆借古以明今，何患乎多？李商隱集中半是古人名，不過因事造對，何益於詩？至有一篇而疊用者，如《茂陵》云：「玉桃偷得憐方朔，金屋修成貯阿嬌。誰料蘇卿老歸國，茂陵松柏雨蕭蕭。」此猶有微意。《牡丹》詩云：「錦幃初見衛夫人，繡被猶堆越鄂君。石崇蠟燭何曾翦，荀令香爐可待熏。」不切甚矣。』以杜甫與李商隱之作爲例，説明用典要義在於『借古明今』而非『因事造對』，即生發新意而非流於形式，亦創新與襲用之别也。

比興法

《野外》：『老妻畫紙爲棋局，稚子敲針作釣鈎。』〔一〕《送路六侍御入朝》：『不分桃花紅勝錦，生憎柳絮白於綿。』〔二〕《絕句》：『不如醉裏風吹盡，可忍①醒時雨打稀。』〔三〕三詩皆子美作也。妻比臣，夫比君。棋局，直道也。針合②直而敲曲之，言老臣以直道成帝業，而幼君壞其法。稚子，比幼君也。錦、綿，色紅白而適用，朝廷用真材③，天下福也，而真材者忠正，小人諂諛似忠，詐訐④似正，故爲子美所不分而憎之也。小人之愚弄朝廷，賢人君子不見其成敗則已，如眼見其敗，亦不能不爲之嘆息耳，故曰『可忍醒時雨打稀』。

【校】

① 忍：明鈔本作『愁』。

② 合：原本作『全』，據明活字印本、明鈔本改。

③ 真材：明活字印本、明鈔本作『直材』。下同。

④ 訐：明活字印本、明鈔本作『計』，寬文本作『奸』。

【注】

〔一〕此爲杜甫《江村》，見於《杜詩詳注》卷九，『爲』下注『一作成』。注云：『妻、子二句，見老少各得。蓋多年匍匐，至此始得少休也。』又云：『王介甫《悼鄞江隱士王致》詩云：「老妻稻下收遺棟，稚子松間拾墮樵。」二語本此。杜能說出旅居閑適之情，王能說出高人隱逸之致，句同意異，各見工妙。』釋義與此條有異。

〔二〕此爲杜甫《送路六侍御入朝》，見於《杜詩詳注》卷十二，『分』下注『一作忿』，『勝』作『似』，『於』下注『一作如』。注云：『張綖注：花柳，春色可愛者，忽然可惱，以其觸忤愁人，直到酒邊也。』釋義與此條有異。

〔三〕此爲杜甫《三絶句》其一，見於《杜詩詳注》卷十一，「風吹」下注「一作春風」，「可」作「何」，下注「一作可」。注云：「此咏楸花也，一見花開，旋憂花落，有《莊子》方生方死意。」釋義與此條有異。

【箋】

比興是儒家詩教核心概念，向來傳承有序，而皎然援引佛學改造之，巧妙實現理論轉换，開闢出詩學新路。《詩議·六義》：「賦者，布也。象事布文，以寫情也。比者，全取外象以興之。興者，立象於前，後以人事諭之。頌者，以六義爲本，散乎情性。有君臣諷刺之道焉，有父子、兄弟、朋友規正之義焉。」雖不排斥儒家詩教，但釋義重心已明顯轉向情性與取象。《詩中密旨·詩有六義》：「賦者，布也。象事布文，錯雜萬物，以成其象，以寫其情。比者，各令取外物象以興事。興者，立象於前，然後以事喻之。」大致照搬《詩議》釋義。然則唐五代詩格主流未能續之，反而以回歸傳統見長。舊題王昌齡《詩格》卷上《六義》：「賦者，錯雜萬物，謂之賦也。比者，直比其身，謂之比假，如「關關雎鳩」之類是也。興者，指物及比其身説之爲興，蓋托喻謂之興也。」幾乎是老調重彈，毫無新意。《二南密旨·論六義》：「賦者，敷也，布也。指事而陳，顯善惡之殊態。外則敷本題之正休，内則布諷誦之玄情。比者，類也，妍媸相類、相顯之理。或君臣昏佞，則物象比而刺之；或君臣賢明，亦取物比而象之。興者，情也，謂外感於物，内動於情，情不可遏，故曰興，感君臣之德政廢興而形於言。」更是將詩歌内容縮小至政教倫理範圍之内，大有靠攏漢儒解詩之勢。王夢簡《詩格要律》：「賦，賦其事體，伸冤雪恥，若紀功立業，旌著物情，宣王化以合史籍者也。比，事相干比，不失正道。此道易明而難辨，切忌比之不當。興，起意有神勇鋭氣，不失其正也。』除内容以外，將藝術形式亦納入詩教範圍，使情性可能界域與實現方式被壓縮得狹窄單一。

正因基於這種思路，唐五代詩格似乎罔顧唐詩實踐成果而重回漢儒老路，解詩往往偏向政教倫理。舊題王昌齡卷上《論文意》：『阮公《咏懷》詩曰：「中夜不能寐（謂時暗也），起坐彈鳴琴（憂來彈琴以自娱也）。薄帷鑒明月（言小人在位，君子在野，蔽君猶如薄帷中映明月之光也），清風吹我襟（獨有其日月以清懷也）。孤鴻號外野，翔鳥鳴北林（近小人也）。」』阮籍咏懷詩相當特殊，此處所言或近乎正解，但因未回應唐詩現實，反而可能會讓『政治掛帥』詩學觀重獲合法性，諸多詩格均將意象内涵固定於政教之旨便是明證。《金針詩格·詩有物象比》：『日月比君后，龍比君位，雨露比君恩澤，雷霆比君威刑，山河比君邦國，陰陽比君臣，金石比忠烈，松柏比節義，鸞鳳比君子，燕雀比小人，蟲魚草木，各以其類之大小輕重比之。』《雅道機要·明物象》：『殘月，比佞臣也。珍珠，比仁義也。鴛鴦，比君子也。荊榛，比小人也矣。以上物象，不能一一徧舉。』此乃舉例而後概言之，亦有不厭其煩乃至意欲窮盡之細説，《二南密旨·論引古證用物象》：『四時物象節候者，詩家之血脈也，比諷君臣之化深。《毛詩》曰：「殷其雷，在南山之陽。」雷比教令也。「他山之石，可以攻玉。」此賢人他適之比也。陶潛《詠貧士》詩：「萬族各有托，孤雲獨無依。」以孤雲比貧士也。以上例多，不能廣引，作者自可三隅反也。』此爲貫穿全書方法論，這套解法亦由意象及於詩意，而《論總顯大意》以三首詩爲例，逐句詳解其政教含義。《論篇目正理用》與《論總例物象》又分別列舉四十七組與四十六組物象政教内涵，以期爲創作與鑒賞提供實體範例。虛中《流類手鑒》、王玄《詩中旨格》、《續金針詩格》之《詩有四格》《詩有四得》《詩有五理》《詩有三體》，莫不極力列舉有政教深意之詩例，而《詩有内外意》將這種理念從句子進而細化至詞語：『内意欲盡其理，外意欲盡其象，内外含蓄，方入詩格。詩曰：「旌旗日暖龍蛇動，宫殿風微燕雀高。」「旌旗」喻號令也，「日暖」喻明時也，「龍蛇」喻君臣也，言號令當明時，君所出，臣奉行也。「宫殿」喻朝廷也，「風微」喻政教也，「燕雀」喻小人也，言朝廷政教才出，而小人向化，各得其所也。「旌旗」、「風日」、「龍蛇」、「燕雀」，外意也；號令、君臣、朝廷、政教，内意也，此之謂含蓄不露。又詩：「島嶼分諸國，星河共一天。」言明君理化一統也。』諸家所言大致相近，幾乎已成套路，這固然有利於初學者盡快把握詩歌，但易使創作流於程式化，且無助於真性情拓展抒寫渠道。

較之唐五代詩格泛化政教倫理之傾向，惠洪反其道而行之，將比興縮小爲杜詩本質特徵，卷中《比興法》與《遺音句法》、卷下《杜甫六句法》等均有論述。一則杜詩是宋人最高典範，説明政教倫理確有提升藝術水準之作用；一則運用之妙存乎一心，并非所有詩歌均應如此，亦非所有詩人俱能用好，關鍵在於體察世情與藝術造化之深度，杜詩恰恰是佼佼者。《冷齋夜話》卷三《諸葛亮、劉伶、陶潛、李令伯文如肺腑中流出》認爲『老杜謂之詩史者，其大過人在誠實耳』，卷二《老杜、劉禹錫、白居易詩》通過比較三人所述馬嵬事件，認爲『《北征》詩識君臣之大體，忠義之氣與秋色爭高，可貴也』，這暗寓兩層意思，既將杜詩定調爲誠實而忠義，亦揭示其超越性，即以合乎儒家詩教爲前提而展開社會批判，從而鑄就詩史之歷史價值。

其實，無論『詩言志』抑或『詩緣情』，詩人終究處於局限之現實，祇是有人始終囿於個體生活與情感，有人則能將個體情懷升華至人性與社會終極關懷之大視野。若是文學源於生活而又高於生活，將杜詩與現實逐一對應可能有失偏頗，但反映時代并理性批評顯然是杜詩格局題中之義。以是觀之，杜詩確實承續發揚中國文學核心精神，批判人性之惡及相應之惡政，探索人類社會理想方向。當然，實現人格與藝術升華，思想家主要倚仗理性思考，詩人主要憑恃詩眼觀察與詩心感悟，但指向均是理性，殊途同歸。是故此條解詩之法不完全同於唐五代詩格，不僅合法性更强，而且漸成解讀杜詩之主流。杜詩注解及歷代詩話有不少類似例證，甚至同一首詩有不同解析，有助於後人辨析諸家所論之相對合理性。

奪胎句法

『河分岡勢斷，春入燒痕青。』〔一〕僧惠崇〔二〕詩也，然『河分岡勢』不可對『春入燒痕』。東坡用之，爲奪胎法，曰：『似聞决决流冰缺，盡放青青入燒痕。』〔三〕以『冰缺』對『燒痕』，可謂盡妙矣。『一别二十年，人堪幾回别』者，顧況詩也，而舒王亦用此法曰：『一日君家把酒杯，六年波浪與塵埃。不知烏石岡邊路，到老相尋得幾回。』

【注】

〔一〕此爲惠崇《訪楊雲卿淮上别墅》，見於《全宋詩》卷一百二十六。然而此詩著作權頗有爭議，《溫公續詩話》、《中山詩話》、《詩話總龜》前集卷六《評論門二》、卷三十九《譏誚門下》、《苕溪漁隱叢話》後集卷十八《羅隱》、《鶴林玉露》乙編卷三《詩犯古人》等認定兩句分别屬於司空曙與劉長卿，但兩人詩集及《全唐詩》均不載。《湘山野録》卷中《宋九釋詩惟惠崇絶出》：『宋九釋詩惟惠崇師絶出，嘗有「河分崗勢斷，春入燒痕青」之句，傳誦都下，籍籍喧著。餘緇遂寂寥無聞，因忌之，乃厚誣其盜。閩僧文兆以詩嘲之，曰：「河分崗勢司空曙，春入燒痕劉長卿。不是師兄偷古句，古人詩句犯師兄。」』這段公案尚需待更多佐證材料，此處存疑。

〔二〕惠崇：九六五—一〇一七，福建建陽人。宋初九僧之一，詩畫俱佳。現有《宋九僧詩》等。

〔三〕此爲蘇軾《正月二十日往岐亭，郡人潘、古、郭三人送余於女王城東禪莊院》，見於《蘇軾詩集》卷二十一，『似』作『稍』，『冰缺』作『冰谷』，『入』作『沒』。

【箋】

《冷齋夜話》卷一《换骨奪胎法》闡述『奪胎法』更詳，且同舉顧況與王安石詩爲例。若以此條觀之，蘇軾詩重新組合舊詞，本句雖未出新，但結合前句而有新意。王安石詩則是打散舊詞并增添新詞，核心詩意雖未變，但因將其移植於新場景而更豐富具體。簡而言之，舊詞舊意衹是工具，若能破舊立新，乃至破繭成蝶，則斯法可用，否則易蹈襲窠臼也。

換骨句法

《春日①》：『有情芍藥含春淚，無力薔薇臥曉枝。』〔一〕又：『白蟻撥醅②官酒熟，紫綿揉色海棠開。』〔二〕前少游詩，後山谷詩。夫言花與酒者，自古至今，不可勝數，然皆一律。若兩傑，則以妙意取其骨而換之。

【校】

① 春日：寬文本無。

② 焙：明鈔本作『醅』。

【注】

〔一〕此爲秦觀《春日》，見於《淮海集箋注》卷十。

〔二〕此爲黄庭堅《戲答諸君追和予去年醉碧桃》，見於謝啟昆《山谷詩外集補》卷四，『熟』作『滿』，校勘記云：『按：《年譜》編入元豐五年（一〇八二）太和作。』

【箋】

《冷齋夜話》卷一《換骨奪胎法》闡述『換骨法』更詳，此條體例稍異，并未列出原句，而是將秦觀詩與黄庭堅詩分別作爲同類題材之傑作。換言之，『換骨法』以取意爲先而無關詞句，以新意爲本而超越同儕。以是觀之，『換骨法』難度或高於『奪胎法』。

遺音句法

《扇》：『玉斧修成寶月團，月邊仍有女乘鸞。青冥風露非人世，鬢亂釵横特地寒。』

《宿東林寺》：『溪聲便是廣長舌，山色豈非清淨身。夜來八萬四千偈，他日如何舉似人。』前舒王作，後東坡作。此所謂讀之令人一唱而三嘆，譬如朱弦發①越，有遺音者也。秦少游欲效之，作一首曰：『獮猴鏡裏三身現，龍女珠中萬象開。爭似此堂人散後，水光清泛月華來。』〔一〕終若不及也。

【校】

① 發：明活字印本、明鈔本作『疏』。

【注】

〔一〕此爲秦觀《照閣》，見於《淮海集箋注》卷十，『爭似』作『未若』，『堂』作『軒』。

【箋】

『一唱三嘆』本於《詩經》復沓手法，是故『遺音句法』大抵是《詩品序》『文已盡而意有餘』之意，既指用詩意無窮性超越語言有限性，亦指藝術手法明白曉暢。此乃中國詩學主流理想，宋人亦不例外，祇因宋詩於深厚意藴過於用力，反而部分掩蓋其餘音繞梁之藝術表現力，此亦或是後人認爲宋詩不及唐詩緣故之一。

東坡曰：『善畫者畫意不畫形，善詩者道意不道名。』〔一〕故其詩曰：『論畫以形似，見比①兒②童鄰。作詩必此詩③，定非知④詩人。』〔二〕借如賦山中之境，居人清曠，不過稱山⑤之深，稱住山之久，稱其閑逸，稱其寂默，稱其高遠。能道其意者，不直言其深而意中見其深⑥，如文覯詩曰：『松陰行不盡，疏雨下無時。世事幾興廢，山中人未知。』〔三〕又不直言其住山之久而意中見其久，如賈島詩曰：『頭髮梳千下，休糧帶病容。養雛成大鶴，種子作高松。白石通宵煮，寒泉盡日舂。不曾離隱處⑦，那得世人逢。』〔四〕又不直言其閑逸而意中見其閑逸，如王維詩曰：『中歲頗學⑧道，晚家南山陲。興來每獨⑨往，事勝⑩心自知。行⑪到水窮處，坐看雲起時。偶然值林叟，語⑫笑無還期。』〔五〕又不直言其寂默而意中見其寂默，如晝公詩曰：『月色靜中見，泉聲幽處聞。影孤長不出，行道在深雲。』〔六〕又不直言其高遠而意中見其高遠，如王維詩曰：『山中多法侶，禪誦自成群。城郭遥相望，惟應見白雲。』〔七〕

【校】

① 比：寬文本作『與』。
② 兒：明鈔本作『而』。
③ 此詩：明活字印本、明鈔本作『如此』。
④ 非知：原本作『知非』，據明活字印本、明鈔本改。
⑤ 山：原本缺，據明活字印本、明鈔本補。
⑥ 深：明活字印本後增『也』。

⑦處：寬文本作『居』。

⑧學：明活字印本、明鈔本作『好』。

⑨每獨：原本作『獨自』，據明活字印本、明鈔本改。

⑩事勝：明活字印本、明鈔本作『勝事』。

⑪行：明鈔本作『有』。

⑫語：明活字印本、明鈔本作『談』。

【注】

〔一〕此未見於《蘇軾文集》。

〔二〕此爲蘇軾《書鄢陵王主簿所畫折枝二首》其一，見於《蘇軾詩集》卷二十九，『作詩』作『賦詩』。

〔三〕《全宋詩》卷二千五百一十收爲元聰（一一三六—一二〇九）《頌古八首》其七，但惠洪不可能録元聰之詩，此處存疑。

〔四〕此爲賈島《山中道士》，見於《長江集新校》卷三，『病』作『瘦』。

〔五〕此爲王維《終南别業》，見於《王右丞集箋注》卷三，『學』作『好』，『事勝』作『勝事』，『心』作『空』，『語』作『談』。

〔六〕此爲皎然《秋居法華寺下院望高頂贈如獻上人》，見於《杼山集》卷二，『月色靜中』作

『峰色秋天』，『泉聲幽處』作『松聲靜夜』，『深雲』作『寒雲』。然則《全唐詩》卷八百一十收前兩句爲靈澈詩，『幽』作『深』。

〔七〕此爲王維《山中寄諸弟妹》，見於《王右丞集箋注》卷十三，『成』作『爲』。《詩人玉屑》卷五《初學蹊徑·言其意不言其名》引此條首句。《詩林廣記》後集卷三蘇軾《書鄢陵王主簿所畫折枝》『作詩』作『賦詩』，下引《王直方詩話》與《冷齋夜話》，『東坡曰』作『東坡云』。

【箋】

《詩話總龜》前集有兩處與此條首句相關，一是卷六《評論門二》：『謝赫云：「衛協之畫，雖不該備形妙而有氣韻，淩跨群雄，誠曠代絶筆。」歐陽文忠《盤車圖》云：「古畫畫意不畫形，梅詩詠物無隱情。忘情得意知者寡，不若見詩如見畫。」此真識畫也。』二是卷八《評論門四》引《王直方詩話》：『「文忠公《盤車圖》詩云：「古畫畫意不畫形，梅詩詠物無盡情。忘形得意知者寡，不若見詩如見畫。」東坡作《韓幹畫馬圖》詩云：「韓生畫馬真是馬，蘇子作詩如見畫。世無伯樂亦無韓，此詩此畫誰當看！」又云：「論畫以形似，見與兒童鄰。賦詩必此詩，定非知詩人。詩畫本一律，天工與清新。」又云：「少陵翰墨無形畫，韓幹丹青不語詩。此畫此詩今已矣，人間駑驥謾爭馳。」余每誦數過，殆以爲法。』《苕溪漁隱叢話》前集卷三十《六一居士下》所引近於《詩話總龜》，僅『文忠公』作

『歐公』，『盡』作『隱』，『馬圖』前無『畫』，『非知』作『知非』，『余』後增『以爲若論詩畫，於此盡矣』，『以爲法』作『欲常以爲法也』。

《韻語陽秋》卷十四：『歐陽文忠公詩云：「古畫畫意不畫形，梅詩寫物無隱情。忘形得意知者寡，不若見詩如見畫。」東坡詩云：「論畫以形似，見與兒童鄰。賦詩必此詩，定知非詩人。」或謂：「二公所論，不以形似，當畫何物？」曰：「非謂畫牛作馬也，但以氣韻爲主爾。」謝赫云：「衛協之畫，雖不該備形妙而有氣韻，淩跨雄傑。」其此之謂乎？陳去非作《墨梅》詩云：「含章簷下春風面，造化工成秋兔毫。意得不求顏色似，前身相馬九方皐。」後之鑒畫者，如得九方皐相馬法，則善矣。』意在申述蘇軾所論具體內涵。

《滹南詩話》卷中：『東坡云：「論畫以形似，見與兒童鄰。賦詩必此詩，定非知詩人。」夫所貴於畫者，爲其似耳，畫而不似，則如勿畫。命題而賦詩，不必此詩，果爲何語？然則坡之論非歟？曰：論妙於形似之外而非遺其形似，不窘於題而要不失其題，如是而已耳。世之人不本其實，無得於心，而借此論以爲高。畫山水者，未能正作一木一石，而托雲煙杳靄，謂之氣象；賦詩者，茫昧僻遠，按題而索之，不知所謂，乃曰格律貴爾。一有不然，則必相嗤點，以爲淺易而尋常。不求是而求奇，真僞未知，而先論高下，亦自欺而已矣，豈坡公之本意也哉？』意在爲蘇軾所論之潛在負面影響糾偏。

此條或本於《詩式》卷一《辯體有一十九字》：『靜，非如松風不動，林狖未鳴，乃謂意中之靜。遠，非謂渺渺望水，杳杳看山，乃謂意中之遠。』主張詩意主導物象，而非物象籠罩詩意。唐五代詩格有所發揮，景淳《詩評》：『一曰高不言高，意中含其高。二曰遠不言遠，意中含其遠。三曰閑不言閑，意中含其閑。四曰靜不言靜，意中含其靜。』《金針詩格·詩有義例七》：『一曰說見不得言見，二曰說聞不得言聞，三曰說遠不得言遠，四曰說靜不得言靜，五曰說苦不得言苦，六曰說樂不得言樂，七曰說恨不得言恨。』亦見於《續金針詩格·詩有七不得》。諸說要義在於說明詩歌應言有盡而意無窮，至於如何方能致之，則是衆說紛紜，六朝主張『以形寫神』，唐人主張『形神兼備』，宋人主張『遺形取神』。蘇軾於詩畫均有理論闡述與創作實踐，所論代表宋人主流美學理想。

詩家尤貴遺詞頓挫，舒王常擊節賞嘆東坡《日日①出東門》詩，其略曰：『百年寓華屋，千載歸山丘②。何事羊公子，不肯過西州③。』〔一〕此遺詞頓挫也。

【校】

① 日：明活字印本、明鈔本無。

② 山丘：明活字印本、明鈔本作『丘山』。

③ 州：明活字印本作『川』。

【注】

〔一〕此爲蘇軾《日日出東門》，見於《蘇軾詩集》卷二十二。『我亦無所求』句下注云：『詻案：此種手法，公少作已有之。紀昀曰：接法入古。』『意適忽忘返，路窮乃歸休』句下注云：『詣案：此種鈎勒，在處皆是，詣所謂本家筆也。紀昀曰：渾渾有古致。』

【箋】

《詩話總龜》前集卷八《評論門四》、《苕溪漁隱叢話》前集卷三十八《東坡一》、《詩人玉屑》卷十七《雪堂・文過有理》均引《東坡詩話》，亦即《蘇軾詩集》卷二十二《日日出東門》『駕言寫我憂』句下王注所引，因與此條無關而從略。

『沉鬱頓挫』被視爲杜詩本質特征，『沉鬱』指內容深廣，意境雄渾，感情深沉；『頓挫』指文意跌宕起伏，韻律抑揚有節。僅就後者而言，既要考慮整體布局，又要細緻運用每個文字。杜詩『沉鬱頓挫』而近於自然，宋詩則是有意琢磨而成，深度與豐富性或許不輸杜詩，但藝術境界仍有所差別。

杜子美詩言山間野外，意在譏①刺風俗，如《三絕句》詩曰：『楸樹馨香倚釣磯，斬新花②蕊未應飛。』〔一〕言後進暴③貴，可榮觀也。『不如醉裏風吹盡，可忍醒時雨打稀。』言其恩重才薄，眼見其零落，不若未受恩眷之時。雨比天恩，以雨多，故致花易壞也。『門外鸕鷀久不來，沙頭忽見眼相猜。』〔二〕言貪利小人畏君子之譏其短也。『自今以後知人意，一日須來一百回。』〔三〕言君子以蒙④養正，瑜瑾匿瑕，山藪藏疾，不發其惡，而小人未⑤革面，諂諛不能愧恥也。『無數春笋滿林生，柴門密掩斷人行。會須上番看成竹，客到⑥縱嗔不出迎。』〔四〕言惟守道爲歲寒也。前輩多法其⑦意作，如韓稚圭詩曰：『風靜曉枝蝴蝶鬧，雨勻春圃⑧桔槔閑。』亦以雨比天恩。又蔡持正詩曰：『風搖熟果時聞落，雨滴餘花亦自香。』〔五〕亦以雨比天恩也。『桔槔』比宰相功業之就，已退閑矣⑨，時公在相州作帥⑩〔六〕。『熟果』比大臣時黜落，時公在安州〔七〕。

【校】

①譏：原本作『機』，據明活字印本、明鈔本、寬文本改。
②花：明鈔本無。
③暴：明活字印本、明鈔本作『鼎』。
④蒙：寬文本作『義』。
⑤未：原本作『來』，據明活字印本、明鈔本改。
⑥到：明活字印本作『至』。
⑦其：明鈔本無。
⑧圃：寬文本作『園』。

⑨ 閑矣：明活字印本、明鈔本奪，後增「蓋是」。

⑩ 帥：寬文本作「師」。

《苕溪漁隱叢話》後集卷三十四《張天覺》全引此條，「野外」後增「事」，「曰」前無「詩」，「眷」後無「之」，第一個「比」前無「雨」，「以蒙」作「蒙以」，「瑜瑾」作「瑾瑜」，「能」作「知」，「其意作」後增「之」，「靜」作「定」，無「亦以雨比天恩」，「閒」作「閑」，「自香」後無「亦」，「相州作」後無「帥」，「黜」前無「時」。《詩人玉屑》卷九《托物·托物》所引近於《苕溪漁隱叢話》，僅「雨比」「聞」「自香，亦」未變。

《詩林廣記》前集卷二杜甫《絕句三首》「自今」作「從今」，「到」作「至」。所引此條被分置於三首詩之下，「子美」前無「杜」，「野外」後增「事」，「在」作「蓋」，「曰」前無「詩」，「眷」後無「之」，「以蒙」作「蒙以」，「瑜瑾」作「瑾瑜」，第二個「小人」前無「而」，「能」作「知」，「其意」後增「而」，第二個「詩曰」作「詩云」，「靜」作「定」，「枝」作「林」，「鬧」作「舞」，「相州作」後無「帥」，「又蔡持正詩曰：風搖熟果時聞落，雨滴餘花亦自香。亦以雨比天恩也」置於「帥」之後，且「又蔡持正詩曰」作「蔡持正在安州，亦有詩云」，無「亦以雨比天恩也」，「黜落」前無「時」，後增「也」，無「時公在安州」。

【注】

〔一〕〔二〕〔三〕〔四〕此爲杜甫《三絶句》，見於《杜詩詳注》卷十一，實爲三首。其一，『楸』下注『一作春』，餘見《天廚禁臠》卷中《比興法》。其二，『久』作『去』，下注『一作久』。注云：『此咏鸕鷀也。物本異類，視若同群，有《列子》海翁狎鷗意。』其三，『到』作『至』。注云：『此咏春笋也。杜門謝人，護笋成竹，有聖人對時育物意。』釋義與此條有異。

〔五〕此爲蔡確《夏日登車蓋亭十絕》其五，見於《全宋詩》卷七百八十三。

〔六〕《宋史》卷三百十二《韓琦傳》：『熙寧元年（一〇六八）七月，復請相州以歸。河北地震、河決，徙判大名府，充安撫使，得便宜從事……六年（一〇七三），還判相州。』所述作詩時間點與《冷齋夜話》卷二《韓、歐、范、蘇嗜詩》有異。

〔七〕《宋史》卷四百七十一《奸臣傳一·蔡確傳》：『元祐二年（一〇八七），徙安州。』『確在安陸，嘗游車蓋亭，賦詩十章，知漢陽軍吳處厚上之，以爲皆涉譏訕，其用郝處俊上元間諫高宗欲傳位天后事，以斥東朝，語尤切害。』此即『車蓋亭詩案』。

【箋】

《苕溪漁隱叢話》後集卷三十四《張天覺》有胡仔按語云：『梅聖俞有《續金針詩格》，張天覺有《律詩格》，洪覺範有《禁臠》，此三書皆論詩也……覺範舊游天覺之門，宜其論詩之相似也。余謂論詩若此，皆非知詩者，善乎山谷之言曰：「彼喜穿鑿者，棄其大旨，取其發興，於所遇林泉、人物、草木、魚蟲，以爲物物皆有所託，如世間商度隱語者，則詩委地矣。」』

《詩林廣記》前集卷二有蔡正孫按語云：『論詩若此，亦犯山谷穿鑿之戒。洪駒父有云：「嘗見一老書生，忘其姓名，自言評老杜詩，取而觀之，注『紈褲不餓死，儒冠多誤身』云：『冠，上服，本乎天者親上，故稱冠，譬之君子。褲，下服，本乎地者親下，故舉褲，譬之小人。』雖不爲無理，然穿鑿可笑也。」』

此條與卷中《比興法》大體一致，但諸家均不認同這種解詩之法，緣故大抵在於，杜詩作爲『詩史』，離不開特定歷史語境及相應價值指向，後世同類作品或可作此解，若是推而廣之，以是作爲解詩通則，涵蓋所有作品，有時難免穿鑿附會，畢竟詩歌類型與情志範圍相當廣泛，定於一尊則必致掛一漏萬也。

律詩拘於聲律，古詩拘於句①語，以是詞不能達。夫謂之『行』者，達其詞而已，如古文而有韻者耳。自唐陳子昂一變江左之體〔一〕而歌行暴於世，作者輩能守其法，不失爲文之旨，惟杜子美、李長吉，今專指二人之詞以爲證。夫謂之『歌』者，哀而不怨之詞，有豐功盛德則歌之，詭異希奇之事則歌之，其詞與古詩無以異，但無鋪②敘之語，奔驟之氣。其遺語也，舒徐而不迫，峻特而愈工，吟諷之而味有餘，追繹之而情不盡。敘端發詞，許爲雄誇跌蕩之語，及其終也，許置諷刺傷悼之意。此大凡如此爾。

【校】

①句：明鈔本作『拘』。

②鋪：明鈔本作『補』。

【注】

〔一〕《新唐書》卷一百零七《陳子昂傳》：『唐興，文章承徐、庾餘風，天下祖尚，子昂始變雅正。』此『變江左之體』之謂也。

【箋】

《白石道人詩説》：『守法度曰詩，載始末曰引，體如行書曰行，放情曰歌，兼之曰歌行，悲如蛩螿曰吟，通乎俚俗曰謡，委曲盡情曰曲。』

此條將歌行視爲最佳詩體，意在從體裁角度創新。廣義古詩包含歌行，此處將兩者分離，使得古詩僅指短篇，其受制於篇幅之局限甚爲明顯。律詩堪稱詩體極致，但聲律之副作用亦相當突出。《詩議·論文意》：『律家之流，拘而多忌，失於自然，吾常所病也。必不得已，則削其俗巧與其一體。一體者，由不明詩對，未階大道……俗巧者，由不辨正氣，習俗師弱弊之過也。』意謂律詩常有三大缺點：

背離自然、千詩一面、格調俗弱。歌行則能兼兩家之長而避其短，風格古雅而揮灑自如。另外，從詩史角度而言，《詩經》是古詩巔峰，盛唐詩是律詩巔峰，若有意於創變，則惟餘歌行尚有拓展空間。這既是爲宋詩探尋新路，亦是惠洪詩史觀之具體呈現。

『行』者，詞之遺無所留礙，如雲行水流，曲折溶曳，而不爲聲律語句所拘，但於古詩句法中得增辭語耳。如李賀《將進酒》《致酒行》《南山田中行》，杜甫《麗人行》《貧交行》《兵車行》。

《將進酒》：『琉璃鍾，琥珀濃，小槽酒滴①真珠紅。烹龍炮鳳玉脂泣，羅幃繡幕圍香風。吹龍笛，擊②鼉鼓，皓齒歌，細腰舞。況是青春日將暮，桃花亂落如紅雨。勸君一飲酩酊歸，酒不到劉伶墳上土。』〔一〕

《致酒行》：『零落栖遲一杯酒，主人奉觴客長壽。主父西游困不歸，佳人折斷門前柳。吾聞馬周昔作新豐客，天荒地老無人識。空將箋上兩行書，直犯龍顔請恩澤。我有迷魂招不得，雄鷄一聲天下白。少年心事當拿雲，誰念幽寒坐嗚呃。』〔二〕

《南山田中行》：『秋野明，秋風白，塘水漻漻蟲嘖嘖。雲根苔蘚③山上石，冷④紅泫⑤露嬌啼色。荒畦九月稻叉牙，蟄螢低飛隴徑斜⑥。石脈⑦水流泉滴沙，鬼燈如漆照松花。』〔三〕

《麗人行》：『三月三日天氣新，長安水邊多麗人。態穠意遠淑且真，肌理細膩骨肉匀。繡羅衣裳照暮春，蹙金孔雀銀麒麟。頭上何所有？翠微匎葉垂鬢脣。背後何所見？珠壓腰衱穩稱身。就中雲幕椒房親，賜名大國虢⑧與秦。紫駝之峰出翠釜，水晶之盤行素鱗。犀箸厭飫久未下，鸞刀縷切空紛綸。黄門飛鞚不動塵，御廚絲絡⑨送八珍。簫鼓哀吟感鬼神，賓從雜遝⑩實要津。後來鞍馬何逡巡，當軒下馬入錦茵。楊花雪落覆白蘋，青鳥飛去銜紅巾。炙手可熱勢絶倫，慎莫近前丞相嗔⑪。』〔四〕

《貧交行》：『翻手作雲覆手雨，紛紛輕薄何須數。君不見管、鮑貧時交，此道今人棄如土。』〔五〕

《兵車行》：『車轔轔，馬蕭蕭，行人弓箭各在腰。爺娘妻子走相送，塵埃不見咸陽橋。牽衣頓足攔道哭，哭聲直上干雲霄。道旁過者問行人，行人但云點行頻。或從十五北防河，便至四十西營田。去時里正與裹頭，歸來頭白還戍邊。邊庭流血成海水，武皇開邊意未已。君不聞漢家山東二百州，千村萬落生荊杞。縱有健婦把鋤犁，禾生隴畝無東西。況復秦兵耐苦戰，被驅不異犬與鷄。長者雖有問，役夫敢伸恨。且如今年冬，未休關西卒。縣官急索租，租稅從何⑫出。信知生男惡，反是生女好。生女猶是⑬嫁比鄰，生男埋沒隨百草。君不見青海頭，古來白骨無人收。新鬼煩冤舊鬼哭，天陰雨濕聲啾啾。』〔六〕

【校】

①滴：原本作『滳』，據明活字印本、明鈔本、寬文本改。

②擊：明鈔本作『繫』。

③薛：寬文本作『蘇』。

④冷：明活字印本作『泠』。下同。

⑤泫：明活字印本、明鈔本作『泣』。

⑥斜：明鈔本作『斜』。

⑦脈：明活字印本、明鈔本作『孤』。

⑧號：明鈔本作『號』。

⑨絲絡：明活字印本作『絡繹』。

⑩還：明鈔本作『還』。

⑪嗔：明鈔本作『迹』。

⑫從何：明鈔本作『何從』。

⑬是：明鈔本作『得』。

【注】

〔一〕此爲李賀《將進酒》，見於《李賀詩歌集注》卷四，『飲』作『日』，『歸』作『醉』。

「羅幃繡幕圍香風」亦爲《冷齋夜話》卷二《古樂府前輩多用其句》所引。

〔二〕此爲李賀《致酒行》，見於《李賀詩歌集注》卷二，「佳」作「家」。

〔三〕此爲李賀《南山田中行》，見於《李賀詩歌集注》卷二，「泫」作「泣」，「照」作「點」。

〔四〕此爲杜甫《麗人行》，見於《杜詩詳注》卷二，「穠」作「濃」，「繡」下注「一作畫」，「照」下注「《（文苑）英華》作朝」，「微」下注「《英華》作爲」，「匐」下注「《英華》作匌」，「背」下注「一作身」，「衱」下注「一作襻，《英華》作枝」，「峰」下注「一作珍」，「水晶」作「水精」，「壓飫」作「厭飫」，「空」下注「一作坐」，「絲絡」作「絡繹」，下注「《英華》作絲絡」，「簫鼓」作「簫管」，下注「一作鼓」，「雜」下注「一作合」，「軒」下注「一作道」，「入」下注「一作立」，「勢」下注「一作世」，「近」下注「《英華》作向」。注云：「周敬曰：鋪敘得體，氣脈條暢，的從古樂府摹出，另成少陵樂府。」

〔五〕此爲杜甫《貧交行》，見於《杜詩詳注》卷二，注云：「《杜臆》：作行止此四句，語短而恨長，亦唐人所絕少者。」

〔六〕此爲杜甫《兵車行》，見於《杜詩詳注》卷二，「攔道」下注「一作橋」，「還」下注「《英華》作猶」，「庭」下注「《英華》作庭，一作亭」，「武」下注「一作我」，「關」下注「一作隴」，「未休關西卒」句下注「一云：役夫心益憤，如今縱得休，還爲隴西卒」，「縣官急索租」句下注「《草堂》本作縣官云急索」，「猶是」作「猶得」，「生男」下注「一作兒」，「雨濕聲」下注「一作悲」。注云：「海寧周甸曰：少陵值唐運中衰，其音響節奏，駸駸乎變風變雅，與騷同功。」又云：『胡應麟曰：少陵不效四言，不仿《離騷》，不用樂府舊題，是此老胸中壁立處，然風、騷、樂府遺意，杜往往得之。』

【箋】

此條將歌行再細分爲二，而『行』相當於有韻之古文，寫景敘事，抒情議論，或長或短，無所不包，足以達詞盡意，任憑才情縱横馳騁。其優勢在於完全貫徹以詩意爲主之原則，貼近自然爲上之美學理想。《詩議·論文意》：『古人後於語，先於意，因意成語，語不使意，偶對則對，偶散則散。若力爲之，則見斤斧之迹。故有對不失渾成，縱散不關造作，此古手也。』以是觀之，用詩意主導語言與格律是中國詩歌傳統核心精神，決定藝術水準高下。惠洪闡發皎然所論，且細舉六首詩全篇，顯然不是爲追述歷史，而是給宋人提供最爲切近之範本。

『歌』者，亦古詩之流，但有卓絕之事，可以歌咏者，至節要處，任其詞爲抑揚之語。如李賀《觱篥歌》《采玉歌》《莫舞歌》，杜甫《醉時歌①》《樂游園歌》《山水障歌》。《申胡子觱篥歌并序》：『申胡子，朔客之蒼頭也②。客李氏，本亦世家子，得祀江夏王廟。當年踐履失序，遂奉官北郡。自稱學長調、短調，久未知名。今年四月，吾與對舍於長安崇義里，遂將衣質酒，命予合歡③。氣熱④杯闌，因謂予曰：「李長吉，爾徒能長調，不能作五字歌詩，直强回筆端，與陶、謝詩勢相遠幾里。」吾對後，請撰《申胡子觱篥歌》，以五字斷句。歌成，左右人合噪相唱。朔客大喜，擎觴起立，命花娘出幕，徘徊拜客。吾問所宜，稱善乎⑤弄管⑥，於是以弊辭配聲，與予爲壽。』『顔熱⑦感⑧君酒，含嚼蘆中聲。花娘篸綏妥，休睡芙蓉屏。誰截太平管，烈照排空星。直⑨貫開花風，天上驅雲行。今夕歲華落，令人惜平生。心事如波濤，中坐時時驚。朔客騎白馬，劍弝懸蘭纓。俊健如生猱，肯拾蓬中螢。』〔一〕

《老夫采玉歌》：『采玉采玉須水碧，琯⑩作步搖徒好色。老夫饑寒龍爲愁，藍溪水氣無清白。夜雨岡頭食蓁子，杜鵑口血老夫淚。藍溪之水厭⑪生人，身死千年恨溪水。斜山柏風雨如嘯，泉脚掛繩青裊裊。村寒白屋念嬌嬰，古臺石磴懸腸草。』〔二〕

《公莫舞歌》：『《公莫舞歌》者，咏項伯翼蔽劉沛公也。會中壯士，灼灼於人，故無復書。且南北樂府率有歌引，賀陋諸家，今重作《公莫舞歌》云。』『方花古礎排九楹，刺豹淋血盛銀罌。華筵鼓吹無桐竹，長刀直立割鳴⑫箏。横楣粗錦生紅緯，日炙錦嫣⑬王未醉。腰下三看寶玦光，項莊掉箾欄前起。材⑭官小臣公莫舞，坐上真人赤龍子。芒碭雲瑞⑮抱天回，咸陽王氣清如水。鐵樞⑯鐵楗重束關，大旗五丈撞雙環。漢王今日須⑰秦印，

絕臏刳腸臣不論。』〔三〕

《醉時歌》：『諸公袞袞登臺省，廣文先生官獨冷。甲第紛紛厭粱肉，廣文先生飯不足。先生有道出羲皇，先生有才過屈宋⑱。德尊一代常坎坷，名垂萬古知何用⑲。杜陵野客人更嗤，被褐短窄鬢如絲。日糴太倉五升米，時赴鄭老同襟期。得錢即相覓，沽酒不復疑。忘形到爾汝，痛飲真吾師。清夜沈沈動春酌，燈前細雨檐花落。但覺高歌有鬼神，焉知餓死填溝壑。相如逸才親滌器，子雲識字終投閣。先生早賦《歸去來》，石田茅屋荒蒼苔。儒術於我何有哉，孔丘、盜跖俱塵埃。不須聞此意慘愴，生前相遇且銜杯。』〔四〕

《樂游園歌》：『樂游古園萃森爽，煙綿碧草萋萋長。公子華筵勢最高，秦川對酒平如掌。長生木瓢示真率，更調鞍馬往⑳勸㉑賞。青春波浪芙蓉園，白日雷霆甲㉒城仗。閶闔晴開映蕩蕩，曲江翠幕排銀榜。拂水低回舞袖翻，緣雲清切歌聲上。却憶年年人醉時，祇今未醉已先悲。數莖白髮那拋得，百罰深杯亦不辭。聖朝亦知賤士醜，一物自荷皇天慈。此身飲罷無歸處，獨立蒼茫自詠詩。』〔五〕

《奉先劉少府新畫山水障歌》：『堂上不合生楓樹，怪底江㉓山起煙霧。聞君掃㉔却赤縣㉕圖，乘興遣㉖畫滄洲趣。畫師亦無數，好手不可遇。對此融心神，知君重毫素。豈但祁㉗岳與鄭虔㉘，筆迹遠過楊契丹。得非玄圃裂，無乃瀟湘翻。悄然坐我天姥下，耳邊已似聞清猿。反思前夜風雨急，乃是滿㉙城鬼神入。元氣淋漓障猶濕，真宰上訴天應泣。野亭春還雜花遠，漁翁暝踏孤舟立。滄浪水深青冥闊，欹岸側島秋㉚毫末。不見湘㉛妃鼓瑟時，至今斑竹臨江活。劉侯天機精，愛畫入骨髓。自有兩兒郎，揮灑亦莫比。大兒聰明到，能添老樹巔崖裏。小兒心孔開，貌得山僧及童子。若耶溪，雲門寺，吾獨胡爲在泥滓，青鞋布襪從此始。』〔六〕

【校】

① 歌：明活字印本、明鈔本無。

② 客之蒼頭也：原本缺，據明活字印本、明鈔本補。

③ 歡：明活字印本、明鈔本作『飲』。

④ 熱：原本作『熟』，據寬文本改。

⑤ 乎：明活字印本、明鈔本無，寬文本作『手』。

⑥ 管：原本缺，據明活字印本、明鈔本補。

⑦ 熱：原本作『熟』，據明活字印本、明鈔本、寬文本改。

⑧ 感：明鈔本作『𪆟』。

⑨ 直：原本作『真』，據明活字印本、明鈔本改。

⑩ 瑄：明活字印本、明鈔本作『琢』。

⑪ 厭：明活字印本、明鈔本作『壓』。

⑫ 鳴：明活字印本作『鷄』。

⑬ 嫣：明活字印本、明鈔本作『嫣』。

⑭ 材：原本作『林』，據明活字印本、明鈔本改。

⑮ 瑞：原本作『端』，據明活字印本改。

⑯ 樞：寬文本作『杷』。

⑰ 須：明活字印本、明鈔本作『頒』。

⑱ 屈宋：明活字印本作『宋屈』。

⑲ 何用：明活字印本、明鈔本作『用何』。

⑳ 往：明活字印本作『狂』。

㉑ 勸：明活字印本、明鈔本作『歡』。

㉒ 甲：明活字印本、明鈔本作『夾』。

㉓ 江：明鈔本作『汪』。

㉔ 掃：明活字印本、明鈔本作『歸』。

㉕ 赤：明活字印本、明鈔本『亦』，『縣』明活字印本作『懸』。

㉖ 遺：明鈔本作『遺』。

㉗ 祁：原本作『祈』，據《杜詩詳注》改。

㉘ 虔：明活字印本作『處』。

㉙ 滿：明活字印本、明鈔本作『蒲』。

㉚ 秋：明活字印本、明鈔本作『枝』。

㉛ 湘：明活字印本作『相』。

【注】

〔一〕此爲李賀《申胡子觱篥歌并序》，見於《李賀詩歌集注》卷二，『客李氏』前增『朔』，後無『本』，『郡』作『部』，『歡』作『飲』，『謂予』作『謂吾』，『善乎弄管』作『善平弄』，『照』作『點』。

〔二〕此爲李賀《老夫采玉歌》，見於《李賀詩歌集注》卷二，『琯』作『琢』。

〔三〕此爲李賀《公莫舞歌并序》，見於《李賀詩歌集注》卷二，『欄』作『攔』。

〔四〕此爲杜甫《醉時歌》，見於《杜詩詳注》卷三，標題下原注：『贈廣文館博士鄭虔。』『臺』下注『一作華』，『有才』下注『一作文』，『坷』下注『一作壈』，『人更』下注『一作見』，『窄』下注『一作穴』，『襟』下注『《英華》同，一作衾』，『痛飲真』下注『一作直』，『燈』下注『一作簷』，『簷』下注『一作燈』，『高歌有』下注『一作感』，『孔丘』下注『當作尼父』。注云：『盧世潅曰：《醉時歌》純是天縱，不知其然而然，允矣高歌有鬼神也。』

〔五〕此爲杜甫《樂游園歌》，見於《杜詩詳注》卷二，標題下注：『《英華》題作《晦日賀蘭楊長史筵醉歌》。』『示』下注『《英華》作樂』，『往』作『狂』，下注『一作雄』，『勸賞』作『歡賞』，『雷霆甲』作『夾』，下注『一作甲』，『映』作『詄』，下注『舊作映，趙定作詄，《英華》同』，『罰』下注『一作刻』，『深杯亦』作『辭』，下注『從《英華》，一作亦』，『聖朝亦』下注『一作已，一作但』，『一物自』作『但』，下注『從《英華》，一作自』，『慈』下注『一作私』。

〔六〕此爲杜甫《奉先劉少府新畫山水障歌》，見於《杜詩詳注》卷四，『堂上』下注『一作中』，『江山』下注『一作山川』，『裂』下注『一作坼』，『乃是』中注『一作恐』，『滿』作『蒲』，下注『黄作滿』，『滄浪水深青冥闊』下注『《英華》作滄浪之水清且闊』，『欹岸側島』下注『《英華》作欹峰側岸』，『胡』下注『一作何』。注云：『楊誠齋曰：詩有驚人句，如《山水障》云：「堂上不合生楓樹，怪底江山起煙霧」是也。』又云：『王嗣奭曰：畫有六法，氣韻生動第一，骨法用筆次之。杜以畫法爲詩法，通篇字字跳躍，天機盎然，此其氣韻也。如「堂上不合生楓樹」，突然而起，已而忽入滿城風雨，已而忽入兩兒揮灑，飛騰頓挫，不知所自來，此其骨法也。至末因「貌得山僧」，忽轉到若耶、雲門，青鞋布襪，闋然而止。總得畫法經營之妙，而篇中最得畫家三昧，尤在「元氣淋漓障猶濕」一語。試一想像，此畫至今在目，詩中有畫，信然。』

【箋】

《苕溪漁隱叢話》後集卷六《杜子美二》未引此條而論及《奉先劉少府新畫山水障歌》：『《彦

周詩話》云：「畫山水詩，少陵數首，無人可繼者，惟荆公《觀燕公山水》詩前六句，東坡《煙江疊嶂圖》一詩差近之。」』胡仔按語云：『少陵題畫山水數詩，其間古風二篇，尤爲超絶。荆公、東坡二詩，悉録於左，時時哦之，以快滯懣。』所引《奉先劉少府新畫山水障歌》『胡爲』作『何爲』。《詩人玉屑》雖未引此條，但有兩處涉及這個問題，一是卷三《句法·誠齋論驚人句》：『詩有驚人句，杜《山水障》：「堂上不合生楓樹，怪底江山起煙霧。」又「斫却月中桂，清光應更多。」』二是卷十四《草堂·畫山水詩》引《苕溪漁隱叢話》，但將胡仔按語亦歸入《彦周詩話》，非是。《詩林廣記》前集卷五韓愈《古意》所附白居易《月中桂》所引近於《詩人玉屑》，僅『杜《山水障》』作『又如杜子美《山水障歌》』，前增『樂天此詩是也』。《誠齋詩話》：『詩有驚人句，杜《山水障》：「堂上不合生楓樹，怪底江山起煙霧。」又「斫却月中桂，清光應更多。」』又云：『七言長韻古詩，如杜少陵《丹青引》《曹將軍畫馬》《奉先縣劉少府山水障歌》等篇，皆雄偉宏放，不可捕捉。』《砦溪詩話》卷六：『老杜《劉少府畫山水幛歌》云：「反思前夜風雨急，乃是蒲城鬼神入。元氣淋漓幛猶濕，真宰上訴天應泣。」……此皆窮本探妙，超出準繩外，不特狀寫景物也。』

『歌』與『行』最顯著區别在於前者吸納格律要素，相對更工整。律詩定型之後，詩人常會不自覺受到影響，而『歌』這種詩體最大優勢在於既能繼承古詩以意爲主之精神而至於自然之境，又能及時吸收詩史發展最新成果，巧妙實現兩者有機融合。宋人鋭意創變，這可能是上上之選，與此相應，詩人門檻亦會被提高。

卷下

古詩押韻法

古詩以意爲主，以氣爲客，故意欲完，氣欲長，惟意之往而氣追隨之〔一〕。故於韻無所拘，但行於其所當行，止於其不可不①止。蓋得其②韻寬，則波瀾泛入旁韻，乍還乍離，出入回合，殆不可拘以常格，如韓退之《此日足可惜》之類是也。得韻窄，則不復旁出，而因難見巧，愈險③愈奇，如韓退之《病中贈張十八》之類是也。歐陽文忠公曰：『予嘗與聖俞④論此，以謂譬如善馭良馬者，通衢廣陌，縱横馳逐，惟意所之。至於水曲蟻封，疾徐中節而不蹉跌，乃天下之至工也。聖俞戲曰：「前史言退之爲人木强，若寬韻可自足而輒旁出，窄韻難獨用而反不出，豈非其拗强而然歟？」坐客皆大笑之也。』〔二〕

《此日足可惜一首贈張籍》：『此日足可惜，此酒不可⑤嘗。舍酒須⑥相語，共分一日光。念昔未知子，孟⑦君自南方。自矜⑧有所得，言子有文章。我名屬相府，欲往不得驤。

思之不可見，百端在中腸。維時月魄死，冬日朝在房。驅馳公事退，聞子適及墻。命車載之至，引坐於中堂。開懷聽其說，往往副所望。孔丘沒已久[9]，仁義路久荒。紛紛百[10]家起，詭怪相狘猖。長老守所聞，後生習爲常。少知誠難得，純粹古已亡。譬彼植園木，有根易爲長。留之不遣去，館置城西旁。歲時未云幾，浩浩觀湖湘[11]。衆夫指之笑，謂我知不[12]明。兒童畏雷電，魚鱉驚夜光。州家舉進士，選試繆所當。馳辭對我[13]策，章句何煒煌。相公朝服立，工席歌《鹿鳴》。禮終樂亦闋，相送拜於庭。之子去須臾，赫赫流盛名。竊喜復竊嘆，諒知有所成。人事安可恒，奄忽令我傷。聞子高第日，正從相公喪。哀情逢吉語，惝[14]怳難爲雙。暮宿偃師西，輾轉在空床。夜聞汴州亂，繞壁行彷徨。我時留妻子，倉卒不及將。相見不復期，零落甘所丁。嬌女[15]未絕乳，念之不能忘。忽如在我前，耳若聞啼聲。中途安得返，一日不可更。俄有東來說[16]，我家免罹殃。乘船下汴水，東去趨彭城。從喪至洛陽[17]，旋[18]走不及停。假道經盟津，出入行澗岡。日西入軍門，羸[19]馬顛且僵。主人願少留，延入陳壺觴。卑賤不敢辭，忽忽心如[20]狂。飲食豈知味，絲竹徒轟轟。平明脫身去，決若驚鳧翔。黃昏次汜[21]水，欲濟無舟航。號呼久乃至，夜濟[22]十里黃。中流上沙灘，沙水不可詳。驚波暗合沓[23]，星宿爭翻芒。馬復氾[24]悲鳴，左右泣僕僮。甲午憩時門，臨泉窺鬥龍。東南出陳許，陂澤何[25]茫茫。道邊草木華，紅紫相低昂。百里不逢人，角角雉鴝㉖鳴。行行二月暮，乃及徐南疆。下馬步堤岸，上船拜吾兄。誰云經艱難，百口無夭横。僕射南陽公，宅我睢水陽。篋中有餘衣，盎中有餘糧。閉門㉗讀書史，窗戶清風涼。日念子來游，子豈知我情。别離未爲久，辛苦多所經。對食每不飽，共言無倦聽。連延三十㉘日，晨坐達五更。我有二三子，宦㉙游在西京。東野窺禹穴，李翺觀濤江。蕭條十㉚萬里，會合安可逢。淮之水舒舒，楚山直叢叢。子又捨我去，我懷安所窮。男兒不再壯，百歲如風狂㉛。高爵尚可求，無爲守一鄉。』〔三〕

《病中贈張十八》：『中虚得暴下，避冷臥北窗。不蹈㉜曉鼓朝，安眠㉝聽逢逢。籍也處閭里，抱能未施邦。文章自娱戲，金石㉞日擊撞。龍文百斛鼎，筆力可獨扛。談舌久不掉，非君諒誰雙。扶几㉟導之言，曲節初摐摐。半途喜開鑿，派别失大江。吾欲盈其氣，不令見麾㊱幢。牛羊滿田野，解旆束空杠。傾樽共㊲斟酌，四壁堆㊳罌缸。玄帷㊴隔雪風，照爐釘明釭。夜闌縱捭㊵闔，哆口疏眉厖。勢侔高陽翁，坐約齊横降。連日挾所有，形軀頓胮肛。將歸乃徐謂，子言得無哤。回軍㊶與角逐，斫樹收窮龐。雄聲吐款要，酒壺綴羊腔。君乃昆侖渠，籍乃嶺頭瀧。譬如蟻垤㊷微，詎可陵崆峻。幸願終賜之，斬拔栟與樁。從此識歸處，東流水淙淙。』〔四〕

【校】

①不：明活字印本、明鈔本無。

②其：明活字印本、明鈔本無。

③險：明鈔本作『儉』。

④俞：原本作『愈』，據明活字印本改。

⑤可：明活字印本、明鈔本作『足』。

⑥須：明活字印本、明鈔本作『去』。

⑦孟：明活字印本、明鈔本作『夢』。

⑧矜：原本作『今』，據明活字印本、明鈔本、寬文本改。

⑨久：明活字印本、明鈔本作『遠』。

⑩百：明活字印本、明鈔本作『伯』。下同。

⑪湘：明活字印本、明鈔本作『江』。

⑫知不：明活字印本、明鈔本作『不知』。

⑬對我：明活字印本、明鈔本作『我對』。

⑭惝：原本作『敞』，據寬文本改。

⑮女：明活字印本、明鈔本作『兒』。

⑯東來說：明活字印本、明鈔本作『來說我』。

⑰至洛陽：明活字印本、明鈔本作『朝至洛』。
⑱旋：明活字印本、明鈔本作『還』。
⑲羸：明活字印本作『羸』。下同。
⑳心如：原本作『心死』，明鈔本作『必如』，據明活字印本、寬文本改。
㉑汜：明鈔本作『泥』。
㉒濟：明活字印本、明鈔本作『泲』。
㉓沓：原本作『踏』，據明活字印本、明鈔本改。
㉔泛：明鈔本作『之』。
㉕何：明活字印本作『平』。
㉖雉鴝：明活字印本、明鈔本作『雄雉』，寬文本作『雉雛』。
㉗門：明活字印本、明鈔本作『戶』。
㉘十：寬文本作『千』。
㉙宦：原本作『官』，據明活字印本、明鈔本、寬文本改。
㉚十：明活字印本、明鈔本、寬文本作『千』。
㉛風狂：明活字印本、明鈔本作『狂風』。
㉜蹈：明活字印本、明鈔本、寬文本作『踏』。
㉝眠：明鈔本作『眼』。下同。

㉞金石：原本作『今古』，據明活字印本、明鈔本、寬文本改。

㉟几：原本、寬文本作『機』，明鈔本作『凡』，據明活字印本改。

㊱麿：寬文本作『魔』。

㊲共：明活字印本、明鈔本作『與』。

㊳堆：明鈔本作『雌』。

㊴帷：明活字印本、明鈔本作『惟』。

㊵捭：明活字印本作『押』。

㊶軍：明活字印本作『車』。

㊷垤：明活字印本、明鈔本作『蛭』。

【注】

〔一〕杜牧《樊川文集》卷十三：『凡爲文以意爲主，以氣爲輔，以辭彩章句爲之兵衛，未有主强盛而輔不飄逸者，兵衛不華赫而莊整者。』

〔二〕此出於《六一詩話》：『余獨愛其工於用韻也，蓋其得韻寬，則波瀾横溢，泛入旁韻，乍還乍離，出入回合，殆不可拘以常格，如《此日足可惜》之類是也。得韻窄，則不復旁出，而因難見巧，愈險愈奇，如《病中贈張十八》之類是也。余嘗與聖俞論此，以謂譬如善馭良馬者，通衢廣陌，縱横馳逐，惟意所之。至於水曲蟻封，疾徐中節，而不少蹉跌，乃天下之至工也。聖俞戲曰：「前史言退之爲人木强，若寬韻可自足而輒旁出，窄韻難獨用而反不出，豈非其拗强而然與？」坐客皆爲之笑也。』亦見於《詩話總龜》前集卷六《評論門二》、《苕溪漁隱叢話》前集卷三十八《東坡一》。

〔三〕此爲韓愈《此日足可惜一首贈張籍》，見於《韓昌黎詩繫年集釋》卷一，『不可嘗』作『不足嘗』，『須相語』作『去相語』，『驤』作『行』，『維』作『雜』，『墻』作『城』，『已久』作『已遠』，『狓』作『披』，『湘』作『江』，『輾轉在空床』作『徒輾轉在床』，『嬌』作『驕』，『前』作『所』，『至洛陽』作『朝至洛』，『旋』作『還』，『欲濟』作『欲過』，『沙灘』作『灘灘』，『馬復泛悲鳴』作『轅馬蹢躅鳴』，『何茫茫』作『平茫茫』，『夭横』作『夭殤』，『我有』作『我友』，『安所窮』作『焉所窮』。

〔四〕此爲韓愈《病中贈張十八》，見於《韓昌黎詩繫年集釋》卷一，『曉』前無『蹈』，『共』作『與』，『雄』作『雌』，『賜』作『贈』。

【箋】

《後山詩話》：『魏文帝曰：「文以意爲主，以氣爲輔，以詞爲衛。」子桓不足以及此，其能有所傳乎？』《詩人玉屑》卷六《命意·總説》亦引魏文帝語。其實，《典論·論文》原文爲：『文以氣爲主。』宋人將『意』與『氣』之主次關係顛倒過來，從字面上看，『氣』之地位有變，實則是其在兩種語境中内涵與外延有差異之緣故。曹丕所指爲文人氣質及由是所成文章個性，宋人所指爲文氣，範圍大爲縮小，定位亦會相應不同。舊題王昌齡《詩格》卷上《論文意》：『夫文章興作，先動氣，氣生乎心，心發乎言，聞於耳，見於目，錄於紙。意須出萬人之境，望古人於格下，攢天海於方寸。詩人用心，當於此也。』從詩歌發生角度而言，『氣』是創作第一推動力。《詩中密旨·詩有二格》：『詩意高謂之格高，意下謂之格下。古詩：「耕田而食，鑿井而飲。」此高格也。沈休文詩：「平生少年日，分手易前期。」此下格也。』《金針詩格·詩有四煉》：『一曰煉句，二曰煉字，三曰煉意，四曰煉格。煉句不如煉字，煉字不如煉意，煉意不如煉格。』《風騷旨格·詩有三格》：『一曰上格用意，二曰中格用氣，三曰下格用事。』從藝術境界角度而言，詩意往往是決定性因素，畢竟詩歌本質特征是『吟咏情性』。《冷齋夜話》卷一《换骨奪胎法》：『此（鄭谷《十日菊》）意甚佳而病在氣不長。西漢文章雄深雅健者，其氣長故也。曾子固曰：「詩當使人一覽語盡而意有餘，乃古人用心處。」』鄭谷詩意佳而非意有餘，是故氣不長而爲詩病。反過來則是，文氣追隨詩意，意完而後氣長。宋人理論用意是以意求新，此條則由是帶出用韻配合詩意之復雜性。

『古詩無不押韻』，後人讀詩偶覺不押韻祇是因爲語音時代變化太大。以是論之，聲韻不僅是詩歌必備形式要素，甚或有確立文體特性之意義。唐五代詩格有充分認識，舊題王昌齡《詩格》：『凡作詩之體，意是格，聲是律，意高則格高，聲辨則律清，格律全，然後始有調。用意於古人之上，則天地之境洞焉可觀。』意謂詩意固然居於核心地位，但無聲律則不成詩。《金針詩格·詩有三本》：『一曰有竅，二曰有骨，三曰有髓。以聲律爲竅，以物象爲骨，以意格爲髓。凡爲詩，須具此三者。』聲律爲詩歌之竅，正如人有七竅，豈可徒以表象待之？是故六朝以來，編輯韻書以及『四聲八病』之説很受重視，諸種論述連篇累牘，而總結用韻方式相對薄弱，《文鏡秘府論》天卷歸納『八種韻』：『連韻、疊韻、轉韻、疊連韻、擲韻、重字韻、同音韻、交鎖韻。』每條之下均有例證，惟理論分析較爲粗略。與唐五代詩格主要著力於近體詩不同，惠洪亦探究古體詩用韻，此條從宏觀層面區分寬韻與窄韻，又提出無所拘束、適可而止之用韻原則。另外，從用韻亦可見出韓愈偏好追奇逐險，意在創新，且已至於『工而自然』之境界，這與宋人價值取向相當吻合。

破律琢句法

『仰①看曉月掛木末②，天風吹衣毛骨寒。長江吞空萬山立，白鳥一點微波間。平生擾擾行役苦，譬如磨蟻相循環。』此六句乃七言琢句法也。『仰看曉月掛木末，天風③吹衣毛骨寒。』此對十四字，而上下兩字平側皆隔五字，此其句方④健特。『曉月掛木末』五字是側，而『看』字是平。『天風吹衣寒』五字是平，而『骨』字是側。如『華裙織翠青如蔥，金環壓臂⑤搖玲⑥瓏。』〔一〕此對十四字，而四字是側，然二字側以襯出五字平，則文雄勁。凡律詩一句亦有四字⑦平側者：『無可奈何花落去，似曾相識燕歸來。』〔二〕然皆照映相間，讀之妥貼，非如古詩側三字、四字連殺⑧，平亦如之也。

『除⑨風吹黄沙，日暮水光在。孤鴻翻雲影，哀猿聲一再。關河斷音⑩書，客子隔嶺海。』此六句乃五言琢句法也。

【校】

①仰：明鈔本作『柳』。

②末：明鈔本作『朱』。

③風：明鈔本作『氣』。

④其句方：寬文本作『句法』。

⑤臂：明活字印本、明鈔本作『轡』。

⑥玲：原本作『冬』，據明活字印本、明鈔本、寬文本改。

⑦四字：明活字印本、明鈔本無。

⑧殺：明活字印本、明鈔本作『設』。

⑨除：明活字印本、明鈔本作『西』。

⑩音：明活字印本、明鈔本作『昔』。

【注】

〔一〕此爲李賀《高軒過》，見於《李賀詩歌集注》卷四，『裙』作『裾』，『臂』作『辔』。

〔二〕此爲晏殊《假中示判官張寺丞、王校勘》，見於《全宋詩》卷一百七十一。亦爲《浣溪沙二首》其一，見於《二晏詞箋注》。

【箋】

此條以五言詩與七言詩爲例，通過破壞既定格律而獲得『健特』與『雄勁』藝術效果，可謂形式影響風格之明證。這等於給宋人開闢創變新空間，不僅能規避前人劍走偏鋒而失於僻澀之弊，亦能實現既有美學理想。衹是這種方法主要適用於古體詩，律詩衹能在『拗救』範圍内小幅變動，所舉晏殊詩即是如此，并未出律犯拗。

頓挫掩抑法

『野雁見人時，未舉意先改。君從何處見，得此無人態。無乃枯木形，人禽兩自在。』〔一〕此東坡賦《蘆雁》詩也，欲敘雁閑暇之態，故筆力頓挫如此。又詩曰：『我生本强鄙，少以氣自擠。孤舟到江海①，引手攬象犀。爾來輒自悟②，留氣下暖臍。』〔二〕亦頓挫也。夫言頓挫者，乃是覆却③，使文彩粲然，非如常格詩，但排比④句語而成，熟讀之，殊無氣味。如少游詩曰『松江浩無旁，垂虹跨其上。漫然銜洞庭，領略非一狀。恍如陳⑤

平野，萬馬攢穹帳。離離雲抹山，窅窅天粘浪。煙中漁歌起，島⑥外征帆颺。愈知宇宙寬，乍⑦覺東南壯』〔三〕云云，此但排比好句爾⑧，非能使之頓挫也。

【校】

① 海：明活字印本、明鈔本作『湖』。
② 悟：明活字印本、明鈔本作『恬』。
③ 却：明鈔本作『欲』。
④ 比：原本作『此』，據明活字印本改。
⑤ 陳：明活字印本、明鈔本作『陣』。
⑥ 島：明活字印本、明鈔本作『鳥』。
⑦ 乍：明活字印本、明鈔本作『斗』。
⑧ 爾：明活字印本、明鈔本無。

【注】

〔一〕此爲蘇軾《高郵陳直躬處士畫雁二首》其一，見於《蘇軾詩集》卷二十四，『舉』作『起』，『何處見』作『何處看』。首六句下注云：『諧案：紀昀曰：一片神行，化盡刻畫之迹。』

〔二〕此爲蘇軾《贈王仲素寺丞（名景純）》，見於《蘇軾詩集》卷十五，『到江海』作『倒江河』，『引手』作『赤手』，『爾來輒自悟』作『年來稍自笑』。『孤舟倒江河』句下注云：『合注：此言學道修養之訣。倒江河，即水逆流之意。』『赤手攬象犀』句下注云：『合注：此與上句同意。』

〔三〕此爲秦觀《與子瞻會松江得浪字》，見於《淮海集箋注》卷六，『陣』作『陣』，『歌』作『唱』，『乍』作『斗』。

【箋】

俗謂『文似看山不喜平』，蘇軾謂『反常合道爲趣』（《冷齋夜話》卷五《柳詩有奇趣》），此皆頓挫之意也。其要旨在於通過詩意波動之落差乃至逆向而行，激發語言與意義間内在張力，使詩歌獲得更廣闊闡釋空間與更引人入勝之能量。世間『排比好句』者多而頓挫者少，這不僅適用於宋人，且是中國詩史判别優劣之美學通則。

換韻殺斷法

『安西都護胡青驄，聲價欻然來向東。此馬臨陣久無敵，與人一心成大功。功成惠養隨所致，飄飄遠自流沙至。雄姿未受伏櫪恩，猛氣猶思戰場利。腕促蹄高如踣鐵，交河幾蹴層冰裂。五花散作雲滿身，萬里方看①汗流血。長安壯兒不敢騎，走過掣②電傾城知。青絲絡頭爲君老，何由却出横門道。』〔一〕『道人自稱③三世將，奪家十年今始壯。玉骨猶含④富貴餘，漆瞳已照人天上。去年相見古長干，衆中矯矯始⑤翔鸞。今年過我江西寺，病瘦已作霜松寒。朱顔不辨供歲月，風中膏火湯中雪。好問君家黄面郎，乞取摩尼照生滅。莫學王郎與支遁，臂鷹走馬跨⑥神駿。還君畫圖君自收，不如木人騎土牛。』〔二〕前杜子美《高都護駿馬》詩，後東坡《贈别雲上人》詩，蓋法杜⑦子美所⑧作也。雲以馬圖餉坡，坡還之。前换三韻，皆四句兼平側韻相間，及將斷，即折四句爲兩韻。若不爾，便不合格。今人信意换韻者，不知此也。

【校】

① 看：原本作『有』，據明活字印本、明鈔本、寬文本改。
② 掣：明活字印本、明鈔本作『製』。
③ 稱：明活字印本、明鈔本作『嫌』。
④ 含：明活字印本、明鈔本作『貪』。
⑤ 中矯矯始：明活字印本、明鈔本作『矯如長』。
⑥ 跨：明活字印本作『誇』。

⑦ 杜：明活字印本、明鈔本無。

⑧ 所：明活字印本、明鈔本無。

【注】

〔一〕此爲杜甫《高都護驄馬行》，見於《杜詩詳注》卷二，『飄飄』下注『一作飖』，『腕』下注『一作踠』。

〔二〕此爲蘇軾《雲師無著自金陵來，見余廣陵，且遺余〈支遁鷹馬圖〉，將歸，以詩送之，且還其畫》，見於《蘇軾詩集》卷二十五，『自稱』作『自嫌』，『奪家』作『棄家』，『含』作『寒』，『始翔鸞』作『如翔鸞』，『膏火』作『蒿火』，『黄面郎』作『黄面翁』，『取』作『得』，『跨』作『憐』。

【箋】

換韻雖是古體詩常見問題，但理論總結遠不及創作實際，緣故大抵在於這種做法并不受人待見。舊題王昌齡《詩格》卷上《論文意》：『不得轉韻，轉韻即無力。』直接禁止換韻，因爲這有損文氣連貫性乃至詩歌總體構造，進而及於風骨。這種觀點并非全無道理，而惠洪不是有意唱反調，祇是從宋詩實踐出發，著重歸納四種換韻法基本原理，即換韻殺斷法、平頭換韻法、促句換韻法、四平頭韻法，這既是給宋人因用韻而創變以理論回應，亦能部分彌補詩學缺憾。此條意在説明換韻不能隨心所欲，平仄相間是底線，而且爲避免換韻造成詩意離散，收束部分應將一韻變成兩韻。這些雖是細節，但有利於澄清認識誤區，爲新變創造更多可能性條件。

平頭換韻法

『天人幾何同一漚，謫仙非謫乃其游。揮斥八極隘九州。化爲兩鳥鳴相酬，一鳴一止三千秋。開元有道爲少留，縻之不得矧肯求。東望太白横峨岷①，眼高四海空無人。大兒汾陽中令君，小兒天臺坐忘身。平生不識高將軍，手涴吾足矧敢瞋。作詩一笑君應聞。』此東坡作《李太白贊》也。自『天人』至『矧肯求』一韻七句，方換頭韻，又是平聲。自『東望』至『君應聞』一韻又七句。蓋其法不得雙殺，若雙殺者，不得此法也。

【校】

① 峨：原本作『我』，據寬文本改。『峨岷』明活字印本、明鈔本作『岷峨』。《詩人玉屑》卷二《詩體下·平頭換韻法》全引此條，『此東坡作《李太白贊》也』作『東坡

作《太白贊》云」，并移至句首，無『自天人至矧肯求』，『方换』後無『頭』，無『自東望至君應聞一韻又七句，蓋』，『雙殺者』前無『若』。

【箋】

《文鏡秘府論》天卷《八種韻》：『轉韻者，詩曰：「蘭生不當門，别是閑田草；夙被霜露欺，紅榮已先老。謬接瑶花枝，結根君王池；顧無馨香美，叨沐清風吹。餘芳若可佩，卒歲長相隨。」』注引梁橋《冰川詩式》卷四：『古詩平頭换句法：此法七句方一换韻，又首句平聲，其法不得雙殺，雙殺者，不得此法。「門」（平聲首句）「草」「老」（一韻）「欺」「枝」（一韻），互平仄也；「池」（平聲首句）「美」「佩」（仄一韻《隊》）「吹」「隨」（平《支》一韻），互平仄：是非雙殺，是轉换韻一格也。』據平水韻，李白《贈友人三首》其一韻脚，草、老同屬上聲『皓』韻，欺、枝、池、吹、隨同屬上平聲『支』韻，而平仄相間爲常格，故被《文鏡秘府論》作爲换韻之例。『美』屬上聲『紙』韻，『佩』屬去聲『隊』韻，并非同一韻部，《冰川詩式》所言有誤。李白詩亦不能被列入『平頭换韻法』，因爲其前半部分爲仄韻，前後兩部分又均雙殺。《冰川詩式》將《文鏡秘府論》與《天廚禁臠》相雜糅，似乎有點文不對題。其實，此條意在闡明這類换韻有兩條基本原則：僅限平韻、不得雙殺。

促句換韻法

『儀鸞供帳饕虱行，翰林濕薪爆竹聲，風簾官燭淚縱橫。木穿石槃未渠透，坐窗不遨令人瘦，貧馬百步逢一豆。眼明見此玉①花驄，遙思著鞭隨詩翁，城西野桃尋小紅。』〔一〕此詩三句三疊而止，其法不可過三疊，然促兩疊則②可謂之促句法，以兩疊③則俱用平聲，或用側聲。如『江南秋色推煩暑，夜來一枕芭蕉雨，家在江南白鷗浦。十年未歸鬢如織，傷心日暮楓葉赤，偶然得句因題壁』，此二疊俱用側聲也。如『蘆花如雪灑扁舟，正是滄江蘭杜秋，忽然驚起散沙鷗。平生生計如轉蓬，一身長在百憂中，鱸魚正美負秋風』，此兩疊俱用平聲也。

【校】

① 玉：明活字印本、明鈔本作『一』。

② 則：寬文本無。

③ 『則可』至『兩疊』：明活字印本、明鈔本無。

【注】

〔一〕此爲黄庭堅《觀伯時畫馬禮部試院作》，見於任淵《山谷詩集注》卷九，『步』作『蹔』，『遙』作『徑』。黄庭堅另有六首題李公麟畫作之詩：《題伯時畫揩癢虎》《題伯時畫觀魚僧》《題伯時畫頓塵馬》《題伯時畫嚴子陵釣灘》《題伯時畫松下淵明》《題伯時馬》，可以互參。

【箋】

《苕溪漁隱叢話》前集卷四十八《山谷中》以按語方式引此條前半部分：『魯直《觀伯時畫馬》詩云：「儀鸞供帳饕虱行，翰林濕薪爆竹聲，風簾官燭淚縱横。木穿石槃未渠透，坐窗不遨令人瘦，貧馬百荍逢一豆。眼明見此玉花驄，徑思著鞭隨詩翁，城西野桃尋小紅。」此格，《禁臠》謂之促句換韻，其法三句一換韻，三疊而止。此格甚新，人少用之，余嘗以此格爲鄙句云：「青玻璃色瑩長空，爛銀盤掛屋山東，晚涼徐度一襟風。天分風月相管領，對之技癢誰能忍，吟哦自恨詩才窘。掃寬露坐發興新，浮蛆琰琰抛青春，不妨舉盞成三人。」』《詩人玉屑》卷二《詩體下·促句換韻法》所引同於《苕溪漁隱叢話》。

《詩人玉屑》卷二《詩體下·促句法》截取此條後半部分：『止於兩疊，三句一換韻，或平聲，或側聲皆可。「江南秋色推煩暑，夜來一枕芭蕉雨，家在江南白鷗浦。一生未歸鬢如織，傷心日暮楓葉赤，偶然得句應題壁。」「蘆花如雪灑扁舟，正是滄江蘭杜秋，忽然驚起散沙鷗。平生生計如轉蓬，一身長在百憂中，鱸魚正美負秋風。」』

《詩林廣記》後集卷五黄庭堅《觀伯時畫馬禮部試院作》同於《黄庭堅詩集注》，下引任淵注及《苕溪漁隱叢話》。胡仔明言此法是《天廚禁臠》所總結，且因人少用之而仿作，足見肯定之意。

促句換韻即三句則轉之意，不同於四句而換之常格，中心原則是若三疊則韻脚不限平仄，若兩疊則須同平或同仄。由於促句於詩意構造與文氣舒緩諸方面與常格差異較大，雖有利於創變，但詩人門檻亦相應更高。若非得心應手，則或凝滯，或流俗，反成詩病也。

子美五句法

『曲江蕭條秋氣①高，芰荷枯折隨風濤，游子空嗟②垂二毛。白石素沙亦相蕩，哀鴻獨叫求其曹。』〔一〕『即事非今亦非古，長歌激越捎林③莽，比屋豪華固難數。吾人甘作心似灰，弟侄何傷淚如雨。』〔二〕『自斷此生休問天，杜曲幸有桑麻田，故將移住南山邊④。短衣匹馬隨李廣，看射猛虎終殘年。』〔三〕　此格即事遣興可作，如題物、贈送之類，皆不可用⑤。

【校】

①蕭條秋氣：明活字印本、明鈔本作『蕭秋條氣』。『氣』寬文本作『風』。

②嗟：明鈔本作『鳴』。

③林：明鈔本作『休』。

④邊：明活字印本、明鈔本作『顛』。

⑤『此格』以下，明活字印本、明鈔本無。《詩人玉屑》卷二《詩體下·五句法》全引此條，祇是先論述後詩例，『皆』作『則』，『激越捎』作『激烈梢』，無第三首。

【注】

〔一〕〔二〕〔三〕此爲杜甫《曲江三章章五句》其一、其二、其三，見於《杜詩詳注》卷二，標題下注云：『此詩三章，舊注皆云至德二載（七五七）公陷賊中時作。按：詩旨乃自嘆失意，初無憂亂之詞，當是天寶十一載（七五二）獻賦不遇後，有感而作。』『芰荷』作『菱荷』。注云：『《杜臆》：即事吟詩，體雜古今，其五句成章，有似古體，七言成句，又似今體。』又云：『王嗣奭曰：此公學三百篇，遺貌而傳神者也，觀命題可見，而自謂非今非古，意可知矣。嘗謂公此詩學《三百》，《七歌》學《離騷》，《新安吏》諸作學古樂府，俱自開堂奥，不肯優孟古人。』又云：『盧世潅曰：《曲江》三章，塌翼驚呼，忽遨天際。國風之後，又續國風。』

【箋】

五句體不常見，亦不易爲，詩意不足則偶句已盡，顯見累贅；詩意有餘則單句難對，無從收束。杜詩開萬千法門，諸體皆可爲法。惠洪將尊杜與重句法兩種主流詩學觀念相結合，基於杜詩歸納出『子美五句法』與『杜甫六句法』等異於常格之詩法，既說明杜詩確是獨一無二之典範，亦讓宋人常用創變手法獲得合法性。然而單句體并不合乎中國詩歌傳統習慣，衹因三句體至少有兩疊而掩蓋這種缺憾，五句體補救措施則是一意貫之而使全篇凝結成無法分割之整體，故而較適用於自我抒懷。

杜甫六句法

『高馬勿唾面，長魚無損鱗。辱馬馬毛焦，損魚魚有神。君看磊落士①，不肯②易其身。』〔一〕『蕩蕩萬斛船，影若揚白虹。起檣必椎牛，掛席集衆功。自非風動天，莫置大水中。』〔二〕『烈士③惡多門，小人自同調。名利苟可取，殺身傍權要。何當④官曹清，爾輩堪一笑。』〔三〕此句含譏刺⑤，有謂⑥而作。若法之，但作放言遺興，不可寄贈。山谷亦用此

作十餘首，今錄一首於此：『三公未白首，十輩擁朱輪。祇有人看好，何益百年身。但願身無事，清樽對故人。』〔四〕

【校】

①士：明鈔本作『土』。

②肯：寬文本作『敢』。

③士：寬文本作『子』。

④何當：明活字印本、明鈔本作『黨何』。

⑤刺：寬文本作『利』。

⑥謂：明活字印本、明鈔本作『爲』。

【注】

〔一〕〔二〕〔三〕此爲杜甫《三韻三篇》其一、其二、其三，見於《杜詩詳注》卷十四，標題下注云：『鶴注：此當是永泰元年（七六五）作，時代宗信任元載、魚朝恩，而士之變節者，爭出其門。二人在廣德、永泰間，其權特盛，詳玩末章，其意顯然矣。』『唾』作『捶』，下注『一作唾』，『損魚』作『困魚』，『揚』下注『一作搖』，『烈』下注『一作列』。注云：『申涵光曰：三韻三篇，甚古悍。』又云：『此爲當時趨炎附勢者發，語多諷刺。』

〔四〕此爲黄庭堅《丙寅十四首效韋蘇州并序》其五，見於史容《山谷外集詩注》卷三，「白首」作「白髮」，「擁」作「乘」，「衹有」作「衹取」，「身無事」作「長今日」。序言及注云：「二月丙寅，率李原彦深、謝愔公静游百花洲，適爲游人所擅，見拒於晨門，因賦『何人有酒身無事，誰家多竹門可欵』之句。行繫馬李氏園，步至廣濟僧舍，謁寇忠湣萊國公祠堂，用吏部詩韻作。」『按國史：元豐元年（一〇七八）二月丙午朔，則丙寅乃二十一日，山谷時在北京，而謝師厚居南陽。後篇《夏雨眠起》之什，有「腹便時蒙嘲」之句，又《送朱昵中允宰宋城》詩亦云：「鄴王臺邊春一空，但有雪飛楊柳風。我從南陽解歸槖，重簾復幕坐學宫。」當是山谷告假，或因他故至南陽，在冬春間耳。今附於此。百花洲、萊公祠堂皆在鄧州。』詳述作詩時間及緣由。『「三公未白髮」句下注云：『「三公」謂寇萊公、范文正公、謝希深也。』校勘記云：『按：謝希深名絳，以文學知名。』與序言相應。

【箋】

《詩人玉屑》卷二《詩體下·六句法》截取此條後半部分：『此法但可放言遣興，不可寄贈。杜子美云：「烈士惡多門，小人自同調。名利苟可取，殺身傍權要。何當官曹清，爾輩堪一笑。」山谷云：「三公未白首，十輩擁朱輪。衹有人看好，何益百年身。但願身無事，清樽對故人。」』衹是將基於杜詩之『杜甫六句法』改稱爲『六句法』。

就詩歌形式而言，六句體并不罕見，此條選擇以杜詩爲標桿，意在突出此體價值指向爲專主諷刺，故而較適用於咏懷肆志。與卷中《比興法》不同之處在於，六句體傾向於直抒胸臆，以議論見長，詩意直白；比興體則慣用比喻與象征諸手法，通過意象所暗寓政教倫理内涵創造多重詩意，含蓄隱晦實現批判意圖。

古意句法

『君爲女蘿草，妾作兔絲花。百尺①托遠松，纏綿成②一家。誰言會合③易，各在青山崖。女蘿發清香，兔絲斷人腸。枝枝相糾結，葉葉競④飄揚。生子不知根，因誰共芬芳⑤。中巢雙翡翠，上宿紫鴛鴦⑥。若識二草心，海潮亦可量。』〔一〕此李白作，寄情於君臣交⑦友之際，必托二物以比況。漢蘇、李以來，作者多如此。山谷作《上東坡》曰：『江梅有佳實，托根桃李場。桃李終不言，朝露借恩光。孤芳忌皎潔，冰雪空自香。古來和鼎實，此物升廟廊⑧。歲月坐成晚，煙雨青已黄。得升桃李盤，以遠初見嘗。終然不可口，擲置官道旁。但使本根在，棄⑨捐果何傷。』〔二〕又曰：『青⑩松出澗壑，十里聞風聲。上有百尺絲，下有千歲苓。自憐⑪得久要，爲人制頹齡。小草有遠志，相依在平生。醫和不并世，深根且固蒂。人言可醫國，何用太早計。小大⑫材則殊，氣味固相似。』〔三〕

【校】

①尺：明活字印本、明鈔本作『丈』。

②成：原本作『來』，據明活字印本、明鈔本改。

③合：明活字印本、明鈔本作『面』。

④競：明活字印本、明鈔本作『竟』。

⑤芳：明鈔本作『芬』。

⑥『中巢』二句：原本缺，據明活字印本、明鈔本補。

⑦交：明活字印本、明鈔本作『朋』。

⑧廊：明活字印本、明鈔本作『堂』。

⑨棄：明鈔本作『葉』。

⑩青：明鈔本無。

⑪憐：寬文本作『性』。

⑫小大：明鈔本作『大小』。

【注】

〔一〕此爲李白《古意》，見於《李太白全集》卷八，『百尺』作『百丈』，前增『輕條不自引，爲逐春風斜』，『合』作『面』，『清』作『馨』，『競』作『竟』。

〔二〕〔三〕此爲黄庭堅《古詩二首上蘇子瞻》，見於任淵《山谷詩集注》卷一，其一下注云：「《古風》二首，托物引類，得古詩人之風。」其『前篇「梅」以屬東坡。按：東坡《報山谷書》云：「《古風》二首，托物引類，得古詩人之風。」其推重如此，故置諸篇首云。』其二下注云：『後詩「松」以屬東坡，「茯苓」以屬門下士之賢者，「菟絲」以自況。』『憐』作『性』。正如蘇軾所言，此詩『托物引類，得古詩人之風』，故而被列爲《黄庭堅詩集》開篇之作，《天廚禁臠》同樣意在於此。

另外，黄庭堅《答洪駒父書》：『自作語最難，老杜作詩，退之作文，無一字無來處，蓋後人讀書少，故謂韓、杜自作此語耳。古之能爲文章者，真能陶冶萬物，雖取古人之陳言入於翰墨，如靈丹一粒，點鐵成金也。』『無一字無來處』與『點鐵成金』是黄庭堅代表性詩學觀點，此詩可謂最佳注脚。『江梅有佳實，托根桃李場』下注云：『山谷詩律妙一世，用意高遠，未易窺測，然置字下語，皆有所從來。孫莘老云：「老杜詩無兩字無來歷。」劉夢得論詩亦言：「無來歷字，前輩未嘗用。」山谷屢拈此語，蓋亦以自表見也。第恨淺聞，未能盡知其源委，姑隨所見，箋於其下，庶幾因指以識月，象外之意，學者當自得之。』此論深契黄庭堅詩學精神。

至於『女蘿』『兔絲』，『上有百尺絲，下有千歲苓』句下注云：『《淮南子·說山訓》曰：「千年之松，下有茯苓，上有兔絲。」注云：「茯苓，千歲松脂也。兔絲生其上而無根，一名女蘿。」又按《頍弁》詩：「蔦與女蘿，施於松柏。」注云：「女蘿，兔絲，松蘿也。」《正義》則曰：「陸機疏云：『今菟絲蔓連草上生，非松蘿，松蘿自蔓松上生。』事或當然。」陶隱居注《本草》「菟絲」條亦云：「舊言下有茯苓，上有兔絲，今未必爾。」讀山谷此句，當不以辭害意也。』從這番考證來看，李白與黄庭堅所言似乎并不嚴密，但這絲毫不影響詩歌藝術效果。

【箋】

《苕溪漁隱叢話》前集卷四十三《東坡六》未引此條而論及此詩：『黄庭堅寄書并古風詩與某，其書云：「伏惟閣下學問文章，度越前輩大雅，愷悌博約，後來立朝，以直言見排，補郡輒上課最，可謂聲實相中，內外稱職。」其古風詩云云（「置」作「棄」，「青松」作「長松」）。某答書云：「觀其文以求其爲人，必輕外物而自重者，今之君子，莫能用也。」今之君子，謂近日朝廷進用之人，意言黄庭堅輕外物而自重，以譏諷當今進用之人，不能援引庭堅而用之也。及依韻和答古風詩云：「佳穀臥風雨……玉食慘無光」，以譏世之小人輕君子，如稂莠之奪佳穀也。又云「大哉天宇間……悄悄徒自傷」，意言君子小人進退有時，如夏月蚊虻縱横，至秋自息，比黄庭堅於蟠桃，進用必遲，自比苦李，以無用自全。又取《詩》云：「憂心悄悄，慍於群小。」皆以譏當今進用之人爲小人也。』所論并非作詩之法，而在於展示蘇、黄唱和及其詩歌內涵。

《詩林廣記》後集卷五黄庭堅《古詩二首上蘇子瞻》引任淵注及東坡《詩案》（即《苕溪漁隱叢話》前半部分，止於『不能援引庭堅而用之也』）。

香草美人之喻是楚辭以來詩歌傳統，後世運用廣泛，并衍生出諸種變體，此即『古意句法』之淵源。此法托言自然界而實寫人際關係，生動形象，而又有多重意藴，可謂比興法之特殊形態。同時，因有意象爲依托，或抒懷，或諷喻，咏物而有所寄托，盡意而不離含蓄，適用範圍較廣，故而歷久彌新，亦受宋人重視。

四平頭韻法

『知章騎馬似乘船，眼花落井水底眠。汝陽三斗始朝天，道逢麴車口流涎，恨不移封向酒泉。左相日興費萬錢，飲如長鯨吸百川，銜杯樂聖稱世賢。宗之瀟灑美少年，舉觴白眼望青天，皎如玉樹臨風前。蘇晉長齋繡佛前，醉中往往愛逃禪。李白一斗詩百篇，長安市上酒家眠。天子呼來不上船，自稱臣是酒中仙。張旭三杯草聖傳，脱巾①露頂王公前，揮毫落紙如雲煙。焦遂五斗方卓然，高談雄辯驚四筵。』〔一〕此杜甫作《八仙歌②》，凡押兩『天』字，兩『眠』字，兩『船』字③，三『前』字，惟平頭韻④可重押。若或平⑤或側韻，則不可押。李商隱亦用此體作《九日》詩曰：『羸童瘦馬行荒陂⑥，正是龍山落帽時。丹楓⑦殞葉紛墮⑧飛，黃花年年負歸期。此生半世走路歧，歸心自逐霜⑨鴻飛。故園秋風黍離離，想見父老相追⑩隨。乞將問路知何時，功名⑪未就鬢成絲，解鞍地坐長嗟諮。』〔二〕

【校】

①巾：明活字印本、明鈔本作『帽』。

②歌：明活字印本後增『也』。

③兩船字：明活字印本、明鈔本無。

④韻：明活字印本、明鈔本無。

⑤或平：寬文本無。

⑥陂：明鈔本作『破』。

⑦楓：明鈔本作『風』。

⑧隨：寬文本作『隨』。

⑨霜：明活字印本、明鈔本作『雙』。

⑩追：明活字印本、明鈔本作『逐』。

⑪名：明活字印本、明鈔本作『德』。

【注】

〔一〕此爲杜甫《飲中八仙歌》，見於《杜詩詳注》卷二，『逢』下注『一作見』，『世』作『避』，下注『舊本作世，《邵氏聞見錄》作避』，『巾』作『帽』。注云：『蔡絛《西清詩話》：「此歌『眠』字、『天』字再押，『前』字三押，古未見其體。叔父叔度云：『歌分八篇，人人各異，雖重押韻無害，亦周詩分章之意也。』」』又云：『唐汝詢曰：柏梁詩，人各説一句；八仙歌，人各記一章，特變其體耳，重韻何害。』又云：『《容齋隨筆》曰：「此詩樂聖避賢，乃引李適之詩語，别本誤以『避賢』爲『世賢』，絶無意義。」』『天子呼來不上船』亦爲《冷齋夜話》卷四《詩用方言》所引。

〔二〕此未見於《玉谿生詩集箋注》。

【箋】

《藝苑雌黄》：『古人用韻，如《文選·古詩》、杜子美、韓退之，重複押韻者甚多……杜子美、韓退之蓋亦效古人之作。子美《飲中八仙歌》押二「船」字，二「眼」字，二「天」字，三「前」字。』《苕溪漁隱叢話》前集卷十七《韓吏部中》未引此條而論及這個問題，先引孔毅夫《雜記》云：『退之詩好押狹韻，累句以示工，而不知重疊用韻之爲病也。《雙鳥》詩押兩「頭」字，《李花》詩押兩「花」字。』胡仔按語云：『讀皇甫湜《公安園池》詩，亦押兩「閑」字，「日夜不得閑」「君子不可閑」。蓋退之好重疊用韻，以盡己之詩意，不恤其爲病也。』從詩格角度而言，惠洪所言不誤；從詩意角度而言，胡仔所言亦可成立。又引《學林新編》云：『杜子美《飲中八仙歌》曰「知章騎馬似乘船」，又曰「天子呼來不上船」；一曰「眼花落井水底眠」，又曰「長安市上酒家眠」；一曰「汝陽三斗始朝天」，又曰「舉觴白眼望青天」；一曰「皎如玉樹臨風前」，又曰「蘇晉長齋繡佛前」，又曰「脱帽露頂王公前」，此歌三十二句，而押二「船」字、二「眠」字、二「天」字、三「前」字。近時論詩者曰：「此歌一首是八段，不嫌於重用韻也。」』某案：子美此歌，以《飲中八仙歌》五字爲題，則是一歌也。此歌首尾於「船」字韻中押，未嘗移别韻，則非分爲八段。蓋子美古律詩重用韻者亦多，況於歌乎？……其餘詩人，如此疊用韻者甚多，不可具舉，意到即押耳，奚獨於《飲中八仙歌》而致怪邪？子瞻《送江公著》詩曰「忽憶釣臺歸洗耳」，又曰「亦念人生行樂耳」，自注曰：「二『耳』義不同，故得重用。」蓋子瞻自不必注。』所述理由同前。又引《西清詩話》所言，但所注出處爲『山谷曰』，未知孰是。

《滄浪詩話·詩評》：「《天府禁臠》謂：『平韻可重押，若或平或仄則不可。』彼但以《八仙歌》言之耳，何見之陋邪？《（王直方）詩話》謂：『東坡兩「耳」韻，兩「耳」義不同，故可重押。』要之亦非也。」

《詩人玉屑》卷六《下字·忌重疊字》：『古之詩流曉此，唐人忌重疊用字者甚多。東坡一詩有兩字「耳」字韻，亦曰義不同。』

《金針詩格·詩有齊梁格》：『四平頭，謂四句皆用平字入是也。』《續金針詩格·詩有齊梁格》：『四平頭格，《曲江感春》詩：「江頭日暖花正開，江東行客心悠哉。高陽酒徒半凋落，終南山色空崔嵬。」』『平頭』爲『八病』之首，此處則將其泛化至全詩。惠洪借用這個概念并改造爲使用重韻之前提條件：全用平韻。若是按圖索驥，此法或可命名爲『平頭重韻法』，可與『平頭換韻法』同列而與『四平頭格』實無内在關聯。

分佈用事法

『君不見滹沱流澌車折軸，公孫蒼黄奉豆粥。濕薪破灶自燎衣，饑寒頓①解劉文叔。又不見金谷敲冰草木春，帳下烹煎②多美人。韭蓱豆粥不傳法，咄嗟而辨③石季倫。干戈未解身如寄，聲色相傳④心已醉。身心顛倒自不知，要識人間有真味。何如江頭千頃雪色蘆，茅檐出沒晨煙孤。地碓舂粳光似玉，沙瓶煮豆軟如酥。我老此身無著處，賣書來問東家住。臥聽鷄鳴粥熟時，蓬頭曳杖君家去。』〔一〕『君不見長安畫手開⑤十眉，横雲却月爭新奇。游人指點小顰處，中有漁陽胡馬嘶。又不見王孫青瑣横雙碧，腸斷浮空遠山色。書生性命何足⑥論，坐費千金買消渴。爾來喪亂愁天公，責⑦向君家筆⑧硯中。明⑨窗書⑩幌相嫵媚，要令曉夢⑪生春紅。維摩⑫居士談空處，結習已空花不住。故令天女御鉛華，千⑬偈翻瀾無一語。』〔二〕前東坡《豆粥》詩，後《眉子硯》詩也。何謂分布用事法？曰：凡二事比類於前，而後發其宏妙也。

【校】

①頓：明鈔本作『預』。下同。

②煎：明活字印本、明鈔本作『茶』。

③辦：原本作『弁』，據明活字印本、明鈔本、寬文本改。

④傳：寬文本作『纏』。

⑤開：明鈔本作『間』。

⑥何足：原本作『足何』，據明活字印本、明鈔本、寬文本改。

⑦責：明活字印本、明鈔本作『謫』。

⑧筆：明活字印本、明鈔本作『書』。

⑨明：明活字印本、明鈔本作『小』。

⑩書：寬文本作『虛』。

⑪要令曉夢：明活字印本、明鈔本作『令君曉色』。

⑫維摩：明活字印本、明鈔本作『毗耶』。

⑬千：明鈔本無。

【注】

〔一〕此爲蘇軾《豆粥》，見於《蘇軾詩集》卷二十四，『蒼黃』作『倉皇』，『多』作『皆』，

『韭薺』作『萍虀』，『自不知』作『不自知』，『要』作『更』，『何如』作『豈如』，『杖』作『履』。

〔二〕此爲蘇軾《眉子石硯歌贈胡誾》，見於《蘇軾詩集》卷二十四，『長安』作『成都』，『明窗』作『小窗』，『要令』作『令君』，『維摩』作『毗耶』，『故令』作『試教』，『御鉛華』作『爲磨鉛』，『翻瀾』作『瀾翻』。前四句亦爲《冷齋夜話》卷五《詩置動静意》所引。詩題與石硯有關，從首句下注來看，又與眉飾有關。從分佈用事法定義可知，兩者均不誤。

【箋】

用典雖有爭議，但宋詩幾乎無不用典，方式亦花樣翻新，『分佈用事法』與『窠因用事法』較有宋人特色。『分佈用事』要義在於不是根據詩意選擇合適典故，而是以兩個與主題相關之典故爲支架構造詩意及其走勢，這不僅可以擴大詩歌容量與藝術表現力，而且兩個典故間相向合力或相背衝突，亦可給詩人『發其宏妙』提供廣闊空間，讓詩人自由意志不爲典故所縛而得以盡情展現。

窠因①用事法

『陸機二十作《文賦》。』〔一〕又曰：『看射猛虎終殘年。』〔二〕此略提②其事之因，不聲其所以然。若此者，多如排佈用事，非高才博學者莫能也。

【校】

①因：原本作『目』，據明活字印本、明鈔本改。

②提：明活字印本、明鈔本作『促』。

【注】

〔一〕此爲杜甫《醉歌行》，見於《杜詩詳注》卷三，標題下注：『原注：别從侄勤落第歸。』注云：『《臧榮緒〈晉書〉》：「陸機少襲父兵爲牙門將軍，年二十而吴滅，退臨舊里，與弟雲勤學。機妙解情理，心識文體，故作《文賦》。」』

〔二〕此爲杜甫《曲江三章章五句》其三，見於《杜詩詳注》卷二，亦爲《天廚禁臠》卷下《子美五句法》所引。注云：『《漢·李廣傳》：「廣屏居藍田南山中，射獵，見草中石，以爲虎而射之，中石沒羽，視之，石也。廣所居郡，聞有虎，常自射之。」』

【箋】

『窠因用事』要義在於僅取典故核心部分而略去其他，可謂神龍見首不見尾，因其背後諸多信息被隱藏而蘊含豐富詩意，潛能巨大，且合乎含蓄。此或源於《文心雕龍·事類》『綜學在博，取事貴約』之理念，而『事約』以博學爲前提，類似於『分佈用事法』，這體現出宋人『非多讀書，多窮理，則不能極其至』（《滄浪詩話校釋·詩辨》）之詩學觀念。當然，反之則可能亦是宋人『以文字爲詩，以才學爲詩，以議論爲詩』（《滄浪詩話校釋·詩辨》）之根蒂所在。是故用典博學是柄雙刃劍，正向有助於提升藝術水準，反向亦易落入掉書袋之俗套。運用之妙，存乎一心而已。

古詩秀傑之句

《高軒過》：『華裙織翠青如蔥，金環挑臂①搖玲瓏，馬蹄隱耳聲隆隆。入門下馬氣如虹，云是東京才子、文章巨公。二十八宿羅心胸，殿前作賦聲摩空。筆補造化天無功，元精炯炯貫當中。庬眉書客感秋蓬，誰知死草生華風。我今垂翅附冥鴻，他日不羞蛇作龍。』〔一〕

《美人梳頭歌》：『西施曉夢綃帳寒，香鬟②墮③髻半枕④檀。轆轤咿啞轉鳴玉，驚起芙蓉睡新足。雙鸞開鏡秋水光，解鬟臨鏡立象床。一編香絲雲撒地，金釵落處無聲膩。纖手却盤老鴉色，翠滑寶釵簪不得。春風爛熳惱嬌慵，十八鬟多無氣力。梳⑤成鬖髻⑥欹不斜，雲裾數步蹈⑦雁沙。背人不語向何處，下階自折櫻桃花⑧。』〔二〕

《金銅仙人辭漢歌》：『魏明帝青龍九年八月，詔宮⑨官牽車西取漢孝武捧露盤仙人，欲立置前殿。宮官既拆盤，仙人臨載乃潸然淚下。唐諸王孫李長吉遂作《金銅仙人辭漢歌》。』『茂陵劉郎秋風客，夜聞馬嘶曉無迹。畫欄桂樹懸秋香，三十六宮土花碧。魏官牽車指⑩千里，東關酸風射眸子。空將漢月出宮門，思⑪君清淚如鉛水。衰蘭送客咸陽路⑫，天若有情⑬天亦老。攜盤獨出月荒涼，渭城已遠波聲小。』〔三〕

【校】

① 挑臂：明活字印本、明鈔本作『壓轡』，『挑』寬文本作『壓』。
② 鬟：明鈔本作『髮』。
③ 墮：寬文本作『隨』。
④ 枕：明活字印本、明鈔本作『沉』。
⑤ 梳：明活字印本、明鈔本作『妝』。
⑥ 鬢：明活字印本、明鈔本作『鬢』。
⑦ 蹈：明活字印本、明鈔本作『踏』。
⑧ 下階自折櫻桃花：寬文本無。
⑨ 宮：寬文本作『宧』。下同。

⑩ 指：寬文本作『捐』。

⑪ 思：明活字印本作『憶』，明鈔本作『情』。

⑫ 路：明活字印本、明鈔本作『道』。

⑬ 情：明鈔本作『憶』。

【注】

〔一〕此爲李賀《高軒過》，見於《李賀詩歌集注》卷四，『裙』作『裾』，『挑臂』作『壓轡』，無『元精炯炯貫當中』。首兩句亦爲《天廚禁臠》卷下《破律琢句法》所引。

〔二〕此爲李賀《美人梳頭歌》，見於《李賀詩歌集注》卷四，『枕』作『沉』。

〔三〕此爲李賀《金銅仙人辭漢歌》，見於《李賀詩歌集注》卷二，『九』作『元』，『思』作『憶』，『路』作『道』。

【箋】

《文心雕龍·隱秀》：『是以文之英蕤，有秀有隱。隱也者，文外之重旨者也；秀也者，篇中之獨拔者也。』范文瀾注：『重旨者，辭約而義富，含味無窮，陸士衡云「文外曲致」，此隱之謂也。獨拔者，即士衡所云「一篇之警策」也。』以是觀之，『秀傑之句』是指精練扼要而格外出衆之句，全篇之中僅有一二而已，是故摘録分析『秀句』典範價值可謂中國詩學重頭戲，宋人尤善如此。然則此條舉李賀詩爲例，并非衹在個別詩句，而乃通篇警策故也。縱使唐宋時代，秀句常有而句句出彩之作仍屬難得，亦可反證李詩成就實獨一無二。

古詩奇麗之句①

《洗兵馬》：『中興諸將收山東，捷書日②報清晝同。河廣傳聞一葦過，胡兒命在破竹中。衹殘鄴城不日得，獨任朔方無限功③。京師皆騎汗④血馬，回紇餧肉蒲萄宫。（郭子儀時任朔方節度使，回紇送兵三千，助唐討賊，賜宴於蒲萄東園中⑤。）已喜皇威清海岱，常思仙仗過崆峒。三年笛裏關山月，萬國兵前草木風。成王功大心轉小，（乾元二年徙封叔爲成王⑥。）郭相謀深古來少。司徒清鑒懸明鏡，尚書氣與秋天杳。二三豪俊爲時出，整頓乾坤濟時了。東走無復憶鱸⑦魚，南飛覺⑧有安巢鳥。青春復隨冠冕入，紫禁正奈煙花繞。鶴駕通宵鳳輦備，鷄鳴問寢龍樓曉。攀龍附鳳世⑨莫當，天下盡化爲侯王。汝等豈知蒙帝力，時來不得誇身强。關中既留蕭丞相，幕下復用張子房。張公一生江海客，身長九尺鬚眉蒼。徵起適遇⑩風雲會，扶顛始知籌策良。青袍白馬更何有，後漢今周喜再昌。寸地尺天皆入貢，奇祥異瑞爭來送。不知何國致白環，復道諸山得銀甕。隱士休歌

《紫芝曲》，詞人解撰《清河⑪頌》。田家望望惜雨乾，布穀處處催春種。淇上健兒歸莫懶，城南思婦愁多夢。安得壯士挽天河，淨洗甲兵長不用。』〔一〕

《戲爲雙松圖⑫歌》：『天下幾人畫古松，畢宏已老韋偃少。絕筆長風起纖末，滿堂動色嗟神妙。兩株慘裂苔蘚皮，屈鐵交錯回高枝⑬。白摧朽骨龍虎死，黑⑭入太陰雷雨垂。松根胡僧憩寂寞，厖眉皓首無住著⑮。偏袒右肩露雙脚，葉裏松子僧前落。韋侯韋侯數相見，我有一匹⑯好東絹。重之不減錦繡段，已令拂拭光淩亂，請公放筆爲直幹。』〔二〕

【校】

① 句：明活字印本、明鈔本作『氣』。

② 日：明活字印本、明鈔本、寬文本作『夜』。

③ 功：明活字印本、明鈔本作『切』。

④ 汗：明鈔本作『漢』。

⑤ 此注明活字印本、明鈔本無。

⑥ 此注明活字印本、明鈔本無。

⑦ 鱸：明鈔本作『驢』。

⑧ 覺：寬文本作『各』。

⑨ 世：明活字印本作『勢』。
⑩ 遇：明鈔本作『過』。
⑪ 清河：明活字印本、明鈔本作『河清』。
⑫ 圖：明活字印本無。
⑬ 枝：明鈔本作『校』。
⑭ 黑：明鈔本作『墨』。
⑮ 著：明鈔本作『者』。
⑯ 匹：原本後增『之』，據明活字印本、明鈔本、寬文本改。

【注】

〔一〕此爲杜甫《洗兵行》，見於《杜詩詳注》卷六，標題下注：『《杜臆》作行，舊作馬。』『日』作『夜』，下注『一作夕，一作日』，『胡兒』作『胡危』，『謀深』下注『一作謀猷，一作深謀』，『巢』下注『一作枝』，『禁』下注『吴本作駕』，『奈』作『耐』，『樓』下注『一作蛇』，『世』作『勢』，下注『一作世』，『蒙』下注『一作象』，『解』下注『《西溪叢語》：善本作角』，『清河』下注『一云河清』。注云：『王嗣奭曰：此詩四轉韻，一韻十二句，句兼排律，自成一體而筆力矯健，詞氣老蒼，喜躍之意，浮動筆墨間。』又云：『唐汝詢曰：《洗兵馬》一篇，有典有則，雄渾闊大，足稱唐雅，識者詳味，當不在《老將行》下。』又云：『蔡絛曰：「作詩者陶冶物情，體會光景，必貴乎自得。蓋格有高下，才有分限，不可强致也。譬之秦武陽，氣蓋全燕，見秦王則戰慄失色。淮南王安，好爲神仙，謁帝猶輕其舉止。此豈由素習哉？予謂少陵、太白，當險阻艱難，流離困躓，意欲卑而語未嘗不高。至於羅隱、貫休輩，得意偏霸，誇雄逞奇，語欲高而意未嘗不卑。乃知天稟自然，有不能易也。」』

〔二〕此爲杜甫《戲爲韋偃（舊作戲韋偃爲）雙松圖歌》，見於《杜詩詳注》卷九，『古松』下注『一作樹』，『垂』下注『一作隨』，『庬』作『龐』，『東絹』中注『一作素』。注云：『《杜臆》：起二句語氣平緩，忽接以絶筆長風二句，何等筆力！』又云：『《唐詩紀事》載湯文圭《九華雨吟》「雷劈老松疑虎怒，雨沖陰洞覺龍腥」，與杜詩「白摧朽骨龍虎死，黑入太陰雷雨垂」，造句奇峭，足以相當。』

【箋】

《歲寒堂詩話》卷下《洗兵馬》：『山谷云：「詩句不鑿空强作，對景而生便自佳。」山谷之言誠是也。然此乃衆人所同耳，惟杜子美則不然。對景亦可，不對景亦可。喜怒哀樂，不擇所遇，一發於詩。蓋出口成詩，非作詩也。觀此詩聞捷書之作，其喜氣乃可掬，真所謂「情動於中而形於言，言之不足，不知手之舞之，足之蹈之」也。其曰「東走無復憶鱸魚，南飛覺有安巢鳥」，言人思安居，不復避亂也。曰「寸地尺天」，曰「奇祥異瑞」，曰「皆入貢」，曰「爭來送」，曰「不知何國」，曰「復道諸山」，皆喜躍之詞也。「隱士休歌《紫芝曲》」，言時平當出也。「詞人解撰《河清頌》」，言當作頌聲也。「田家望望惜雨乾，布穀處處催春種」，言人思歸農也。「淇上健兒歸莫懶，城南思婦愁多夢」，言戍卒之歸休，室家之思憶，敘其喜躍，不嫌於褻，故云「歸莫懶」「愁多夢」也。至於「鶴駕通宵鳳輦備，鷄鳴問寢龍樓曉」，雖但敘一時喜慶事，而意乃諷肅宗，所謂主文而譎諫也。「攀龍附鳳勢莫當，天下盡化爲侯王。汝等豈知蒙帝利，時來不得誇身强」，雖似憎惡武夫，而熟味其言，乃有深意。《易·師》之上六曰：「開國承家，小人勿用。」《三略》亦曰：「還師罷軍，存亡之階。」子美於克捷之初，而訓敕將士，俾知帝利，不得誇身强，其憂國不亦至乎？子美吐詞措意每如此，古今詩人所不及也。山谷晚作《大雅堂記》，謂子美詩好處，正在無意而意已至，若此詩是已。」

《文心雕龍·定勢》：『故文反正爲乏，辭反正爲奇……舊練之才，則執正以馭奇；新學之鋭，則逐奇而失正。』《辨騷》：『酌奇而不失其真，玩華而不墜其實。』以是觀之，『奇』乃出新常見手段，合乎文章之法，關鍵在於秉持『執正馭奇』原則，而不能顛倒奇與正之主次關係。杜詩堪稱奇正互現之典範，内容包羅萬象而憂國憂民主旋律未變，形式使用麗辭拗體而自然純貞本色不改，此乃宋人創變最可學習效仿之處也。當然，若要奇而正，麗而實，則既涉技法，更源於詩人之心純粹與否也。

古詩有醇醲之氣

《江畔獨行①尋花七絕句》：『江上被花惱不徹，無處告訴②祇顛狂。走覓南鄰愛酒伴，經旬出飲獨空床。』〔一〕『稠花亂蕊畏[3]江濱，行步欹危實怕春。詩酒尚堪驅使在[4]，未須料理白頭人。』〔二〕『江深竹静兩三家，多事[5]紅花映白花。報答春光知有處，應須美酒送生涯。』〔三〕『東望少城花滿煙，百花高樓更可憐。誰能載酒開金盞[6]，喚取佳人舞繡筵。』〔四〕『黄師塔前江水東，春光[7]懶困倚微風。桃花一簇開無主，可愛深紅更[8]淺紅。』〔五〕『黄四娘家花滿蹊，千朵萬朵壓枝低。留連戲蝶時時舞，自在嬌鶯恰恰啼。』〔六〕『不是愛花即欲死，祇恐花盡老相催。繁枝容易紛紛落，嫩[9]葉[10]商量細細開。』〔七〕

【校】

[1] 行：明活字印本、明鈔本作『步』。

[2] 訴：明鈔本作『所』。

[3] 畏：寬文本作『裹』。

[4] 在：明活字印本、明鈔本移至『料』後。

[5] 事：明鈔本作『是』。

[6] 盞：寬文本作『盆』。

[7] 光：寬文本作『風』。

[8] 更：明活字印本、明鈔本作『映』。

⑨ 嫩：原本作『懶』，據明活字印本改。
⑩ 蕋：明鈔本作『蕊』。

【注】

〔一〕〔二〕〔三〕〔四〕〔五〕〔六〕〔七〕此爲杜甫《江畔（一作上）獨步尋花七絶句》，見於《杜詩詳注》卷十，『畏』作『裏』，下注『舊作畏，《正異》定作裏』，『實』下注『一云獨』，『盞』下注『一作鎖』，『深紅更』作『深紅愛』，下注『晉作映，一作愛，一作與』，『欲』下注『一作肯』，『愛花即欲死』下注『一作看花即索死』，『蕋』作『蕊』，下注『一作蕋』。

【箋】

諸家均未引此條，但《苕溪漁隱叢話》前集卷十四《杜少陵九》胡仔評論涉及此詩第六首：『余纂集《叢話》，蓋以子美之詩爲宗，凡諸公之説，悉以采摭，仍存標目，各志所出，今更拾遺，類次爲一，以便觀覽焉。《江畔獨步尋花絶句》云：「黄四娘家花滿蹊，千朵萬朵壓枝低。」齊魯大臣二人而史失其名，黄四娘者獨何人哉？因托此詩以得不朽，世間幸不幸類如此。』由黄四娘幸而不朽益知宋人心目中杜詩之崇高地位與莫大影響。《詩林廣記》前集卷二杜甫《江畔獨步尋花》僅引第六首，并引胡仔按語後半部分。

醇醲即淳樸敦厚之意，此條所舉杜詩看似簡樸，實則藴含深刻哲思與意藴，唐詩名篇往往如是。

宋詩特質在於創新藝術形式之時承續唐詩精神，常見弊病則是深度有餘而失之僻澀，回歸唐詩之淳厚實爲對症之良藥也。全書以此作結，正是著眼於唐宋詩史流變歷程與時代問題，發展至嚴羽則直言：『夫學詩者以識爲主：入門須正，立志須高；以漢、魏、晉、盛唐爲師，不作開元、天寶以下人物。』（《滄浪詩話校釋·詩辨》）斯言意在糾偏，雖有矯枉過正之嫌，但置諸中國詩史，仍爲明見也。

附錄一　著錄與題跋

一、《冷齋夜話》

晁公武《郡齋讀書志》卷十三

《冷齋夜話》六卷。右皇朝僧惠洪撰，多記蘇、黄事，皆依托也。江淹擬陶淵明詩，其詞浮淺，洪既誤以爲真陶淵明語，且云東坡嘗稱其至到。《鬼谷子》書，世所共見，而云有『崖蜜，櫻桃也』之言，東坡《橄欖》詩『已輸崖蜜十分甜』蓋用之。如此類甚多，不可概舉。下注：袁本解題頗異，俱錄於下：『《冷齋夜話》六卷。右皇朝僧惠洪撰，崇、觀間記一時雜事。惠洪喜游公卿之門，後坐事配隸嶺表。』

陳振孫《直齋書錄解題》卷十一

《冷齋夜話》十卷。僧惠洪撰，所言多誕妄。①

【校】

①《學津討原》本作『未詳何人撰，記國初至熙寧中雜事。』

馬端臨《文獻通考》卷二百十七

《冷齋夜話》六卷。晁氏曰：『皇朝僧惠洪撰，多記蘇、黄事，皆依托也。江淹擬陶淵明詩，其詞浮淺，洪既誤以爲真陶淵明語，且云東坡嘗稱其至到。《鬼谷子》書，世所共見，而云有「崖蜜，櫻桃也」之言，東坡《橄欖》詩「已輸崖蜜十分甜」蓋用之。如此類甚多，不可概舉。』陳氏曰：『言多妄誕。』

《宋史》卷二百零六《藝文志五》

僧惠洪《冷齋夜話》十三卷。

《説郛》

《冷齋夜話》十五卷。

元刻本序

是書僧惠洪所編也。洪本筠州彭氏子，祝髮爲僧，以詩名聞海内，與蘇、黄爲方外交①。是書古今傳記與夫騷人墨客多所取用②，惜舊本訛謬，且兵火散失之餘，幾不傳於世。本堂家藏善本，與舊本編次大有不同，再加訂③正，以繡諸梓，與同志者共之。幸鑒。癸未春孟新刊④。

【校】

① 交：《螢雪軒叢書》本作『友』。

② 用：靜嘉堂文庫本、故宮明本作『因』。

③ 訂：五山本作『斤』。

④ 癸未春孟新刊：正保本、寬文本、文化本、《螢雪軒叢書》本無，靜嘉堂文庫本、故宮明本前增『至正』，後增『三衢石林葉敦印』。

明刻本黃丕烈跋

《冷齋夜話》所見本，此爲最古矣，惜是坊刻，故多訛舛。余先蓄一本，係殘帙，後從嘉禾友人處借得補全，以備藏弆。頃書賈獲一全本，中所闕失錯亂，復賴前本鈔寫更正，亦一快事。壬申（一八一二）中秋後十日記，復翁。

明刻本繆荃孫跋

《夜話》以此本爲最古，蕘圃言之矣。陸氏所藏同提要所舉兩目，亦與此本合。內缺三葉，黄補二葉。又九卷《開井法、禁蛇方》只存末數語，似缺一葉，然予數聯接，不可解，敝藏舊鈔已去此條矣。荃孫讀畢謹識。

鈔補缺葉，必須同是一刻，或新刻而行款字數相同者，尚是其次，否則寧增空葉，不妄補。

《津逮秘書》本毛晉跋

浮屠之裔，求其籍籍於述作之林，殆不多見矣，習小説家言者尤鮮。宋僧自文瑩而外，覺範洪公亦喜弄此事。洪公自是宗門傑士，盍不守面壁祖風？往往著書不憚，且有目爲『文字禪』者，何哉？嘉祐間，嵩①禪師住西湖三十年，撰②《輔教編》詣闕上之，仁宗嘉嘆其才，書盡賜入藏，『明教』之名，遂聞天下。洪公之《林間録》《僧寶傳》諸編，清才妙筆，不讓嵩老，而其書竟不入藏，豈時至大觀，風會又一變耶？《冷齋夜話》雖微瑣零雜，如渴漢嚼榴子，喉吻間津津如③酸漿滴入，所以歷世傳之無窮也。湖南毛晉識。

【校】

① 嵩：《學津討原》本無。
② 撰：《學津討原》本作『誤』。
③ 如：《學津討原》本作『有』。

《四庫全書總目》卷一百二十

《冷齋夜話》十卷，宋僧惠洪撰。惠洪一名德洪，字覺範，筠州人。大觀中游丞相張商英之門，商英敗，惠洪亦坐累謫朱崖。是書晁公武《讀書志》作十卷，與今本相合。然陳善《捫虱新話》謂，山谷《西江月》詞『日側金盤墜影』一首爲惠洪贋作，載於《冷齋夜話》。又引《宋百家詩選》云，《冷齋夜話》中僞作山谷贈洪詩，『韻勝不減秦少覯，氣爽絶類徐師川』云云。今本無此兩篇，蓋已經後人刪削，非其完本。又每篇皆有標題，而標題或冗沓過甚，或拙鄙不文，皆與本書不類。其最剌謬者，如《洪駒父詩話》一條，乃引洪駒父之言以正俗刻之誤，非攻洪駒父之誤也，其標題乃云洪駒父評詩之誤，顯相背觸。又郪亭湖廟一條，捧牲請福者乃安世高之舟人，故神云舟有沙門，乃不俱來耶，非世高自請福也。又追敘漢時建寺，乃爲秦觀作維摩贊緣起，非記世高事也，其標題乃云安世高請福郪亭廟，秦少游宿此夢天女求贊，既乖本事，且不成文。又蘇軾寄鄧道士詩一條，用韋應物寄全椒山中道士詩韻，乃記蘇詩，非記韋詩也，而其標題乃云韋蘇州寄全椒道人詩，更全然不解文義。又惠洪本彭氏子，於彭淵材爲叔侄，故書中但稱淵材，不繫以姓，而其標題乃皆改爲劉淵材，尤爲不考。此類不可殫數，亦皆後人所妄加，非所本有也。是書雜記見聞，而論詩者居十之八，論詩之中，稱引元祐諸人者又十之八，而黄庭堅語尤多，蓋惠洪猶及識庭堅，故引以爲重。其庭堅夢游蓬萊一條，《山谷集》題曰《記夢》。《洪駒父詩話》曰：『余嘗問山谷，云：「此記一段事也。嘗從一貴宗室攜妓游僧寺，酒闌，諸妓皆散入僧房中，主人不怪也，故有『曉然夢之非紛紜』句。」』惠洪乃稱庭堅曾與共宿湘江舟中親話，有夢與道士游蓬萊事，且云今《山谷集》語不同，蓋後更易之。是殆竄亂其說，使故與本集不合，以自明其暱於庭堅，獨知其詳耳。晁公武詆此書多誕妄僞托者，即此類歟？然惠洪本工詩，其詩論實多中理解，所言可取則取之，其托於聞之某某，置而不論可矣。

胡玉縉《四庫全書總目提要補正》

《冷齋夜話》十卷。惠洪一名德洪，字覺範，筠州人。大觀中游丞相張商英之門，商英敗，惠洪亦坐累謫朱崖。又每篇皆有標題，而標題或冗沓過甚，或拙鄙不文，皆與本書不類。其最剌謬者，如《洪駒父詩話》一條，乃引洪駒父之言以正俗刻之誤，非攻洪駒父之誤也，其標題乃云洪駒父評詩之誤，顯相背觸。又邶亭湖廟一條，捧牲請福者乃安世高之舟人，故神云舟有沙門，乃不俱來耶，非世高自請福也。又追敘漢時建寺，乃爲秦觀作維摩贊緣起，非記世高事也，其標題乃云安世高請福邶亭廟，秦少游宿此夢天女求贊，既乖本事，且不成文。又蘇軾寄鄧道士詩一條，用韋應物寄全椒山中道士詩韻，乃記蘇詩，非記韋詩也，而其標題乃云韋蘇州寄全椒道人詩，更全然不解文義。又惠洪本彭氏子，於彭淵材爲叔侄，故書中但稱淵材，不繫以姓，而其標題乃皆改爲劉淵材，尤爲不考。此類不可殫數，亦皆後人所妄加，非所本有也。

案：吴曾《能改齋漫録》十二云：『洪覺範本名德洪，俗姓彭，筠州人。始在峽州，以醫劉養娘識張天覺。大觀四年八月，覺範入京，而天覺已爲右揆，因劉得祠部一道爲僧。又因叔彭几在郭天信家作門客，遂識天信，因往來於張、郭二公之門。政和元年，張、郭得罪，而覺範決脊杖二十，刺配朱崖軍牢。後改名惠洪。』據此，則德洪乃是本名，其謫亦非止緣張商英一人也。考本書洪覺範、朱世英二偈條，一稱予，一稱世英，洪之爲覺範無疑。又開井法條，稱『淵才獻樂書，得協律郎，使予跋其書曰：「子落筆當公，不可以叔侄故溢美。」』洪之於淵才爲叔侄，亦無疑。惟彭淵才南歸條，明繫以姓耳。王正德《餘師録》提要稱『各考其譌缺，注於下』，而卷四洪覺範條下注云：『僧惠洪，字覺範，姓喻氏，後易名德洪。』不特先後倒置，又以爲俗姓喻矣。又洪書本有『詩至李義山，爲文章一厄』云云，許顗舉『夕陽無限好』兩句，洪即時刪去。詳《彦周詩話》。陸氏《藏書志》有元刊本，并載至正癸未三衢石林葉敦一則云，『是書舊本訛謬，且兵火散失之餘，幾不傳於世。本堂家藏善本，與舊本編次大有不同，再加訂正，以繡諸梓』云云。其《儀顧堂續跋》云：『標題之謬，《提要》已痛詆之。他如東坡廬山偈分爲兩條，標曰廬山老人，亦謬之甚者。』觀此刊跋，恐原本無標題，如《玉壺清話》之例。其標題乃元人所增，故荒謬如此。

李慈銘《荀學齋日記》壬集下（五九）云：『皆瑣屑不足道之事，其論詩亦甚凡近，此等所謂底下之書。』

玉縉案：其中尤謬者，誤以白居易《東城尋春》詩『老色日上面』及《竹窗》詩『輕紗一幅中』，合而爲黄庭堅責宜州詩，且有學道閑雅之語，已爲胡仔《漁隱叢話》所糾。

《筆記小説大觀》本提要

宋僧惠洪撰，凡十卷。洪工詩，論元祐諸詩居十之五六，餘亦雜記見聞。紀曉嵐謂載黄魯直語尤多，蓋洪及見魯直，欲引以爲重也。彭淵材事亦不少，書中但稱淵材者，以洪本彭氏子，於淵材爲叔侄耳。晁公武《讀書志》詆是書爲誕妄，詎以所載泰半與《墨客揮犀》相同歟？然洪論詩，語多中肯，所長固不可沒焉。

《殷禮在斯堂叢書》本王國維跋

壬子（一九一二）夏，以日本五山刊本校《津逮》，共補二條，改正數百字，甚爲滿意。元書前五卷鈔補亦舊鈔也，其源當出元刊。王國維記。

五山刊本後有題識一行，曰：元龜三年記之。案：元龜三年當明隆慶間（一五七二年），其字與前五卷之鈔補者似出一手。元書每半頁九行，每行十八九字不等，每條第二行以下均低一格。并記。

宋時此書各本卷數頗不同，《宋史·藝文志》云十三卷，《郡齋讀書志》及《文獻通考》云六卷，獨《直齋書錄解題》所著錄者爲十卷，與此本同。今行世者有《津逮》《稗海》二本，《稗海》無小題，然卷數亦同。今觀五山本亦然，知元明以來只此十卷本孤行於世矣。

吴曾《能改齋漫錄》十二：『洪覺範本名德洪，俗姓彭，筠州人。始在峽州，以醫劉養娘識張天覺。大觀四年八月，覺範入京，而天覺已爲右揆，因劉得祠部一道爲僧。又因叔彭几在郭天信家作門客，遂識天信，因往來於張、郭二公之門。政和元年，張、郭得罪，而覺範決脊杖二十，刺配朱崖軍牢。後改名惠洪。』又《宋史·樂志》：『初，進士彭几進樂書，禮部員外郎吴時善其説，建言乞召几至樂府，朝廷從之。』由此二條觀之，則上條所謂淵材者即彭几，郭太尉即郭天信。曩跋《續墨客揮犀》，以開井法一條必爲惠洪所記，今果於舊本中見之。唯《四庫總目》所舉佚文二條尚不在內，豈尚非足本耶？國維又記。

二、《天廚禁臠》

《郡齋讀書志》卷二十

《天廚禁臠》三卷。右皇朝釋惠洪撰，論諸家詩格。

《直齋書錄解題》卷二十二

《天廚禁臠》三卷。僧惠洪撰。

《文獻通考》

《天廚禁臠》三卷。晁氏曰：『釋惠洪撰，論諸家詩格。』

《宋史》卷二百零九《藝文志八》

僧惠洪《天廚禁臠》三卷。

明活字印本黎尧卿跋

礦樸不鍊不成，霧縠不涅不麗，吾人欲染指風雅而無所師授，尠不墮落外道者，況望了達玄奥哉！《天廚禁臠》，釋洪覺範編也，頗得三昧，法闞詩壇，蹊徑在焉。勝國前有摹本，而今亡矣，予得其抄本訂之，將與海内豪傑共之。秣陵鄉進士張天植遂成吾志刻之。正德丁卯（一五〇七）東川黎堯卿跋。

《四庫全書總目》卷一百九十七

《天廚禁臠》三卷。宋釋惠洪撰。惠洪有《冷齋夜話》，已著錄。是編皆標舉詩格，而舉唐宋舊作爲式，然所論多强立名目，旁生支節。如首列杜甫《寒食對月》詩爲偷春格，而謂黄庭堅《茶》詞疊押四「山」字爲用此法，則風馬牛不相及。又如蘇軾「芳草池塘惠連夢，上林鴻雁子卿歸」句；黄庭堅「平生幾兩屐，身後五車書」句，謂射雁得蘇武書無「鴻」字，故改謝靈運「春草池塘」爲「芳草」；「五車書」無「身後」字，故改阮孚『人生幾兩屐』爲『平生』，謂之用事補綴法，亦自生妄見。所論古詩押韻、换韻之類，尤茫然不知古法。嚴羽《滄浪詩話》稱『《天廚禁臠》最害事』，非虛語也。

附録二 辑佚

一、《冷齋夜話》

永明禪師記曰：有禪師夜經行，誤踐瓜皮，意其蝦蟆也，死墮惡道。又有山行人爲蛇螫，而意觸樹桩。行三十里，遇筮醫識之，告曰：『蛇螫也。』發毒而死。使行人不遇筮醫，毒遂不發；比丘知是瓜皮，不墮惡道。古德偈曰：『惡境自虚不須畏，終朝照矚元無對。設使住持浮幻身，任運都無舌身意。』（《詩話總龜》前集卷二《達理門》）

山谷謂余言：『吾少年時作《漁父詞》曰：「新婦磯頭眉黛愁，小姑堤畔眼波秋。魚兒錯認月沉鈎。青蒻笠前無限事，緑蓑衣底一時休。斜風細雨轉船頭。」以示坡，坡笑曰：「山谷境界乃於青蒻笠前而已耶？」獨謝師直一讀知吾用意，謂人曰：「此郎能於水容山光、玉肌花貌無異見，是真解脱游戲耳。」』（《詩話總龜》前集卷九《評論門》）

舒王嘗寄蔣山元禪師詩曰：『不與物違真道廣，每隨緣起自禪深。』（《詩話總龜》前集卷十四《警句門》）

東坡愛西湖，詩曰：『若把西湖比西子，淡妝濃抹也相宜。』余宿孤山下，讀林和靖詩，句句皆西湖寫生，特天姿自然，不施鉛華耳。作詩書壁曰：『長愛東坡眼不枯，解將西子比西湖。先生詩妙真如畫，爲作《春寒出浴圖》。』（《詩話總龜》前集卷十七《留題門》）

鄒志完歸常州，余在蔣山，以書見招，有長短句曰：『慧眼舒光無不見，塵中一一藏經卷。閑話大千攤已遍。門方便，法輪盡向毛端轉。　月掛燭籠知再見，西方可履休回盼。要與老岑同掣電。（新與岑禪師游。）酬所願，欣逢十二觀音面。』余未相識，作偈答之曰：『知有道鄉何處是？（鄒自號道鄉居士。）個中歸路滑於苔。方機罷後見城郭，一念不生金鎖開。』『丹霞未見彭居士，已有言詞滿四方。何似他時親面識，不勞語默强遮藏。』（《詩話總龜》前集卷二十八《寄贈門》）

溫關西，解州人。余渡丹陽，溫荷布囊，如世所畫布袋和尚，其豐碩如此。來附舟，好談蘇、黄，大訝之。余住臨汝景德，溫來謁曰：『吾食荔子於閩，飽飫而還。過此，春白粳米，欲入西川看未見碑。』余贈詩曰：『鐵面關西氣送勤，平生蹤迹付浮雲。瓜洲渡口曾同載，石廩峰前又見君。荔子招邀閩嶺外，白粳留滯汝江濆。拄藤更欲西川去，要讀豐碑未見文。』余謫海外，中間傳余死，溫誦《華嚴經》泣拜薦福。已而聞未死，又喜余還自南荒。館石門山寺，溫來省，余作詩曰：『雀羅門巷榻凝塵，千里相尋駭四鄰。好事真誠虹貫日，照人情氣水含春。忽言我淨今無比，高笑君癡亦絶倫。此別遥知對標格，斷雲殘處擁冰輪。』（《詩話總龜》前集卷二十八《寄贈門》）

余夜夢一道士，一奴負酒瓢隨之。道士邀余坐茗坊，奴竊飲，瓢無有，乃笑。道士詬，欲杖之，顧奴曰：『汝從覺範求詩。』曰：『難藏爲香釁，易滿坐遍小。開口所有竭，饞奴法當笑。』句句皆譏其褊，可怪也。（《詩話總龜》前集卷三十二《道僧門》）

龔彦和謫化州，持不殺戒，日夜禮佛，對客蟣虱滿衣領，不恤也。鄒志完嘲曰：『衣領從教蝨子緣，夜深拜得席兒穿。道鄉活計君知否，饑即須餐困即眠。』（《詩話總龜》前

集卷三十六《譏誚門》）

【校】

《續墨客揮犀》卷五《持不殺戒》亦有此條，『鄒志完』後增『作偈』，『嘲』後增『之』，第二個『即』作『是』。

余與淵材牛渚間見長短句曰：『牛渚天門險，限南北、七英豪占。青煙（疑衍）霧斂，與閑人登覽。待月上潮平波灩灩，寒管孤吟新繫纜，風滿檻，歷歷數、西州更點。』淵材恨不得腔，乃撰其譜，蓋賀方回作也。（《詩話總龜》前集卷四十二《樂府門》）

東坡《游羅浮》詩曰：『潛鱗有饑蛟，掉尾取渴虎。我來方醉後，濯足聊戲侮。』想見海上超放之類。然蛟疑不能掉尾，雪裏芭蕉也。（《詩話總龜》前集卷五十《琢句門》）

《謁玄元廟》詩云：『風箏吹玉柱，露井凍銀床。』許彥周云：『嘉祐中，河濱漁者網得一小石，石上刻一小詩云：「雨滴空階曉，無心換夕香。井桐花落盡，一半在銀床。」銀床，井欄也。不知誰作。』（《苕溪漁隱叢話》前集卷七《杜少陵二》）

【校】

《類說》卷五十五《漁網石上詩》亦有此條，無『《謁玄元廟》』至『許彦周云』，『嘉祐』後無『中』，『網』前無『者』，第一個『石』前無『小』，『石上刻一小詩云』作『上刻詩曰』。

《詩話總龜》前集卷十九《紀實門》亦有此條，『《謁玄元廟》』前增『老杜』，『風箏』作『鳳笙』，『網』前無『者』，『刻』前無『石上』，『一小詩云』作『詩曰』，『不』作『莫』。

《能改齋漫錄》卷六《事實》考證此條：『杜子美詩：「風箏吹玉柱，露井凍銀床。」《潘子真詩話》以杜用《晉史·樂志·淮南篇》：「淮南王，自言（脱『尊』），百尺高樓與天連。後園鑿井銀作床，金瓶素綆汲寒漿。」潘引此未盡也。按《山海經》曰：「海内昆侖墟，在西北，帝之下都。高萬仞，面有九井，以玉爲檻。」郭璞注曰：「檻，欄也。」故梁簡文《雙桐生空井》詩云：「銀床繫轆轤。」庾肩吾《九日》詩云：「銀床落井桐。」蘇味道《井》詩：「澄澈瀉銀床。」陸龜蒙《井上桐》詩：「獨立傍銀床，碧桐風裊裊。」蓋銀床者，以銀作欄，猶《山海經》所謂以玉爲欄耳。洪覺範《冷齋夜話》不知出此，乃引嘉祐中，許彦周知澶州，河濱漁網得一小石，刻詩云：「雨滴空階曉，無心換夕香。井桐花落盡，强半在銀床。」』

世傳琴曲宫聲十小調，皆隋賀若弼所制，最爲絕妙。一《不博金》，二《不換玉》，三《峽泛》，四《越溪吟》，五《越江吟》，六《孤猿吟》，七《清夜吟》，八《葉下聞蟬》，九《三清》，十亡其名，琴家但名《賀若》而已。太宗尤愛之，爲之改《不博金》曰《楚澤涵秋》，《不換金》曰《塞門積雪》，仍命詞臣各探調製詞。時北門學士蘇易簡探得《越江吟》，其詞曰：『神仙神仙瑶池宴。片片。碧桃零落春風晚。翠雲開處，隱隱金轝挽，玉麟背吟清風遠。』又一本云：『非雲非煙瑶池宴。片片。碧桃零落黄金殿。蝦鬚半捲，天香散。　春雲和，孤竹清婉。入霄漢，紅顔醉態爛熳。金輿轉，霓旌影亂，簫聲遠。』此篇勝前篇也。（《苕溪漁隱叢話》前集卷十六《韓吏部上》）

【校】

《詩話總龜》前集卷四《詩進門》亦有此條，『最爲絶妙』作『最妙』，『峽泛』作『泛峽吟』，『孤猿』作『孤憤』，『琴家』後無『但』，『太宗』後無『尤愛之』，『改』前無『爲之』，『命』前無『仍』，『詞臣』後無『各』，『探調』作『采調』，『蘇易簡』前無『時北門學士』，後無『探』，『詞曰』前無『其』，『背吟』作『背冷』，『又』後無『一』，『此篇勝前篇也』作『不知孰是』。

《贈同游》詩：『喚起窗全曙，催歸日未西，無心花裏鳥，更與盡情啼。』山谷曰：『吾兒時每哦此詩，而了不解其意，自謫峽川，吾年五十八矣，時春晚，憶此詩，方悟之。喚起、催歸，二鳥，名若虚設，故人不覺耳。古人於小詩，用意精深如此，況其大者乎。催歸，子規鳥也。喚起，聲如絡緯，圓轉清亮，偏於春曉鳴，亦謂之春喚。』（《苕溪漁隱叢話》前集卷十七《韓吏部中》）

【校】

《類說》卷五十五《二禽名》亦有此條，「《贈同游》詩」作「退之詩云」，無「無心花裏鳥，更與盡情啼」，「山谷曰」作「魯直云」，「吾兒時每哦此詩」至「況其大者乎」作「二禽名也」，「子規」後無「鳥」，「絡緯」作「絡絲」，「亦」作「江南」。

《詩話總龜》前集卷十九《紀實門》亦有此條，「《贈同游》詩」作「退之詩曰」，無「山谷曰」，「吾」作「余」，「了」前無「而」，「謫峽川」作「出陝」，「五十八」後無「矣」，「時春晚」作「年時春曉」，「憶」前增「偶」，「悟」後無「之」，「二鳥」作「二禽名也」，後無「名若虛設，故人不覺耳。古人於小詩，用意精深如此，況其大者乎」，「子規」後無「鳥」，「絡緯」作「絡絲」，「亦」作「江南」。

《詩人玉屑》卷六《命意·用意精深》亦有此條，且按語云：「此詩「喚起」「催歸」固是二鳥名，然題曰贈同游者，實有微意。蓋窗已全曙，鳥方喚起，何其遲也；日猶未西，鳥已催歸，何其蚤也！豈二鳥無心，不知同游者之意乎？更與我盡情而啼，早喚起而遲催歸可也。」

海南城東有兩井，相去咫尺而異味，號雙井。井源出巖石罅中，東坡酌水異之，曰：「吾尋白龍不見，今知家此水中乎。」同游者怪問其故，曰：「白龍當爲東坡出，請徐待之。」俄見其脊尾如生銀蛇狀，忽水渾有雲氣浮水面，舉首如插玉箸，乃泳而去。余至二井，太守張子修爲造庵井上，號思遠，亭名洞酌。岸有怪樹，樹枝之腋，有詩曰：「巖泉未入井，蒙然冒沙石。泉嫩回爲醽，石老生罅隙。異哉寸波中，露此横海脊。先生酌泉笑，泉香神龍蟄。舉首玉箸插，忽去銀丁擲。大身何時布，夭矯翔霹靂。誰言鵬背大，更覺宇宙窄。』字畫如顔書，無名銜年月。此詩氣格似東坡，而言泉嫩石老，似非東坡，又語散漫，疑學者爲之也。龍如蛇形，小如玉箸。（《苕溪漁隱叢話》前集卷四十一《东坡四》）

【校】

《詩話總龜》前集卷四十九《奇怪門》亦有此條，『巖石』作『山源山』，『今』後無『知』，『水』後無『中』，『同游』後無『者』，無『請徐待之』，『生銀』作『爛銀』，第一個『氣』前無『雲』，『二』作『兩』，『岸』作『崖』，『樹枝』後無『之』，『末』作『未』，『回』作『洄』，『神龍』作『龍神』，『丁』作『釘』，『布』作『見』，『年』作『日』，『漫』作『緩』，『學者』作『學而』，『如蛇形』作『爲蛇形』。

山谷南遷，與余會於長沙，留碧湘門一月，李子光以官舟借之，爲憎疾者腹誹，因攜十六口買小舟。余以舟迫窄爲言，山谷笑曰：『煙波萬頃，水宿小舟，與大廈千楹，醉眠一榻何所異，道人繆矣。』即解綍去。聞留衡陽作詩寫字，因作長短句寄之，曰：『大廈吞風吐月，小舟坐水眠空。霧窗春曉翠如葱，睡起雲濤正湧。往事回頭笑處，此生彈指聲中。玉箋佳句敏驚鴻，聞道衡陽價重。』時余方還江南，山谷和其詞，曰：『月仄金盆墮水，雁回醉墨書空。君詩秀絕雨園葱，想見衲衣寒擁。　蟻穴夢魂人世，楊花蹤迹風中。莫將社燕笑秋鴻，處處春山翠重。』（《苕溪漁隱叢話》前集卷四十八《山谷中》）

少游到郴州，作長短句云：『霧失樓臺，月迷津渡，桃源望斷無尋處。可堪孤館閉春寒，杜鵑聲裏斜陽暮。　驛寄梅花，魚傳尺素，砌成此恨無重數。郴江幸自繞郴山，爲誰流下瀟湘去。』東坡絕愛其尾兩句，自書於扇曰：『少游已矣，雖萬人何贖。』（《苕溪漁隱叢話》前集卷五十《秦少游》）

【校】

《詩人玉屑》卷二十一《詩餘·秦少游》亦有此條。

（东坡）後與少游維揚飲別，作《虞美人》曰：『波聲拍枕長淮曉，隙月窺人小。無情汴水自東流，祇載一船離恨向西州。　竹陰花圃曾同醉，酒未多於淚。誰敵風鑒在塵埃，醞造一場煩惱送人來。』世傳此詞是賀方回所作，雖山谷亦云。大觀中於金陵見其親筆，醉墨超放，氣壓王子敬，蓋東坡詞也。（《苕溪漁隱叢話》前集卷五十《秦少游》）

【校】

《類說》卷五十五《東坡詞》亦有此條，『與』前無『後』，『飲別』前無『維揚』，『拍』作『泊』，『根』作『别』，『圃』作『島』，『敵』作『教』，『是賀方回所作』作『賀方回作』，『雖山谷亦云』至『蓋東坡詞也』作『非也，乃東坡作』。

《詩人玉屑》卷二十一《詩餘・秦少游》亦有此條。

少游在黄州，飲於海橋，橋南北多海棠，有老書生家於海棠叢間，少游醉宿於此，明日題其柱云：『唤起一聲人悄，衾暖夢寒窗曉。瘴雨過，海棠晴，春色又添多少。社甕釀成微笑，半破癭瓢共舀。覺健倒，急投牀，醉鄉廣大人間小。』東坡愛其句，恨不得其腔，當有知者。（《苕溪漁隱叢話》前集卷五十《秦少游》）

【校】

《詩話總龜》前集卷十五《留題門》亦有此條，『黄州』作『横州』，『海橋』作『海棠橋』，『家』後無『於』，『醉』後增『卧』，『云』作『曰』，『暖』作『枕』，『倒』作『到』，『其句』作『之』，無『當有知者』。

少游小詞奇麗，咏歌之，想見其神清在絳闕、道山之間。詞曰：『柳邊沙外，城郭春寒退。花影亂，鶯聲碎。飄零疏酒盞，離别寬衣帶。人不見，碧雲（脱『暮』）合空相對。憶昔西池會，鵷鷺同飛蓋。攜手處，今誰在？日邊清夢斷，鏡裏朱顔改。春去也，落紅萬點愁如海。』」余兄思禹，使余賦崔徽頭子詞，因次韻曰：『半身屏外，睡覺唇紅退。春思亂，芳心碎。空餘簪髻玉，不見流蘇帶。試與問，今人秀韻誰宜對？湘浦曾同會，手弭青羅蓋。疑是夢中猶在。十分春易盡，一點情難改。多少事，都隨恨遠連雲海。』（《苕溪漁隱叢話》前集卷五十《秦少游》）

【校】

《類説》卷五十五《崔徽頭子詞》亦有此條，『少游小詞奇麗』至『詞曰』作『秦少游有詞云』，後無『柳邊沙外』至『春去也』『余兄思禹』，『使余賦崔徽頭子詞』作『覺範賦崔徽頭子』，『因次韻』作『用少游韻』，『弭』作『搴』，『青』作『輕』，『中』作『今』。《詩人玉屑》卷二十一《詩餘·秦少游》有此條前半部分，止於『落紅萬點愁如海』，『神清』作『神情』，『碧雲』後增『暮』，『鴛鴦』作『鵷鷺』。

少游元豐初夢中作長短句曰：『指點虚無征路，醉乘班虬，遠訪西極。正天風吹露，滿空寒白。織女明星迎笑，何苦自淹塵域。正火輪飛上，霧捲煙開，洞觀金碧。重重觀閣，横枕鼇峰，水面倒銜蒼石。隨處有奇香幽吹，窅然難測。好是蟠桃熟後，阿鬟偷報

消息。在天碧海，一枝難過，占取春色。』既覺，使侍兒歌之，蓋《雨中花》也。（《苕溪漁隱叢話》前集卷五十《秦少游》）

秦少游在處州，夢中作長短句曰：『山路雨添花，花動一山春色。行到小溪深處，有黄鸝千百。飛雲當面化龍蛇，夭矯掛空碧。醉臥古藤陰下，杳不知南北。』後南遷久之，北歸，逗留於藤州，遂終於瘴江之上光華亭，時方醉起，以玉盂汲泉欲飲，笑視之而化。（《苕溪漁隱叢話》前集卷五十）

【校】

《詩話總龜》前集卷四十二《樂府門》亦有此條，『掛』作『轉』，『南遷』後無『久之』，『逗留』後無『於』，『終於』前無『遂』，『光華亭』前無『瘴江之上』，『視』後無『之』。

余至瓊州，劉蒙叟方飲於張守之席，三鼓矣，遣急足來覓長短句，問欲敘何事，蒙叟視燭有蛾撲之不去，曰：『爲賦此。』急足反走持紙，曰：『急爲之，不然獲譴也。』余口授吏書之曰：『蜜燭花光清夜闌，粉衣香翅繞團團。人猶認假爲真實，蛾豈將燈作火看。方嘆息，爲遮欄，也知愛處實難拚。忽然性命隨煙焰，始覺從前被眼瞞。』蒙叟醉笑，首肯之。既北渡，夜發海津，又贈行，爲之詞曰：『一段文章種性，更謫仙風韻。晝戟叢中，

清香凝宴寢。落日清寒勒花信。愁似海，洗光詞錦。後夜歸舟，雲濤喧醉枕。』（《苕溪漁隱叢話》前集卷五十六《洪覺範》）

【校】

《詩話總龜》前集卷二十一《咏物門》有此條前半部分，止於『始覺從前被眼瞞』，『余至瓊州』至『余口授吏書之曰』作『有長短句賦燈蛾』，『團團』作『團圝』，『猶』作『皆』，『欄』作『攔』。

《詩人玉屑》卷二十《禪林·惠洪》亦有此條，『更』作『又』，『欄』作『攔』。

予謫海外，上元，椰子林中，漁火三四而已。中夜聞猿聲淒動，作詞曰：『凝祥宴罷聞歌吹。畫轂走，香塵起。冠壓花枝馳萬騎。馬行燈鬧，鳳樓簾捲，陸海鼇山對。當年曾看天顔醉。御杯舉，歡聲沸。時節雖同悲樂異。海風吹夢，嶺猿啼月，一枕思歸淚。』又有《懷京師》詩云：『十分春瘦緣何事，一掬歸心未到家。』苕溪漁隱曰：『忘情絕愛，此瞿曇氏之所訓，惠洪身爲衲子，詞句有「一枕思歸淚」及「十分春瘦」之語，豈所當然。又自載之詩話，矜衒其言，何無識之甚邪！』（《苕溪漁隱叢話》前集卷五十六《洪覺範》）

【校】

《詩人玉屑》卷二十一《詩餘·僧惠洪》亦有此條。

衡州花光仁老以墨爲梅花，魯直觀之，嘆曰：『如嫩寒春曉，行孤山籬落間，但欠香耳。』余因爲賦長短句曰：『碧瓦籠晴香霧繞。水殿西偏，小駐聞啼鳥。風度女牆吹語笑，南枝破臘應開了。　道骨不凡江瘴曉。春色通靈，醫得花重少。抱甕釀寒春杳杳，譙門畫角催殘照。』又曰：『入骨風流國色，透塵種性真香。爲誰風鬢涴新妝，半樹水村春暗。　雪壓枝低籬落，月高影動池塘。高情數筆寄微茫，小寢初開霧帳。』前《蝶戀花》，後《西江月》也。（《苕溪漁隱叢話》前集卷五十六《洪覺範》）

【校】

《類說》卷五十五《墨梅》有此條首句，止於『但欠香耳』，『之』後無『嘆』，『孤山』後增『水邊』。

《永樂大典》卷二千八百十二《墨梅》有此條首句，止於『但欠香耳』，『梅』後無『花』，『之』後無『嘆』。

《詩話總龜》前集卷二十一《咏物門》亦有此條，『爲』作『寫』，『魯直』後無『觀之』，『余』後無『因爲』，『水殿』作『呵手』，『樵門』作『一聲』，『催殘照』作『光殘照』。

東坡鎮錢塘，無日不在西湖。嘗攜妓謁大通禪師，慍形於色，東坡作長短句，令妓歌之，曰：『師唱誰家曲，宗風嗣阿誰。借君拍板與門槌，我也逢場作戲莫相疑。溪女方偷眼，山僧莫皺眉，却嫌彌勒下生遲，不見阿婆三五少年時。』時有僧仲殊在蘇州，聞而和之，曰：『解舞《清平樂》，如今說向誰？紅爐片雪上鉗鎚，打就金毛獅子也堪疑。木女明開眼，泥人暗皺眉，蟠桃已是著花遲，不向春風一笑待何時？』（《苕溪漁隱叢話》前集卷五十七《戲詞》）

【校】

《詩話總龜》前集卷四十二《樂府門》亦有此條，無『鎮錢塘，無日不在西湖，嘗』，『慍形於色』作『大通慍色』，『坡作』前無『東』，無『令妓歌之』，『嗣』作『有』，『莫皺眉』作『已皺眉』，『阿婆』作『老婆』，『僧仲殊』前無『時有』，後無『在蘇州』，『聞而和之』作『和』，『《清平樂》』作『清平曲』，『如』作『而』，『鎚』作『捶』，『獅』作『師』，『木女明開眼』作『已信身如夢』，『泥人暗皺眉』作『何須眼似眉』，『著花』作『結花』，『春風』作『風前』。

章子厚謫海康，過貴州南山寺，寺有老僧，名奉忠，蜀人也，自眉山來，欲渡海見東坡，不及，因病於此寺。子厚宿山中，邀與飲，忠欣然從之，又以蒸蛇勸食之，忠舉箸啖之，無所疑。子厚曰：『子奉佛戒，乃食蒸蛇，何哉？』忠曰：『相公愛人以德，何必見誚。』已而倚檻看層雲，子厚曰：『夏雲多奇峰，真善比類。』忠曰：『曾記《夏雲》詩甚奇。』子厚使誦之，忠曰：『如峰如火復如綿，飛過微陰落檻前。天地生靈乾欲死，不成霖雨謾遮天。』（《苕溪漁隱叢話》前集卷五十七《夏雲詩》）

【校】

《詩話總龜》前集卷一《諷喻門》亦有此條，『海康』作『雷州』，『貴州』前增『小』，『寺有老僧，名』作『有僧』，『蜀人也』至『何必見誚』作『子厚見之』，『層雲』後無『子厚』，無『子厚使誦之，忠』，『天地』作『大地』。《詩人玉屑》卷九《諷興・夏雲詩》亦有此條，同於《詩話總龜》。

魯直自黔安出峽，登荊州江亭，柱間有詞曰：『簾捲曲闌獨倚，江展暮天無際。淚眼不曾晴，家在吴頭楚尾。　數點雪花亂委，撲漉沙鷗驚起。詩句恰成時，沒入蒼煙叢裏。』魯直讀之，淒然曰：『似爲余發也，不知何人所作。所題筆勢妍軟攲斜類女子，而有「淚痕不曾晴」之句，不然，則是鬼詩也。』是夕，有女子絕豔，夢於魯直曰：『我家豫章吴城山，附客舟至此，墮水死，不得歸，登江亭有感而作，不意公能識之。』魯直驚寤，謂所親曰：『此必吴城小龍女也。』（《苕溪漁隱叢話》前集卷五十八《鬼詩》）

【校】

《類説》卷五十五《吴城龍女》亦有此條，第一個『魯直』前增『黄』，『自黔安出峽，登荊州江亭』作『發荊州』，『柱』前增『亭』，『江展』作『雲展』，『凄然』前無『讀之』，『筆勢』前無『所題』，後無『妍軟欹斜』，『而有』作『又有』，『痕』作『眼』，『不然，則是鬼詩』作『疑其鬼』，『女子』後無『絕艷』，『夢』前增『見』，『不得』後無『歸』，『驚寤』後無『謂所親』，『小龍女』後增『輩』。

《詩話總龜》前集卷五十《鬼神門》亦有此條，『攡』作『漉』，『痕』作『眼』。《詩人玉屑》卷二十一《靈異・吴城龍女》亦有此條，同於《詩話總龜》。

曾子宣夫人魏氏，作《虞美人草行》云：『鴻門玉斗紛如雪，十萬降兵夜流血。咸陽宫殿三月紅，霸業已隨煙燼滅。剛强必死仁義王，陰陵失路非天亡。英雄本學萬人敵，何用屑屑悲紅妝。三軍散盡旌旗倒，玉帳佳人坐中老。香魂夜逐劍光飛，青血化爲原上草。芳心寂寞寄寒枝，舊曲聞來似斂眉。哀怨徘徊愁不語，恰如初聽楚歌時。滔滔逝水流今古，漢楚興亡兩丘土。當年遺事久成空，慷慨樽前爲誰舞。』苕溪漁隱曰：『此詩乃許彦國表民作。表民，合肥人。余昔隨侍先君守合肥，嘗借得渠家集，集中有此詩。又合肥老儒郭全美，乃表民席下舊諸生，云親見渠作此詩。今曾端伯編《詩選》，亦列此詩於

表民詩中，遂與余所見所聞暗合，覽者可以無疑，亦知《冷齋》之妄也。』（《苕溪漁隱叢話》前集卷六十《虞美人草行》）

【校】

《詩話總龜》前集卷二十一《咏物門》亦有此條，「宫」作「春」。

《詩人玉屑》卷二十《閨秀·虞美人草行歌行也》亦有此條。

予留南昌，久而忘歸，獨行無侶，意緒蕭然。偶登秋屏閣望西山，於是浩然有歸志，作長短句寄意，其詞曰：『城裏久偷閑，塵涴雲衫。此身已是再眠蠶。隔岸有山歸去好，萬壑千巖。霜曉更凭欄，滅盡晴嵐。微雲生處是茅庵。試問此生誰作伴？彌勒同龕。』（《苕溪漁隱叢話》後集卷三十七《洪覺範》）

【校】

《詩話總龜》前集卷四十二《樂府門》亦有此條，無『予留南昌，久而忘歸，獨行無侶，意緒蕭然』，『偶』作『余』，『秋屏閣』後無『望西山』，『浩然』前無『於是』，『歸志』作『歸老之興』，『寄意』後無『其詞』，『涴』作『涴』，『衫』作『山』，『身』作『生』，『滅』作『減』，『此生』作『此行』。

賀方回妙於小詞，吐語皆蟬蛻塵埃之表，晏叔原、王逐客俱當溟涬然第之。山谷嘗手寫所作《青玉案》者，置之几研間，時自玩味。曰：『淩波不過横塘路，但目送飛鴻去。錦瑟華年誰與度？小橋幽徑，綺窗朱戶，祇有春知處。　碧雲冉冉衡皐暮，彩筆空題斷腸句。試問離愁都幾許？一川煙草，滿城風絮，梅子黄時雨。』山谷云：『此詞少游能道之。』作小詩曰：『少游醉臥古藤下，無復愁眉唱一杯。解道江南斷腸句，而今惟有賀方回。』（《詩人玉屑》卷二十一《詩餘·賀方回》）

其作《冷齋夜話》，竊笑杜子美《彭衙行》押兩『餐』字。（《永樂大典》卷八百二十一『詩話』）

【校】

《學林》卷八《餐飧》亦有此條：『小説《冷齋夜話》曰：「杜子美《彭衙行》押二『餐』『飧』字韻。」觀國案：《彭衙行》曰：「小兒强解事，故索苦李餐。」又曰：「衆雛爛漫睡，唤起霑盤飧。」然則子美押「餐」「飧」二字，音義不同，小説誤矣。餐，千安切，飧音孫。《伐檀》詩曰：「不素餐兮。」又曰：「不素飧兮。」《毛氏傳》云：「熟食曰飧。」《孟子》：「饔飧而治。」趙岐注云：「夕食曰飧。」蓋盤飧者，《春秋左傳》所謂盤飧置璧者，故凡言盤飧，當皆用飧字，不當用餐字。按《廣韻》上平聲二十三「魂」字部中有飧字，二十五「寒」字部中有餐字。子美《彭衙行》於兩部中通押，蓋唐人詩文用韻如此。本朝始令禮部撮《廣韻》之要略者，使學者用之，而限以獨用、通用之文，故如餐、飧二字，不得同韻而押矣。子美《示從孫濟》詩曰：「所來爲宗族，亦不爲盤飧。」《園》詩：「畦蔬繞茅屋，自足媚盤飧。」《贈孟氏》詩曰：「承顔視手足，坐客强盤飧。」《别李義》詩曰：「努力慎風水，豈惟數盤飧。」此數詩或於「魂」字部中押，或於「寒」字部中押者，此所謂唐人用韻之例也。凡上有盤字，則餐當用飧字，而子美詩集中亦或用盤餐字者，當是傳寫刊字之訛，子美不應誤用字也。』

二、《天廚禁臠》

魯直換字對句法，如『衹今滿坐且尊酒，後夜此堂空月明』，『清談落筆一萬字，白眼舉觴三百杯』，『田中誰問不納履，坐上適來何處蠅』，『秋千門巷火新改，桑柘田園春向分』，『忽乘舟去值花雨，寄得書來應麥秋』，其法於當下平字處以仄字易之，欲其氣挺然不群，前此未有人作此體，獨魯直變之。苕溪漁隱曰：『此體本出於老杜，如「寵光蕙葉與多碧，點注桃花舒小紅」，「一雙白魚不受釣，三寸黄柑猶自青」，「外江三峽且相接，斗酒新詩終日疏」，「負鹽出井此溪女，打鼓發船何郡郎」，「沙上草閣柳新暗，城邊野池蓮欲紅」，似此體甚多，聊舉此數聯，非獨魯直變之也。余嘗效此體作一聯云：「天連風色共高運，秋與物華俱老成。」今俗謂之拗句者是也。』（《苕溪漁隱叢話》前集卷四十七《山谷上》）

【校】

《詩人玉屑》卷二《詩體下・拗句》亦有此條，『柑』作『甘』，無『余嘗效此體作一聯云：天連風色共高運，秋與物華俱老成』。

主要參考文獻

［宋］惠洪：《冷齋夜話》，中國國家圖書館藏元刻本。

［宋］惠洪：《冷齋夜話》，中國國家圖書館藏明刻本。

［宋］惠洪：《冷齋夜話》，《故宫珍本叢刊》第四百七十四冊，海南出版社，二〇〇一年。

［宋］惠洪：《冷齋夜話》，《津逮秘書》第八集，中國國家圖書館藏虞山毛氏汲古閣明刻本。

［日］柳田聖山、椎名宏雄：《禪學典籍叢刊》第五卷，臨川書店，二〇〇〇年。

［宋］惠洪：《冷齋夜話》，静嘉堂文庫本。

［宋］惠洪：《冷齋夜話》，中國國家圖書館藏日本活字印本。

〔宋〕惠洪：《冷齋夜話》，《螢雪軒叢書》第九卷，中國國家圖書館藏東京青木嵩山堂鉛印本。
〔宋〕曾慥輯：《類説》，中國國家圖書館藏宋刻本。
〔宋〕惠洪：《天廚禁臠》，中國國家圖書館藏明活字印本。
〔宋〕釋惠洪撰，陳新點校：《冷齋夜話》，中華書局，一九八八年。
張伯偉：《稀見本宋人詩話四種》，江蘇古籍出版社，二〇〇二年。
〔宋〕惠洪撰，黄寶華整理：《冷齋夜話》，《全宋筆記》（第二編・九），大象出版社，二〇〇六年。
〔宋〕釋惠洪撰，黄進德批註：《冷齋夜話》，鳳凰出版社，二〇〇九年。
〔宋〕釋惠洪著，〔日〕釋廓門貫徹注，張伯偉等點校：《注石門文字禪》，中華書局，二〇一二年。
〔宋〕釋惠洪撰，周裕鍇校注：《石門文字禪校注》，上海古籍出版社，二〇二一年。
〔宋〕釋惠洪：《禪林僧寶傳》，《禪宗全書》第四冊，臺灣文殊出版社，一九八八年。
周裕鍇：《宋僧惠洪行履著述編年總案》，高等教育出版社，二〇一〇年。

陳自力：《釋惠洪研究》，中華書局，二〇〇五年。
［晉］陶淵明撰，袁行霈箋注：《陶淵明集箋注》，中華書局，二〇一一年。
［唐］李白著，［清］王琦注：《李太白全集》，中華書局，二〇一一年。
［唐］杜甫著，［清］仇兆鰲注：《杜詩詳注》，中華書局，二〇一二年。
［唐］韓愈著，錢仲聯集釋：《韓昌黎詩繫年集釋》，上海古籍出版社，二〇〇七年。
［宋］詹大和等撰，裴汝誠點校：《王安石年譜三種》，中華書局，一九九四年。
［宋］王安石撰，［宋］李壁注，李之亮補箋：《王荊公詩注補箋》，巴蜀書社，二〇〇二年。
孔凡禮：《蘇軾年譜》，中華書局，一九九八年。
［宋］蘇軾著，［清］王文誥輯注，孔凡禮點校：《蘇軾詩集》，中華書局，一九八二年。
［宋］蘇軾撰，孔凡禮點校：《蘇軾文集》，中華書局，一九八六年。
鄭永曉：《黃庭堅年譜新編》，社會科學文獻出版社，一九九七年。
［宋］黃庭堅撰，［宋］任淵等注，劉尚榮校點：《黃庭堅詩集注》，中華書局，二〇〇三年。

［南朝梁］劉勰著，范文瀾注：《文心雕龍注》，人民文學出版社，一九九八年。
［南朝梁］鍾嶸著，陳延傑注：《詩品注》，人民文學出版社，一九六一年。
張伯偉：《全唐五代詩格彙考》，江蘇古籍出版社，二〇〇二年。
［宋］舊題彭乘輯撰，孔凡禮點校：《墨客揮犀·續墨客揮犀》，中華書局，二〇〇二年。
［宋］阮閱編，周本淳校點：《詩話總龜》，人民文學出版社，一九九八年。
［宋］胡仔纂集，廖德明校點：《苕溪漁隱叢話》，人民文學出版社，一九八四年。
［宋］魏慶之編，王仲聞校勘：《詩人玉屑》，上海古籍出版社，一九七八年。
［宋］蔡正孫撰，常振國等點校：《詩林廣記》，中華書局，一九八二年。
［清］何文煥：《歷代詩話》，中華書局，一九八一年。
［清］丁福保：《歷代詩話續編》，中華書局，一九八三年。
郭紹虞：《宋詩話輯佚》，臺灣文泉閣出版社，一九七二年。
郭紹虞：《宋詩話考》，中華書局，一九七九年。
［宋］道原：《景德傳燈錄》，《禪宗全書》第二冊，臺灣文殊出版社，一九八八年。
［宋］贊寧撰，范祥雍點校：《宋高僧傳》，中華書局，一九八七年。

［宋］惟白：《建中靖國續燈錄》，《禪宗全書》第四册，臺灣文殊出版社，一九八八年。

［宋］雷庵正受：《嘉泰普燈錄》，《禪宗全書》第六册，臺灣文殊出版社，一九八八年。

［宋］晦翁悟明：《聯燈會要》，《禪宗全書》第六册，臺灣文殊出版社，一九八八年。

［宋］普濟著，蘇淵雷點校：《五燈會元》，中華書局，一九九七年。

［宋］志磐撰，釋道法校注：《佛祖統紀校注》，上海古籍出版社，二〇一二年。